DROEMER

Über den Autor:
Jochen Siemens lebt in Hamburg und arbeitet als Reporter für den »Stern« und andere Zeitschriften. Er ist verheiratet und hat eine Tochter. »Besuch von oben« ist sein zweites Buch.

JOCHEN SIEMENS

Besuch von oben

ROMAN

DROEMER

Für A. und D.

Besuchen Sie uns im Internet:
www.droemer.de

MIX
Papier aus verantwortungsvollen Quellen
FSC® C083411

Originalausgabe Mai 2017
Droemer Taschenbuch

Redaktion: Dr. Clarissa Czöppan
Umschlaggestaltung und -illustration: Sabine Kwauka
Illustrationen im Innenteil: whiteisthecolor / Shutterstock.com
Satz: Adobe InDesign im Verlag
Druck und Bindung: CPI books GmbH, Leck
ISBN 978-3-426-30590-4

2 4 5 3 1

Sie hatten die neuen Listen schon vor zwei Tagen in die Bekanntmachungskästen gehängt. Um Mitternacht, wie immer. Die Kästen waren alt und sahen aus wie große Fenster mit blauen Rahmen. Die Scheiben waren schon ein wenig trüb, und weil es seit zwei Tagen regnete, war Wasser hinter die Scheiben gesickert und hatte die Listen an den Rändern aufgeweicht. Die alte Frau, die am Abend noch einmal zu den Kästen gekommen war, musste sich auf die Zehenspitzen stellen, um das zu sehen, was sie suchte. Da, ziemlich weit oben, standen ihr Name und der ihres Mannes. Sehr klein und fast unleserlich mit blauer Tinte geschrieben. Die Feuchtigkeit war schon bei den ersten Buchstaben ihres Namens angelangt und fing an, sie zu verwischen. Aber es war ihr Name. Ganz sicher. Die alte Frau war bereits zum dritten Mal hier, sie wollte sich immer wieder vergewissern, dass sie sich nicht verlesen hatte. Das Datum, das hinter den Namen stand, war von gestern, aber gestern war alles ausgefallen, weil es geregnet hatte. Auch heute regnete es, und so war seit zwei Tagen alles abgesagt worden. Also morgen. Die Frau nickte und schaute zum Himmel, der tiefschwarz war. Es war nicht zu erkennen, ob es weiterregnen würde. Sie musste Geduld haben. Neben ihr stand ein Mann, auch er alt und deutlich kleiner als die Frau. Er hielt sein Gesicht sehr, sehr dicht an die Scheibe und schüttelte den Kopf.

»Ich kann das nicht mehr lesen, da unten auf der Seite, da ist schon alles verwischt. Können Sie sehen, ob da Kaiser steht? Mit a i?«

Die alte Frau setzte ihre Brille auf und versuchte, in der hellblauen Tintenwolke einen Namen zu entziffern. Sie erkannte ein »K« und ein »ser«.

»Ja, ich bin ziemlich sicher, dass es Kaiser heißt«, sagte sie.

»Ich finde diesen alten vermoderten Kasten unmöglich. Man kann doch so wichtige Dinge nicht in den Regen hängen. Stellen Sie sich mal vor, jemand erkennt seinen Namen nicht und verpasst alles!«

»Ja«, stimmte die Frau zu, »hier müsste überall mal gründlich renoviert werden. Sagt mein Mann auch.«

In der Nacht hatte sich der Himmel aufgeklart, und als es hell wurde, waren nur noch dünne weiße Schleierwolken zu sehen. Es war auch wieder wärmer geworden, der Regen und der Tau auf den Wiesen verdunsteten in fast weißen Schwaden, die aus dem Grün aufstiegen. Es hatten sich am Morgen schon viele auf den Weg gemacht, einige auch schon in der Nacht. Die hellbraunen Kieswege, die aus drei Richtungen zu dem Gebäude auf dem Hügel führten, waren voller Menschen. An den drei Eingangstüren des Gebäudes hatten sich lange Schlangen gebildet. Das Gebäude sah aus wie eine sehr große Bergstation einer Seilbahn, nur führte kein Seil irgendwohin, und es gab auch keine Kabinen. Das Gebäude hatte die futuristische Architektur der 60er-Jahre: sehr große Glasfenster und ein rautenförmiges, flaches Betondach, das in der Mitte nach oben geknickt war und dessen Ränder weit über das Gebäude herausragten. Das Gebäude war beige, das Dach hellgrau, fast weiß. Trotz seiner sperrigen Architektur wirkte das kantige Gebäude freundlich, was auch an der hellblauen Farbe der Türen und den schmalen Fensterrahmen lag. Von drei Eingangstüren standen zwei weit offen, an der dritten Tür wies ein Schild darauf hin, dass erst am Mittag geöffnet werde.

Die Menschen, die vor den zwei Türen Schlange standen, waren meist alt, einige sogar sehr alt. Erst wenn man genau hinsah, an der Menschenschlange entlang, erkannte man ein paar jüngere, viele alleine, aber auch Paare, die sich an der Hand hielten, und vereinzelt auch kleine Gruppen, die sich unterhielten und lachten. Gleich hinter den Eingangstüren des Gebäudes gab es zwei große Tresen aus hellem Holz, hinter denen ältere Frauen und Männer saßen, die sehr große, dicke Bücher vor sich hatten, neben sich Ordner in verschiedenen Farben und an der Seite Ablagekörbe mit mehreren Fächern. Auf dem Tisch standen außerdem kleine Karussells mit Stempeln, daneben Locher und Klammerhefter. Fast alle Männer und Frauen hinter den Tresen trugen eine Brille und Hemden oder Jacken im gleichen Blau wie die Türen. In der Schlange vor dem Gebäude standen sicher über fünfhundert Menschen. Sehr viel mehr als sonst, was daran lag, dass die Exkursionen zwei Tage lang ausgefallen waren und nun auch diejenigen warteten, die vor zwei Tagen an der Reihe gewesen wären. Über der Szene schwebte eine Wolke aus Gemurmel und leichter Aufgeregtheit, aber niemand stöhnte oder schimpfte. Manche, die ein wenig müde vom Stehen waren, hatten sich hingesetzt. Niemand der Wartenden hatte irgendetwas bei sich, keine Tasche, keinen Koffer, noch nicht einmal irgendetwas unter dem Arm oder in der Hand, nur die großen weißen Umschläge, die fast jeder hatte und mit denen sich einige Luft zufächelten. Bis auf das Gebäude war weit und breit kein Haus zu sehen, und es war schwer, die hellbraunen Kieswege zurückzuverfolgen. Sie verliefen über den Hügel in ein kleines Tal und dann wieder über einen Hügel und verschwanden schließlich im Frühnebel, der von den Wiesen herüberzog.

Die Schlange bewegte sich nur sehr langsam vorwärts, an einem der Tresen kamen ein sehr alter Mann und eine alte Frau an die Reihe.

Die Frau hinter dem Tresen lächelte die beiden an.

»Name?«

»Schweikert. Heinrich und Hannelore Schweikert.«

»Für wann angemeldet?«, fragte die Frau.

»Eigentlich für vorgestern«, sagte die Frau, öffnete den Umschlag und legte ein paar Blätter eng beschriebenes Papier auf den Tresen.

»Ach, Sie Armen«, sagte die Frau freundlich und las die Papiere, »haben so lange gewartet. Aber Sie wissen ja, wenn's regnet, geht hier gar nichts. Das soll sich aber bald ändern, hab ich gehört.« Sie las weiter, nickte ein paarmal und blätterte in dem großen Buch vor ihr ein paar Seiten nach hinten. Die Seiten waren in sehr kleine Kästchen unterteilt, die mit winziger Handschrift vollgeschrieben waren. Die Frau suchte mit dem Finger die Spalten ab.

»Ach, hier habe ich Sie. Schweikert. Oh, und ich sehe, Sie machen das heute zum ersten Mal?«

»Ja«, antwortete die alte Frau und versuchte zu lächeln. Der Mann neben ihr sagte nichts.

Die Frau hinter dem Tresen schrieb etwas in das entsprechende Kästchen, dann machte sie ein paar Kreuze und Häkchen auf den Blättern, stempelte sie ab und ordnete sie neu in zwei Stapel; einen Stapel heftete sie zusammen und legte ihn in den Korb auf der Seite, den anderen legte sie wieder auf den Tresen. Dann sah sie die beiden Alten an und stöhnte leise.

»Sie sind ja schon länger hier, Sie können das nicht wissen, aber ich bin erst seit einem Jahr hier, und ich kann Ihnen sagen, das ist hier wie bei einer Behörde vor fünfzig Jahren. Da, wo ich herkomme, habe ich auch bei einer Behörde gearbeitet, auf dem Ausweisamt, wissen Sie, und da hatten wir Computer, auf denen man alles sehen und bearbeiten konnte. Ging viel schneller. Aber hier, so altmodisch hab ich mir das nicht vorgestellt. Und die Wartezeiten erst. Sie haben sich …«, die Frau blickte auf die Blätter, »… vor so langer Zeit schon angemeldet, und nun ist es erst heute so weit. Das liegt nur an dem Papierkram hier.« Sie tippte auf die Papierstapel. »Ganz wichtig, die nehmen Sie bitte mit und geben sie ab, wenn Sie an der Reihe sind, ja? Und wenn Sie wieder zurück sind, liegen die Papiere beim Empfang in den roten Fächern ›Paare‹ unter S. Sie nehmen sie bitte wieder heraus und geben das erste Formular wieder ab, ja? Wichtig ist, dass es abgestempelt wird, darauf müssen Sie achten, ja?«

Die alte Frau hatte versucht, gut zuzuhören, genau wie der Mann, doch er sah aus, als ob er auf einem Ohr schwer hören würde, denn er legte den Kopf schief.

Die Frau hinter dem Tresen seufzte. »Ach ja, da kommt man schneller hierher, als einem lieb ist, und dann dauert's Ewigkeiten …« Sie lachte. »Ja … Ewigkeiten. So. Nun muss ich Sie noch darauf hinweisen, dass Sie keinerlei Gegenstände außer Ihrer Kleidung mitnehmen dürfen, wirklich überhaupt nichts, ja?« Sie sah die Frau an. »Sie tragen eine Brille, oder?«

Die alte Frau nickte und zog eine Brille aus der Tasche ihres Mantels.

»Die müssen Sie auch vorne abgeben. Sie können sich,

wenn Sie an der Reihe sind, eine Brille leihen. Die passen nicht immer gut, aber man kann etwas sehen. Ist nur eben so, es darf nichts Eigenes mitgenommen werden. Und Sie dürfen auch nichts hierher mitbringen, ganz wichtig. Das haben schon viele versucht, aber glauben Sie mir, es wird Ihnen abgenommen. So, und dann noch das Wichtigste. Die Abholung. Wenn Sie da …« Die freundliche Frau sprach immer weiter, und die alte Frau und der Mann hörten zu. Man konnte sehen, dass sie Mühe hatten, sich alles zu merken, die alte Frau runzelte öfter die Stirn, und der Mann blickte gelangweilt zur Decke des Gebäudes. An den Tresen neben ihnen hörte man überall die gleichen Sätze, Papier raschelte, die Seiten der dicken Bücher wurden umgeblättert, und beinahe im Takt hörte man das dumpfe Knallen der Stempel und das metallische kurze Krachen der Klammerhefter. Und weil die meisten Menschen in der Schlange alt waren, musste das Personal hinter den Tresen vieles wiederholen, manchmal auch laut. »NICHTS MITNEHMEN, VERSTEHEN SIE?«, rief der Mann neben der netten Frau einem alten Herrn ins Ohr, der sich über den Tresen gebeugt hatte.

»Und, aufgeregt?«, fragte die freundliche Frau die beiden.

»Ja«, sagte die alte Frau, »sehr. W… wo werden wir denn da sein? Ich meine, wo setzen die uns ab?«

»Das hat man Ihnen doch schon gesagt, oder? In der Nähe der Person, die Sie angegeben haben. Manchmal ist das nicht ganz genau dort, es gibt ja nur bestimmte Auslassungs- und Einlassungspunkte, aber wenn Sie an der Reihe sind, wird man Ihnen sagen, wie Sie zum Ziel kommen. Keine Sorge, ich habe noch nie gehört, dass sich jemand verlaufen hätte. So. Und nun gehen Sie bitte weiter in den Wartebereich Grün, Paare, S bis U, Sie werden

dann aufgerufen. Ich wünsche Ihnen eine schöne Exkursion.«

Die beiden Alten gingen langsam am Tresen vorbei in den hinteren Teil des Gebäudes, die Frau hatte sich bei dem Mann eingehakt und zog ihn ein wenig. Obwohl das Gebäude sehr geräumig war, wurde es etwas eng, weil die Menschen sich im Wartebereich drängten.

»Mir ist nicht wohl«, sagte der alte Mann. »Glaubst du immer noch, dass es eine gute Idee war?«

»Das weiß ich nicht«, gab die Frau zu, »aber nun sind wir hier. Das stehen wir jetzt durch, Heinrich.« Und sie lächelte den Mann an. »Jetzt haben wir so lange gewartet. Bist du gar nicht neugierig?«

Die beiden Alten reihten sich in den Strom der Wartenden ein, der sich langsam in den langen Gang schob. Am Ende des Ganges tat sich eine Halle auf, in der ein Labyrinth aus alten, in den Boden eingelassenen Pfosten, die mit sehr alten Seilen verbunden waren, die Wartenden in eine lange Zickzack-Schlange lenkte. Das Gemurmel, das vereinzelte Husten oder Gelächter wurde lauter. Die Schlange bewegte sich gleichmäßig und zügig, lange konnte es nicht mehr dauern.

»Ich weiß nicht, ich glaube, es war keine gute Idee«, sagte der Mann jetzt, »wir hätten bleiben sollen, wo wir nun mal hingehören. Was sollen wir da?«

Die Frau lächelte und nahm die Hand des Mannes. »Ich bin ja bei dir. Und umkehren können wir jetzt nicht mehr.«

»Das konnten wir, als wir herkamen, auch nicht«, murmelte der Mann leise.

1

Es war ein Mittwoch im Juni, als diese Geschichte begann. Es war ein warmer Morgen, und ich stand vor der Tür des Hauses, in dem ich ein Büro hatte. Ich, Johannes Schweikert, Innenarchitekt, 49 Jahre alt, blondgraue Haare, die langsam weniger wurden, schlank, na ja, verheiratet, eine Tochter, einen Pappbecher mit Milchkaffee in der Hand und, obwohl 49 Jahre alt, nicht so aussehend, sondern so wie alle Männer, die sich äußerlich den sichtbaren Jahresringen ihrer Generation verweigern wollen und sich mit Sport, Jeans und stoppeligen Bärten ihre jugendliche Verwegenheit zu erhalten versuchen. Früher war ich einmal ein Stildurcheinander gewesen; einer, der seine Anwesenheit mit übergroßen Jacken und Hemden zu vergrößern versuchte, aber das war vorbei. Ich mochte jetzt nichts mehr, was an mir herumflatterte, sondern ich trug »slim«, wie man es nannte, also passend. Es wehte nichts mehr, wenn ich ging, und ich hatte gelernt, Krawatten zu binden, was ich früher gehasst hatte. Ich hatte nur fünf davon, aber dazu später.

Früher war mein Denken eine Loseblattsammlung gewesen – Hippie, Kommunist, Dandy, von allem etwas. Aber auch das hatte ich im Laufe der Jahre geordnet. Ich überzog nicht mehr alles mit Ironie, ich saß nicht mehr auf dem Hochsitz des jungen Lebens, sondern unten, mittendrin in der zweiten Lebenshälfte. Zu all dem, was mich ausmacht und was mich geleitet hat, gehört, dass meine Eltern vor 22 Jahren bei einem Autounfall ums Leben kamen, als sie auf dem Weg zu mir waren. Wenn man jung ist und innerhalb weniger Minuten seine Eltern verliert, dann ist das, als ob einem die Biografie wie ein Baum durchgeschlagen wird. So fühlte es sich vor 22 Jahren an, und dieses Gefühl ist bis heute geblieben. Es ist kein glatter Schnitt, wie etwa von einer Säge, sondern es bleiben Splitter, und die beiden Teile des Stammes hängen noch an ein paar Holzfasern und etwas Rinde zusammen. Man erkennt das erst ein paar Jahre später, wenn man lernt, dass es zwei Leben gibt, das mit und das ohne Eltern, und man erfährt, dass es lange dauert, die Hälften des Stammes zu trennen. Sie knirschen und ächzen, wenn man an ihnen zieht. Der Baum ist schon lange tot, aber er will nicht loslassen, man muss Faser für Faser voneinander trennen oder warten, bis sich manche Fasern von selbst auflösen oder morsch werden. Jedenfalls wird die Schnittstelle nie glatt werden, sondern immer rau und splittrig bleiben.

Ich lebte also seit 22 Jahren ohne Eltern und versuchte, die Schnittstelle nicht zu berühren. Ich habe ihre Gesichter nicht vergessen, aber sie verblassten. Es hatten sich 22 Jahre Leben zwischen ihr Ende und heute geschoben, und es war ein anderes Leben als vor dem Unfall. Die 27 Jahre vor ihrem Tod war ich ein Kind gewesen, dann ein Teenager und dann ein großer Teenager. Ich wohnte zu Hause, spielte, ging zur Schule, ertrug die Wirrungen des Lebens, begann, mir eine eigene Meinung zu bilden, protestierte, rebellierte gegen meine Eltern und zog aus. Ich war unfertig, dann halbfertig und schließlich fast fertig für das Leben. Von da an hätten die Jahre vor mir gelegen, in denen ich angefangen hätte, ihnen aus der Ferne etwas vorzuleben: mich selbst. Es wären die Jahre meines Beweises gewesen, vielleicht nicht alles, aber immerhin mich selbst richtig gemacht zu haben. Oder fast richtig. Auf alle Fälle, und das ist jetzt ein schmerzhafter Satz, brauchte ich sie, als ich damals auszog, immer weniger. Sie hatten mich in die Welt gesetzt, mir das Laufen und das Denken beigebracht, und nun konnte ich das alleine und konnte davon ganz gut leben. Aber dass ich ihnen das nie zeigen konnte, ist, wenn ich darüber nachdenke, eine Unvollkommenheit, mit der ich bis heute lebe.

Und wenn ich länger darüber nachdenke, ist es mehr als eine Unvollkommenheit. Es ist ein Verlust, der noch immer schmerzt, der Verlust der Eltern, die nicht mehr zuhören und nicht mehr zusehen können, die einzigen wirklichen Zuschauer. Ich glaube, dass alles, was man als junger Erwachsener macht, ob man sein erstes Geld verdient, ein Haus baut, eine Frau heiratet oder nicht, als Fußballspieler ein Tor schießt, ein neues Auto erfindet, als Künstler ein Bild malt oder als Arzt ein Herz operiert; dass man das alles eigentlich für die Eltern macht, die auf der Tribüne des eigenen Lebens sitzen. Selbst wenn man sich zerstritten hat, bleiben sie das einzig ewige Publikum, das man hat, und man blickt immer mit einem Auge zu ihnen hinauf. Ich habe mir oft vorgestellt, ihnen irgendwohin Briefe zu schicken, mit den Bildern der Häuser, die ich entwarf, oder sie einmal im Jahr anrufen zu können. Ich habe mich oft gefragt, ob der Tod nicht eine Reform verdient hätte, eine Todesvollzugslockerung oder so was. Natürlich weiß ich, was für ein Quatsch das ist, aber ich habe mit Schmerzen

Sartres *Das Spiel ist aus* gelesen, mehrmals gelesen und mir vorgestellt, die beiden toten Liebenden, die darin noch einmal auf die Erde zurückkehren dürfen, wären unter uns und schauten uns zu.

Dennoch ist mir nichts Erzähltes oder Geschriebenes bekannt, das mit richtigen Worten das beschreiben kann, was sich an jenem Morgen ereignete. Es war eigentlich wie jeden Morgen: Auf der Straße mit den großen Linden- und Kastanienbäumen stauten sich die Autos, deren Fahrer einen Parkplatz suchten. Viele junge Menschen liefen an mir vorbei in das fünfstöckige alte Haus, sie alle arbeiteten in den Büros, und alle sagten »Hallo« und »Wie geht's«, manche hatten Kopfhörer in den Ohren, andere telefonierten beim Gehen mit ihren Handys. Aus der Ferne muss das Haus ausgesehen haben wie ein Bienenstock.

Ich sah mir das einen Moment lang an und dachte an den ersten Termin, der mich heute erwartete, eine Besprechung wegen der Inneneinrichtung einer Boutique. Wie immer war ich darauf gut vorbereitet. Während ich an die Eichenholzböden und Betontresen dachte, die ich entworfen hatte, und an meine Tochter, die heute eine Klassenarbeit schreiben sollte, sah ich die Abschleppwagen kommen, die hier oft falsch geparkte Autos entfernten. Ich rauchte meine erste Zigarette an diesem Morgen und fragte mich, ob und wie oft die sehr junge und blonde und sehr schöne Web-Designerin aus dem Büro im dritten Stock heute Nacht wohl mit ihrem, wie ich wusste, neuen Freund geschlafen hatte, denn ihre Augen hatten den Glanz einer Lottogewinnerin, fand ich. Während also dieser Alltagsmorgen an mir vorbeizog, fiel mir etwas auf. Da war etwas, was nicht in das gewohnte Bild aus eiligen jungen Menschen, den grünen Blättern der Bäume und dem blauen Himmel passte.

Erst sah ich nur zwei weiße Punkte aus dem Augenwinkel, dann, dass es zwei Personen waren, die langsam näher kamen. Schließlich fiel mir auf, dass sie weiße Haare hatten und dass ihre Langsamkeit nicht zu den schnellen, federnden Schritten der anderen Passanten passte. Ich sah auf der Straße zwei alte Menschen auf dem Gehweg. Sehr langsam, zittrig und gebrechlich. Sie schoben ihre Füße mehr, als dass sie sie hoben. Sie waren Greise mit einer Haut, so blass und knittrig wie Pergamentpapier. Bis auf die Häuser und die alten Linden und Kastanien war in dieser Straße eigentlich nie jemand so Altes zu sehen, höchstens einmal arme alte Menschen, die verstohlen in den Mülltonnen wühlten und verschämt löchrige Pullover, Schuhe oder Pfandflaschen herausholten. Die beiden Alten aber gingen an den Mülltonnen vorbei und blickten um sich wie zwei, die sich verirrt hatten oder etwas suchten. Der Mann hatte sehr viele Falten im Gesicht und trug einen dünnen durchsichtigen Regenmantel über einem zerknitterten blauen Anzug, die Frau ein grünes Kostüm und einen beigen dünnen Mantel, der ebenfalls sehr zerknittert war. Und sie trug eine Brille, die nicht ihre sein konnte, sie war zu groß, saß schief, und das linke Glas hatte einen Sprung. Sie sahen aus wie eine lebende Altkleidersammlung.

Sie blieben ein paar Meter entfernt stehen, die Frau sah mich an, und der Mann schüttelte den Kopf. Die Frau zog ihn weiter, und sie kamen langsam in dem Hauseingang auf mich zu. Die Frau blieb stehen und kniff ein Auge zu. Der Mann stand hinter ihr und blickte nervös zwinkernd zu mir und dann am Haus hoch. Ich dachte wirklich, da hätten sich zwei aus einem Altersheim verlaufen, und lächelte sie an. Die Frau kam näher und sagte: »Entschuldigung. Sind Sie …, äh, bist du Johannes Schweikert?« Auch sie hatte sehr viele Falten, aber ihre waren feiner als die im Gesicht des Mannes.

Das Erste, was ich dachte, war – nichts. Verdächtig nichts. Irgendetwas schaltete meinen Verstand aus. Eigentlich waren es nur zwei alte Menschen, aber etwas an ihnen irritierte mich. Der Blick der Frau, die Stirn des Mannes, der Mund der Frau, die Art, wie der Mann den Kopf neigte. An wen erinnerten mich die beiden Greise? Und woher kannten sie meinen Namen? Ich dachte an Freunde meiner Eltern, die ich vielleicht vergessen und die meine Adresse herausgefunden hatten und etwas wollten. So wie damals, als die Mauer fiel und bei Freunden von mir auf einmal knatternde Trabis auf der Straße standen und alte Menschen klingelten, die irgendwelche Onkels und Tanten fünfzehnten Grades aus der DDR waren und nun jeden besuchten, der irgendwie nach Verwandtschaft aussah. Aber die DDR gab es schon lange nicht mehr, und mir fiel niemand ein, der mit meinen Eltern befreundet gewesen war und den ich kannte. Die beiden Greise blieben vor mir stehen und sahen mich lange an. Das andere, was ich dachte, verbannte ich aus meinem Kopf und hielt die Tür von innen zu. Der Blick der Frau und der Mund des Mannes, das … Nein, das konnte nicht sein. Wie denn auch? Das konnten nie im Leben meine … Nein, nie im Leben, sie waren tot, seit über zwanzig Jahren.

»Entschuldigen Sie … Sie sind also nicht Johannes? Johannes Schweikert?«, fragte die alte Frau, und ich sah, dass ihre Hand nervös an den Knöpfen des Mantels drehte.

Ich überlegte, ich wusste wirklich nicht, was ich tun sollte, mich abwenden und gehen? Es war mir verdammt unheimlich.

»Äh … und warum … warum wollen Sie das wissen?« Ich glaube, ich stellte die Frage, um Zeit zu gewinnen. Zwar hielt ich die Tür in meinem Kopf immer noch von innen zu, aber was ich nicht denken wollte, quoll nun wie Nebel durch das Fenster herein. Aber es konnte nicht sein! Ich hatte damals ihre Leichen identifiziert, ich hatte ihre Särge ausgesucht, ich hatte Stunden und Tage an ihrem Grab gegessen. Dabei fiel mir ein, dass ich die Grabpflegerechnung für das Quartal noch nicht bezahlt hatte; sie lag auf meinem Schreibtisch: »Sommerbepflanzung und Pflege, Grab Schweikert, 120 Euro«, oder so ähnlich. Sommerbepflanzung ist immer teurer als Winterbepflanzung. Sie waren es nicht, sie konnten es nicht sein. Das mussten Verkleidete sein, irgendwelche Schauspieler oder so. Ich war Architekt und kurz davor, in mich zusammenzufallen wie ein soeben gesprengtes Haus. Jedenfalls fühlte ich mich so.

Der alte Mann richtete sich etwas auf, sah wieder am Haus hoch und seufzte. »Mensch, Johannes, bist du das nun oder nicht? Ich bin dein Vater, und das ist deine Mutter. Wir sind deine Eltern«, sagte er.

Ich presste eine Hand hinter meinem Rücken gegen die Hauswand, mit der anderen zerknüllte ich fast den Pappbecher. »Mein Gott, das kann doch nicht sein!« Ich weiß es nicht mehr, aber ich glaube, ich stotterte, obwohl ich noch nie gestottert habe, jedenfalls fand ich nur halbe Sätze oder Satzscherben. Und Unsinn. »Was, was, äh, was machen Sie hier? Wo kommen Sie her? Ist euch kalt?« Keine Ahnung, wie ich auf diese Idee kam. Meine Mutter neigte ihren Kopf nach hinten an das Ohr meines Vaters. »Siehst du«, sagte sie, »er ist es.« Mein Vater schaute mich an, lange und wortlos. »Wir haben Urlaub«, sagte meine Mutter, »einen Tag. Um dich zu sehen.«

Ich sah sie an, konnte aber nichts sagen. Am liebsten wäre ich einfach davongelaufen. Mein Vater, oder besser gesagt der Mann, bewegte sich schließlich wieder, er legte meiner Mutter die Hand auf die Schulter und sagte ihr ins Ohr: »Ich wusste es, er verkraftet das nicht, er sagt nichts, und wir stehen hier noch den ganzen Tag. Und … er ist so dünn, findest du nicht?«

»Ja«, erwiderte die Frau und blickte mich an, »du bist zu dünn, Johannes … Und deine Haare werden grau.«

»Und weniger«, sagte mein Vater.

»Wie? Zu dünn?« Ich merkte, wie meine Hand und mein Bein anfingen zu zittern und mein Augenlid zuckte.

»Wie … wie … wie habt ihr mich gefunden? Wer sind Sie? Und wo kommen Sie her? Ihr seid doch …«

»Tot, ja, natürlich sind wir das. Und wir bleiben das auch. Aber da, wo wir sind, hat man auch mal Ausgang, wie Ferien. Und als man uns fragte, was wir machen wollten, haben wir gesagt, wir wollten noch einmal zurück in diese Welt. Einen Tag nur, heute Abend müssen wir … wann noch mal genau?«, fragte mein Vater meine Mutter.

»Gegen sechs Uhr«, sagte sie.

»Nein, um sechs Uhr pünktlich … zurück«, bekräftigte mein Vater.

»Wir rufen dich an, wenn wir im Hotel sind«, sagte ich wie in Trance.

Meine Mutter runzelte die Stirn. »Wie bitte …?«

»Das war der letzte Satz, den ich zu dir gesagt habe, oder?« fragte mein Vater.

»Ja.«

»Ja, stimmt.« Er nickte und blickte wieder an dem Haus hoch.

Es war, als ob man im Keller oder auf dem Dachboden eine alte Kiste oder einen Karton aus seinem früheren Leben findet und öffnet. In meinen Gedanken nahm ich aus der Kiste den einzigen Gegenstand heraus – etwa so, wie eine Bowlingkugel oder so ähnlich. Sie war staubig, aber noch so dick und so schwer wie damals, als ich sie hineingelegt hatte. Ich hatte den Gegenstand nie vergessen, ich wusste immer, wo er war. Aber ich wusste, oder dachte jedenfalls, dass ich ihn nie wieder herausnehmen würde. Oder wollte. Jetzt, hier, da ich auf der Straße mit zwei Greisen stand, die behaupteten, meine Eltern zu sein, lag dieses Monstrum der Erinnerung vor mir. Es war der letzte Tag im Leben meiner Eltern.

2

An diesem letzten Tag im Leben meiner Eltern kaufte ich mir eine Krawatte. Sie war sehr breit und oben blau mit orange leuchtenden Sternen und ging weiter unten in eine beigeorange Fläche über, die einen Strand darstellen sollte, an den blaue Wellen mit silbrigen Schaumkronen schwappten. Sie war wunderbar scheußlich und aus Nylon oder Polyester, und ich fand sie in einem türkischen Geschäft, das nur türkischen Kitsch verkaufte und in dem sehr laute türkische Musik zu hören war. Ich glaube, der Verkäufer wunderte sich sogar selbst, dass irgendjemand die Krawatte kaufte. Sie hing in einem verstaubten Plastiküberzug an einem Ständer ganz hinten im Geschäft neben roten Krawatten mit dem türkischen Halbmond darauf. Ich hatte keine Ahnung von Krawatten, ich wusste auch nicht, wie man einen Krawattenknoten band, und überlegte, den türkischen Verkäufer danach zu fragen, was ich dann aber bleiben ließ, weil er nicht so aussah, als ob er das wüsste. Ich beschloss, es in meiner kleinen Wohnung vor dem Spiegel mit einer Krawatten-Binde-Anleitung zu üben, die ich irgendwann aus einer Männerzeitschrift ausgeschnitten hatte. Der Knoten, das war klar, musste breit sein.

Ich sollte am Abend mit meinen Eltern in dem Hotel, in dem sie wohnten, essen, und weil es ein gutes Hotel war und weil es meine Eltern waren, kaufte ich mir genau diese Krawatte. Die scheußlichste oder, wie ich damals fand, die ironischste. So war ich damals, immer ironisch, immer das bloßstellend, was ich für etabliert hielt. Gutes Restaurant, Krawatte, na klar, aber dann so: zuhälterbreit und mit einem fetten Sonnenuntergang am türkischen Strand. Ich weiß nicht, ob es das war, aber ich hielt es für Pop. Damals. Am Abend warf ich sie weg, die Krawatte. Sie steckte noch in der angestaubten Plastikhülle, in der sie an dem Ständer im Geschäft gehangen hatte, und hatte auch noch das Preisschild.

Nachdem ich die Krawatte gekauft hatte, war ich durch die Stadt gegangen und hatte ein italienisches Eiscafé gesucht, weil ich einen Espresso trinken wollte. Ich hatte noch Kopfschmerzen von der vergangenen Nacht und einen schlechten Geschmack im Mund. Einen Espresso zu bekommen war damals nicht so leicht, weil es die Coffeeshops von heute mit ihren Pappbechern, Milchschaumdüsen und ihrem Espresso noch nicht gab und man sich für einen Filterkaffee an Stehtische in Fußgängerzonen stellte, wo Rentner in ihren Tassen rührten. Den kleinen, starken Espresso gab es nur in Eiscafés, und auch dort war er nicht besonders gut, weil nicht jeder Italiener, der Eis herstellte, auch einen guten Espresso machen konnte.

An diesem Mittwoch im Juni saß ich also mit meiner Krawatten-Tüte auf einem der harten Metallstühle vor einem Café Venezia, wartete auf meinen Espresso und rauchte eine Zigarette. Es war der Beginn eines besonderen Sommers, dem ersten fast wiedervereinigten. Im November des Vorjahres war die Mauer gefallen, die ehemalige deutsche Grenze hatte sich seitdem beinahe aufgelöst, und in der ehemaligen DDR sollte man in zwei Wochen beginnen, mit der D-Mark zu bezahlen. Auf den

Straßen konnte ich der Wiedervereinigung jeden Tag zusehen, es war wie ein Jahrmarkt in der Stadt mit Besuchern aus einem anderen Land. Die schönen westdeutschen Mädchen mit erster Sommerbräune und abgeschnittenen Jeans und die dicken westdeutschen Männer in Hawaiihemden und hellblau verwaschenen Jeans besichtigten die ostdeutschen Männer mit Schnurrbart in lila Hemden und stonewashed Jeans und die ostdeutschen Mädchen mit herauswachsenden Dauerwellen und stonewashed Jeansjacken. Man konnte West und Ost auch an den Bewegungen unterscheiden. Wir Westler liefen schnell und hektisch durch die Stadt, die Ostler dagegen langsam und unsicher. An die graugrünen Trabis in den Parkbuchten und an den Geruch der bleichblauen Wolken aus ihren Zweitaktmotoren hatte ich mich schnell gewöhnt und auch an die Dialekte, die in der ganzen Stadt zu hören waren und über die wir früher Witze gemacht hatten. Aber wie genau das nun alles zusammenkommen sollte, war mir ein Rätsel und eigentlich auch egal.

So hing ich an meinen Gedanken, als der Kellner mir den zu heißen, zu vollen und schaumlosen Espresso brachte und am Nebentisch bei einem Paar in stonewashed Jeans fünf leere Espressotassen abräumte, während der Mann mit einem ostdeutschen Dialekt fragte, ob die Tassen Kaffee hier immer so klein seien. Ich musste an meinen Vater denken, der mich das auch schon einmal gefragt hatte, als ich ihn in einer Eisdiele meiner Geburtsstadt zu einem Espresso einlud. Mein Vater, Heinrich Schweikert, kannte vom Espresso nur den Namen, den er wie eine Paketsendung umständlich fragend »Ex-presso?« aussprach. Aber weil er auch von vielen anderen Dingen die Namen kannte, war er ein bisschen vermögend geworden. Aber dazu später.

Wir hatten vor ein paar Tagen besprochen, dass meine Eltern mich in meiner Stadt besuchen kommen wollten. Ein Freund meines Vaters feierte ein Firmenjubiläum, und am Nachmittag gab es einen Empfang mit Reden und Häppchen an Stehtischen. Danach, so war es geplant, wollten sie in ihr Hotel fahren und am Abend mit mir im Hotelrestaurant essen und etwas besprechen, wie mein Vater sagte. Ich hatte keine Ahnung, was es zu besprechen gab, eigentlich besprachen wir nie etwas, sondern lebten unsere Leben weit voneinander entfernt. Daher hatte mich die Ankündigung meines Vaters etwas verwirrt, weil er sie auch so tonlos ausgesprochen hatte, dass ich nicht heraushören konnte, ob es wichtig war. Aber ehrlich gesagt interessierte es mich auch nicht weiter, vielmehr hoffte ich, dass der Abend schnell vorübergehen würde. Ich fürchtete unsere Gespräche, wir schoben uns über den Tisch hinweg Wörter zu, als sei unsere Unterhaltung ein Brettspiel, und nach jedem Zug folgte erst einmal Schweigen. Wir hatten uns, oder besser, ich hatte meinen Eltern damals nicht mehr viel zu sagen. Aber gut, ein Essen in einem Restaurant würde ich überstehen, immerhin waren wir uns inzwischen so fremd geworden, dass mein Vater nicht mehr, wie er es früher einmal getan hatte, während des Essens aufstand, sich Mantel und Hut anzog und das Lokal verließ und ich auch nicht mehr immer recht haben wollte, sondern mich lächelnd in die Ironie geflüchtet hatte.

Es war dieser Mittwoch im Juni, und während ich meinen Espresso bezahlte und dabei die sehr schönen Gesichter zweier Mädchen bemerkte, die vor dem Eiscafé standen und die Karte mit den Farbfotos der Eisbecher anschauten, bemerkte ich, wie ihr kieferiger und dumpfer Dialekt ihre Anmut und Schönheit zerschrammte. Wenn ich ehrlich bin, war es das, was mich und meine Freunde wirklich an der Wiedervereinigung interessierte: die Flut von Mädchen, die aus dem Osten herüberkamen. Ich weiß noch, wie wir in der berühmten Nacht, als die Mauer fiel, bei mir vor dem kleinen Fernseher saßen und uns das Gejohle und die Trabi-Schlangen in Berlin ansahen und mit mildem Grauen die Schnauzbärte, Lockenköpfe und gebleichten Jeansjacken bemerkten. Im Fernsehen sah das wie eine Invasion der Dorfjugend aus, von der wir das Gefühl hatten, sie würde unsere eben erst mühsam entworfene Ästhetik gleich wieder zunichtemachen, das also, was wir für schön hielten, unseren neu entdeckten Sinn für Stil, den einer wie ich glaubte, mit seiner ersten, teuren, viel zu großen Katharine-Hamnet-Jacke aus London kaufen zu können.

Aber irgendwie waren wir auch durchschaubar und längst nicht so durchdacht, wie wir selber glaubten. Es dauerte ein paar Wochen, bis die ersten meiner Freunde, die für Immobilienfirmen oder Banken arbeiteten, erste Erkundungen im Osten machten und mit seligen Blicken aus Dresden oder Leipzig zurückkamen. Das Land da aufzuräumen würde bestimmt noch hundert Jahre dauern, meinten sie, da wäre null Komma null Substanz, aber es gäbe Bodenschätze, Gold beinahe: die Ost-Mädchen. Wir konnten das nicht so recht glauben, aber die Berichte ähnelten sich alle. Wenn man die Dauerwellen und die Klamotten, die billigen Lippenstifte und grellen Lidschatten und so weiter vergaß, seien das super Bräute. Schöne Gesichter, sagenhafte Körper, sozialistische Busen und aufgewachsen in der Freiheit, sich auszuziehen. Nacktsein war im Osten subversiv, und wer jung und subversiv sein wollte, zog sich eben aus. Ich hatte noch kein Ost-Mädchen kennengelernt und sah den Eisbecher-Mädchen mit einer Mischung aus Sehnsucht und Neugier hinterher, als sie weitergingen.

Ich ließ fünfzig Pfennig auf der Untertasse des Espressos liegen und ging auch. In dem Moment saßen meine Eltern schon in ihrem dunkelblauen Mercedes 124, der in der Einfahrt ihres Hauses stand, als meine Mutter sagte, sie habe noch etwas im Haus vergessen. Ein Buch für mich, eines über Häuser in Italien, das sie vor ein paar Tagen gekauft hatte, das müsse sie noch suchen. »Nein, nein, wir müssen losfahren, sonst kommen wir zu spät«, sagte mein Vater, »wir werden es mit der Post schicken.« Meine Mutter stieg ein, und mein Vater fuhr aus der kleinen Stadt zur Autobahnauffahrt, die ganz in der Nähe war. Ich habe es mir später so vorgestellt, als ich das Buch unter einer Zeitung auf dem Küchentisch fand. Mein Vater trug einen seiner vielen dunkelblauen Anzüge, meine Mutter ein schilfgrünes Kostüm. Sie war am Morgen noch zum Friseur gegangen, was ich später auf einem Zettel neben dem Telefon las. *9 Uhr Weller,* so hieß der Friseur, zu dem ich als Kind auch schon gegangen war. Mein Vater war ein bedächtiger Autofahrer, kein Schleicher, kein Raser, sondern einer, der mit anderen Fahrern mitdachte und manchmal auf der Autobahn murmelte: »Der neben mir will die Spur wechseln, weil da gleich ein Porsche von hinten drückt.« Als er in jungen Jahren seine Firma gründete, fuhr er häufig mit seinem Borgward zu seinen ersten Kunden in die noch kleineren Städte und Dörfer, seine Ware, damals Konservendosen, Brühwürfel und die ersten Tütensuppen, im Kofferraum. Manchmal kam er von solchen Fahrten erst nach Mitternacht nach Hause und hatte sich so lange mit koffeinhaltiger Schokolade wach gehalten. Eine rote Dose mit dieser Schokolade lag die nächsten Jahre immer in seinem Auto, auch später in dem dunkelblauen Mercedes.

Sie fuhren auf die Autobahn, es waren 120 Kilometer bis zu meiner Stadt, Mittwochnachmittag, viel Verkehr. Nach ungefähr hundert Kilometern, sie hatten meine Stadt schon fast erreicht, floss der Verkehr plötzlich langsamer, und nach ein paar Minuten standen sie hinter einem Kleinlaster am Ende eines Staus, der in einer leichten Senke endete. Mein Vater schaltete die Warnblinkanlage ein, als ich den Espresso schon bezahlt hatte und noch einmal in das Büro der Architekten ging, bei denen ich arbeitete.

Selbst der beste Mercedes und der bedächtigste Autofahrer und jeder Warnblinker sind machtlos, wenn der holländische Fahrer eines Zwanzigtonners einschläft. Der Lkw mit Anhänger hatte Blumen und Blumenzwiebeln aus Holland geladen und war seit sieben Stunden unterwegs. Vielleicht duftete er nach Tulpen, und er fuhr mit 96 Stundenkilometern sechzehn Stundenkilometer zu schnell auf der Autobahn. Der Fahrer hatte kurz die Augen geschlossen, wie er später sagte, als sein Lastzug über die kleine Anhöhe in die Senke rollte und mit all seiner Wucht auf den Kofferraum des Mercedes krachte und den Kofferraum zermalmte. Mit der Wucht und seinem Gewicht schob er sich über den halben Mercedes wie der Oberkiefer eines Krokodils über sein Opfer. Nach ein paar Sekunden war der 4,70 Meter lange Mercedes meiner Eltern unter dem Fahrerhaus des Kleinlasters vor ihnen zusammengepresst und zerquetscht zwölf Meter weit in den Stau geschoben worden. Fünf Autos vor ihnen wurden zum Teil schwer beschädigt. Der Mercedes meiner

Eltern sah aus wie ein hinten gequetschtes und vorne gestauchtes Etwas aus blauem Blech, dunkelgrauen Ledersitzen, schwarzen Reifen und schwarzen Gummidichtungen der Türen und Fenster, die wie zuckende Tentakel heraushingen. Unter dem Wrack bildete sich schnell ein See aus auslaufendem Benzin, in dem die Splitter der zerbrochenen Autoscheiben schimmerten wie Diamanten. Das einzige Geräusch, das man noch ein paar Minuten lang hörte, war die leise Stimme aus dem Radio – mein Vater hörte immer Verkehrsfunk. Es gab vierzehn Verletzte, einige davon schwer. Und zwei Tote. Meine Eltern. Es dauerte über eine Stunde, bis die Feuerwehr den Benzinsee beseitigt und die äußerlich erstaunlich unversehrten Leichen mit großen hydraulischen Scheren aus dem Blechknäuel herausgeschnitten hatte. Die Autobahn wurde gesperrt, der Stau dauerte bis in den frühen Abend hinein. Der Fahrer des Lkw war mit dem Kopf gegen die Frontscheibe geschleudert worden. Er hatte eine Schädelverletzung und einen Schock erlitten.

Ich hatte währenddessen am späten Nachmittag am Zeichentisch der Firma, bei der ich arbeitete, die x-te Variante einer schmalen Treppe versucht, die nicht steil sein durfte, und fuhr dann nach Hause, um mich umzuziehen. Als ich meinen alten Fiat vor meiner Wohnung parkte, sah ich einen Polizeiwagen. Ich stieg aus, ging zur Tür des Hauses und hörte hinter mir, wie zwei Polizisten aus dem Wagen stiegen. Sie kamen auf mich zu und fragten, ob ich Johannes Schweikert sei. Ich bejahte. »Herr Schweikert, wir müssen Ihnen leider mitteilen, dass es einen Unfall gegeben hat. Können wir in Ihre Wohnung gehen?« Das ist heute über 22 Jahre her. Ich war 27 Jahre alt.

Als die Polizisten sagten: »Wir müssen davon ausgehen, dass die Verstorbenen Ihre Eltern sind«, stand ich im kleinen Flur meiner Wohnung und erwiderte nichts. Die Nachricht war kurz, und es dauerte einen Moment, bis ich sie richtig verstand. *Verstorbenen, Eltern, sind.* Ich hörte es, aber es prallte an mir ab und fiel zu Boden. Ich hätte beinahe gefragt: »Und wie geht es ihnen jetzt? Kann ich sie erreichen?«

Da stand ich, der 27-jährige Architekt in der zu weiten Hamnet-Jacke aus London, dem zu großen blauen Hemd, dessen Manschetten wie Fahnen weit aus den Ärmeln heraushingen, den, wie ich fand, saucoolen Converse-Turnschuhen, die damals noch kaum jemand hatte, und meinen halblangen Haaren, die ich jeden Morgen mit Gel bearbeitete, damit sie irgendwie unfrisiert aussahen. Ich hatte mir ein ironisches Lächeln antrainiert, das einerseits siegessicher, dann wieder charmant, aber auch ein wenig arrogant wirken sollte. Ich roch heftig nach Davidoffs *Cool Water,* das ich mir morgens ins Gesicht kippte. Alles an mir sollte etwas demonstrieren, jede Pore von mir wollte etwas ausdrücken, wenn ich auch nicht genau wusste, was. Ich dachte links, weil ich mich selbst dazu erzogen hatte, immer in Front zu meinen Eltern. Ich fand aber neuerdings, dem linken Denken fehlten Stil und Mode ebenso wie Ironie und eine Architektur. Ich war damals der noch unfertige Entwurf eines Menschen, der alles mit Ironie bewältigen wollte. Und nun waren meine Eltern tot. Mit Ironie war da nichts zu machen, sie fiel in sich zusammen.

Ich ging in die Küche, wo ich mir einen Espresso in der kleinen Alu-Kanne machen wollte, die ich aus Italien mitgebracht hatte, und fragte die Polizisten: »Wollen Sie auch einen?« »Nein«, sagte der eine und bedankte sich. »Können wir Sie alleine lassen?«, fragte er noch. »Ja, ja, klar«, sagte ich. »Sollen wir Ihnen einen Arzt rufen?«, fragte der andere. Einen Arzt? »Wieso? Ich bin doch nicht krank«, meinte ich.

Der Mann gab mir seine Karte und klopfte mir auf die Schulter. Ob ich bitte am nächsten Morgen anrufen könne wegen der Formalitäten, bat er. Die, er räusperte sich, die Leichen seien auf dem Weg in die Pathologie des Krankenhauses. Ich nickte.

Wenn man 27 Jahre alt ist und es immer selbstverständlich war, dass die Eltern einfach da waren, dann ist eine solche Nachricht erst einmal heimatlos im eigenen Kopf. Man hört sie und weiß nicht, wohin mit ihr. Und sie selbst weiß es auch nicht, sie treibt in einem umher wie ein Ast auf einem Fluss und versucht, irgendwo haltzumachen, stößt mal am Ufer an, verfängt sich kurz im Schilf und treibt weiter. Fürs Sterben hatte ich noch kein Fach in meinem Kopf. Wir hatten uns in den Jahren davor voneinander entfernt, so wie sich Söhne von Eltern in eine andere Welt entfernen. Der Nebel der Fremdheit, der sich zwischen uns gelegt hatte, hatte sich nicht wieder gelichtet, im Gegenteil. In der Pubertät hatte sich das enge Band zwischen uns gelöst, wie das in diesem Alter eben so ist, irgendwann waren wir uns dann fremd geworden, begegneten uns distanziert, ja, manchmal sogar feindselig. Vielleicht war es auch meine Angst, ihrem, wie ich fand, blutarmen Lebensentwurf keinen besseren entgegenstellen zu können, denn den hatte ich ja in Wahrheit noch gar nicht. Was ich hatte, waren Posen der Abwehr, Ironie, aber noch nichts Ganzes. Vor ihrem Tod war mir ihr irgendwann kommendes Ende, je älter ich wurde, zwar immer mehr bewusst geworden: Irgendwann würde es halt vorbei sein, irgendwann würde ich allein sein. Doch manchmal ertappte ich mich dabei, wie ich ein »endlich« vor »allein« schob, das ich versuchte zu vergessen.

Ich stand am Fenster meiner kleinen Wohnung, blickte hinaus und sah sie vor mir. Meine Eltern. Das Gesicht meines Vaters und das meiner Mutter. Nach einer Weile wechselten die Bilder, immer schneller, ich sah Szenen meiner Kindheit, ich sah meinen Vater lachen, hörte meine Mutter besorgt seufzen, ich sah unser Haus, den Garten, ich sah uns an der Nordsee und meinen Vater am Schreibtisch seines Büros, es war wie eine Diashow, lautlose Fragmente eines kleinen Lebens. Und nach jedem Bild setzte sich die Nachricht steiniger in mir fest: Ich würde sie nie wiedersehen. Nie wieder hören. Am Morgen waren sie noch da gewesen, jetzt nicht mehr. Tot. Meine Eltern. Ich. Alleine. Die Stimme meiner Mutter, ihre Art, »Johannes« zu sagen, echote in meinem Kopf. Der immer sehr kräftige Händedruck meines Vaters, ich sah meine Hand an und fühlte ihn. Meine kleine Hand in seiner großen. Nie wieder. Dann sah ich das Gesicht meines Vaters ganz dicht vor mir, seine früher dunklen Haare, die nun graue Strähnen hatten. Und die kleine Narbe links an seiner Stirn, seine einzige Kriegsverletzung, ein Granatsplitter hatte die Stirn gestreift, so jedenfalls erzählte es einmal meine Mutter. Mein Vater hatte mir nie aus seinen Kriegswochen berichtet, nie; auch wenn ich fragte, schwieg er. Und nun hörte ich auch seine Stimme, sie war wie sein Händedruck. Er sprach immer kraftvoll, als wollte er ein Ausrufezeichen setzen hinter jedes Wort. »Johannes! Wir! Rufen! Dich! An! Wenn! Wir! Im! Hotel! Sind!« Das war am Morgen sein letzter Satz am Telefon gewesen.

Nein, nein, das konnte nicht sein. Ich ging durch meine kleine Wohnung, suchte die Karte des Polizisten und nahm das Telefon in die Hand. Ich wollte ihn anrufen, das musste ein Irrtum sein. Das mit meinen Eltern. Nein, ich würde meine Eltern anrufen. Zu Hause. Vielleicht waren sie nicht losgefahren. Ich wählte. Ganz sicher waren sie nicht losgefahren. Der Rufton. Es nahm niemand ab. Der Rufton wurde gleichgültiger, und ich sah vor mir das Wohnzimmer meiner Eltern, in dem das grüne Telefon stand. Auf so einem braunen Plastikding mit eckigen Tasten für die Buchstaben des Alphabets. Wenn man zum Beispiel S drückte, flippte unten eine Schublade mit einer Karte heraus, auf der meine Mutter alle Namen von Bekannten und Verwandten, die mit S anfingen, und deren Telefonnummern aufgeschrieben hatte. Und ich sah das Haus, durch welches das Klingeln des Telefons hallte. Es war ein lautes Klingeln, mein Vater wollte das so, er wollte nicht verpassen, wenn jemand anrief. Es nahm niemand ab. Irgendwann tutete nur noch ein Besetzt-Zeichen aus dem Telefon.

Mit dem Tod kannte ich mich nicht aus. Bis auf meine Großeltern, die sehr alt geworden waren, war in unserer Familie noch niemand gestorben. Auch keine Freunde oder jemand anderes, den ich gut kannte. Nur mein Goldhamster, den ich hatte, als ich fünf oder sechs Jahre alt war, und den ich eines Morgens tot in seinem Käfig fand, in einem Schuhkarton im Garten begraben und, ehrlich gesagt, schnell vergessen hatte. Der Tod, das waren für mich die Traueranzeigen in den Zeitungen. Ich war in meinem Leben vielleicht drei- oder viermal auf einem Friedhof gewesen, ich wusste gar nicht genau, wo in unserer Stadt er sich überhaupt befand. Ich. Jetzt. Alleine. Diese drei Wörter hämmerten in meinem Kopf, und ich stand wieder am Fenster. Ich war ganz ruhig. Für mich war der Tod meiner Eltern eine Bekanntmachung eines höflichen Polizisten, eine Minute vorher hatte ich noch Eltern gehabt, und jetzt war ich alleine. Ich schaute auf die Straße und dachte: Was mache ich denn jetzt?

Nichts. Man kann nichts machen. Ich suchte den Zettel mit der Nummer des Hotels, rief an und sagte der Frau an der Rezeption, dass Familie Schweikert nicht kommen und das Essen im Restaurant ausfallen würde. Keine Ahnung, warum ich ausgerechnet daran dachte. Dann ging ich zu meinem Kühlschrank und holte aus dem Gefrierfach eine halb volle Flasche Wodka heraus, nahm ein Glas und setzte mich auf einen meiner Klappstühle auf den winzigen Balkon meiner Wohnung. Nach dem ersten vollen Glas, das mir im Magen brannte, traten mir die Bilder meiner Eltern wieder vor Augen, es waren unendlich viele Schnipsel, wie aus Super-8-Filmen. Ich trank ein zweites Glas Wodka und rauchte viele Zigaretten. Der Wodka löste den Krampf, der mich seit der Nachricht zusammengeschraubt hatte.

Ich hatte nicht nur keine Erfahrung mit dem Tod, ich hatte auch keine Erfahrung mit der Endgültigkeit. Ich kannte kein »nie wieder«, noch nichts in meinem Leben war »nie wieder« gewesen, nur eines meiner alten Autos, das ich einmal auf einem Schrottplatz abgeben musste, sah ich nie wieder. Ich hatte mich von ein paar Freundinnen getrennt oder sie sich von mir, wir hatten Schluss gemacht, aber man sah sich ja wieder, man lief sich über den Weg, und selbst wenn Freunde von mir in eine andere Stadt zogen, blieb immer noch die Möglichkeit, sich wiederzusehen, sich irgendwann mal wieder zu begegnen. »Nie wieder« ist etwas anderes, und wenn es die eigenen Eltern sind, die man nie wiedersehen wird, ist das wie ein Beil, das in die Erinnerung, in das ganze eigene Gewordensein geschlagen wird. »Nie wieder«, ich flüsterte es in meinem Wodkataumel vor mich hin, ich blickte in den inzwischen nachtdunklen Himmel und sprach mit ihnen. »Mama, Papa, wir werden uns nie wiedersehen. Nie wieder.« Mama, Papa, ich wusste nicht mehr, wann ich sie zuletzt so genannt hatte. Meinen Vater schon sehr lange nicht mehr; wenn wir miteinander sprachen, sagte ich tonlos »Vater« zu ihm, wenn überhaupt. Ich vermied die Anrede und sagte »du« zu ihm.

Aber nun fielen mir »Mama« und »Papa«, diese verschollenen Worte, wieder wie meine alten Spielzeugindianer oder Schulhefte in den Kopf. Seit Jahren waren die Distanz und Sprachlosigkeit zwischen uns gewachsen, ich hatte mich damit arrangiert, ich lebte damit und hatte meine Eltern von mir fortgeschoben. Die Nachricht von ihrem Tod brachte sie mir wieder zurück, die Distanz zwischen uns löste sich auf. Ich fühlte auf einmal wieder das Kind, den Pubertierenden, den Sohn meiner Eltern in mir. Ich fühlte mit dem schwappenden Wodka im Magen mich in kurzen Hosen und auf meinem ersten Fahrrad, angeschoben von meinem Vater, der eines Tages die Stützräder abschraubte und mich so heftig anschob und dann losließ, dass ich gar nicht anders konnte, als zu rollen und zu treten, aus Angst hinzufallen. Als ich daran dachte, wurde mir von dem Wodka übel, und als ich über die Balkonbrüstung blickte, drehten sich die Häuser auf der anderen Straßenseite. Ich taumelte zurück in meine Zweizimmerwohnung und hielt mich am Türrahmen fest. Auf dem Tisch lag noch die hässliche Krawatte, die ich gekauft hatte. Ich nahm sie und warf sie in den Müll. Ich wollte sie nie wiedersehen, ich wollte auch sie sterben lassen.

Ich bin in dieser Nacht mit dem Wodkaglas in der Hand und in Hemd und Hose eingeschlafen. Vielleicht waren es auch die Musik, die ich hörte, und der Takt der Nadel meines alten Plattenspielers, die am Ende der Platte immer eine Rille zurücksprang, die mich schläfrig gemacht hatten. Man hatte damals noch Plattenspieler. Am nächsten Morgen rief ich in der Firma an und nahm mir bis mittags frei. Ich sollte zur Polizei kommen und die Details regeln. Die Details. Gibt es Details, wenn man wie ich auf einmal ohne Eltern ist? Ja. Die Leichen meiner Eltern waren in der Pathologie im Krankenhaus, man sagte mir, dass ein Bestattungsunternehmen alles übernehmen könne, die Formulare, die Überführung in die Stadt meiner Kindheit und auch die Bestattung, man habe dort Unternehmen, mit denen man zusammenarbeite. Aber ich müsse sie noch identifizieren, bestätigen, dass es meine Eltern seien. Außerdem habe man persönliche Gegenstände aus dem Autowrack geborgen, die ich quittieren müsse. Und ich müsse auch über das Wrack entscheiden, es verschrotten zu lassen sei gebührenpflichtig. Am Mittag wollte ich wieder in der Firma sein, ich war ein junger Architekt, und wir arbeiteten in einem Team an einer damals völlig neuen Wohnkultur, den Townhouses. Schöner wohnen. Es war unsere Art, die Welt zu verbessern. Mit Stil. Ich wollte keine Minute davon verpassen.

3

Zweiundzwanzig Jahre. Ungefähr ein Viertel Menschenleben – wenn es gut läuft. Wenn ich mit meiner damaligen Freundin ein Kind gezeugt hätte, wäre es heute so alt wie ich, als ich im Streit auszog. Nun hatte ich ein Kind, eine Tochter. Die Mutter war nicht die Freundin von damals, es war eine andere Frau, die ich später kennenlernte. Wir wohnten in einer Wohnung in der Stadt, die Schule meiner Tochter war nur zwei Minuten entfernt. Ich brachte sie oft morgens hin, und jeden Morgen wollte sie, dass ich zwei Meter früher umkehrte, es wurde ihr peinlich, vom Papa in die Schule gebracht zu werden. Sie war sieben. Heute Morgen hatte sie sich fast schon vor unserer Haustür verabschiedet.

Ich war immer noch Architekt, aber ich dachte mir keine Häuser mehr aus, sondern das Innenleben. Alle Architekten träumen davon, irgendwann große Meister zu sein und Häuser mit Seele, Charakter und urbaner Biofunktionalität oder wie sich der Unsinn nennt, den man im Studium lernt, in die Welt zu setzen. Architekten denken immer, sie seien Künstler, und sie haben – ganz dummes Wort – Visionen. Visionen sind das Schlimmste, was Architekten haben können, und wenn dann auch noch »kühn« oder »gewagt« davorsteht, sind es unbewohnbare Gebilde, die aber die meisten Architekturpreise bekommen. Ich habe viele Dächer, Eckhäuser, Fronten, Stahl- und Glasfassaden entworfen, aber ich habe immer das Absurde vermieden. Keine Ahnung, vielleicht war es die Vorsicht, mich von dem, was ich konnte, nicht zu weit zu entfernen. Ich tauge nicht als Fantast.

Mein Problem war, dass ich leise und gut arbeitete, aber nicht laut darüber sprach. Noch dazu sprach ich wenig, ich fand, dass eine Idee, die man mit vielen Sätzen und Erklärungen verkaufen muss, keine gute Idee ist. Ich war der Meinung, dass meine Arbeit meine Sprache war. Doch ich kam mit dieser Einstellung in der Firma trotz Zwanzig-Stunden-Tagen nicht weiter.

Und ich merkte, dass sich die großen Architekten-Büros nicht für das Innenleben ihrer großen Häuser interessierten. Innenarchitektur ist mühsam, weil sie nur aus einer unendlichen Kette Details besteht, kein großer Wurf, sondern eine komplizierte Operation an Herz, Lunge und Kreislauf eines Gebäudes. Sich organische Architektur vorzustellen ist nicht so bescheuert, wie es klingt. Es hat nichts mit Erdhöhlen oder Baumhäusern zu tun. Es ist anders. Es ist notwendig, sich Gänge und Treppen wie Blutbahnen vorzustellen, Fenster und Klimaanlagen wie Lungen und in jedem Haus, jedem Geschäft und jedem Zimmer ein Herz, ein Zentrum zu suchen und zu bauen. Ich hatte mir das selbst ausgedacht und am Anfang einmal bei der Inneneinrichtung einer Buchhandlung und bei einem Neubau eines Cafés so erzählt, das Herz, die Blutbahnen und so weiter. Es funktionierte, und wenn ich bei Besprechungen meine Metaphern von Herz, Lunge und Venen eines Gebäudes brachte, waren meine Kunden begeistert. Man muss ihnen immer etwas erzählen, was sie noch am selben Abend weitererzählen und damit in Klugheit glänzen können, dann sind sie glücklich. Und so kündigte ich, studierte noch drei Semester Innenarchitektur, machte mich selbstständig und nahm aus der alten Firma ein paar Kunden mit, deren Häuser ich nun innen lebendig machte.

Mein kleines Büro lief vom ersten Tag an gut, so gut, dass ich viele Aufträge auf eine Warteliste setzen musste und manche dadurch auch wieder verlor. Aber ich wollte keine Angestellten haben und die Firma nicht vergrößern. Ich hatte gelernt, dass ich nur dann gut war, wenn ich alles, wirklich alles selbst machte. Es gab nur Lara, eine junge Industriedesignerin und Schlosserin, die mir bei einigen Projekten half und die ich auf einer Baustelle kennengelernt hatte. Lara war ein schönes Mädchen mit braunen Haaren, einem muskulösen und zugleich zarten Körper und einem Gesicht mit dunklen Augen und ebensolcher Haut – einer ihrer Großväter kam aus Tunesien. Wenn wir zusammen auf Baustellen waren, glaubte jeder, sie sei meine Sekretärin, und die Handwerker starrten ihr besonders im Sommer nach, wenn man ihren Körper unter den Kleidern, die sie trug, erahnen konnte.

Mein Büro lag in einem Haus mit vielen anderen kleinen Firmen: Designer, Anwälte, ein Filmproduzent, der, glaube ich, Pornos produzierte und uns immer erzählte, er mache »Naturfilme für Arte«. Unten im Haus versuchte gerade ein Koch, eine Kochschule zu eröffnen, aber die Behörden wollten ihm keine Betriebserlaubnis für seine vielflammigen Gasherde, Backöfen und Dampfgarer geben, da die Stromleitungen dafür nicht gemacht waren.

Es war ein Haus, in dem Tag und Nacht gelebt und gearbeitet wurde. Mein Büro lag im ersten Stock, die Fenster waren alt und schief, die Dielen knarzten, die Farbe blätterte von den Wänden und die Stromleitungen waren noch aus der Zeit, als man Kabel mit Stoff isolierte, sodass einem nun das Kupfer der Leitungen in den

Fingern zerbröselte. Die Inhaber des Hauses, eine Erbengemeinschaft, versuchten seit Jahren, es zu verkaufen, aber alle Interessenten schreckten vor uns schwierigen, teilweise juristisch geübten Mietern zurück, weil sie uns nicht herausbekommen würden. Mieterschutz, Denkmalschutz, sogar Naturschutz, weil am Haus irgendeine seltene Pflanze rankte – was auch immer in den Gesetzen an winzigen Schutz-Paragrafen zu finden war, hatten die Anwälte schon herausgekramt und bereitgelegt. Wer das hier kaufen wollte, würde sich mit Galliern anlegen, das war klar.

Aber um ehrlich zu sein, waren wir in diesem Haus eine ziemlich angestrengte Kollektion aus Menschen, die sich selbst für gut und schön hielt. Wir vermieden die Hässlichkeit schlechten Designs und nicht zusammenpassender Kleidung, wir waren Ton-in-Ton-Menschen. Wir lachten immer, auch wenn es nichts zu lachen gab oder einem von uns nicht danach zumute war. Alle unsere Geschäfte liefen »super«, auch wenn ich sah, dass die Anwälte kaum Klienten hatten und die Web-Designer schon zweimal pleitegegangen waren, weil es im Netz kaum noch etwas zu erfinden gab und sich »Web« und »Design« so anhörten wie früher »was mit Medien«, was jeder sagte, der nicht genau wusste, was er wollte. Ich wusste manchmal nicht, ob die Werbung uns nachmachte oder wir die Werbung, denn wir sahen so aus. Die Männer trugen alle Dreitage- oder neuerdings Vollbärte, Jeans, Converse-Schuhe, und auch wer keine Sehschwäche hatte, trug teure Hornbrillen mit entspiegeltem Fensterglas. Natürlich hatten wir alle die neuesten Smartphones und Tablet-Computer, keiner von uns las Zeitung auf Papier oder hörte Musik von einer CD, unser Zugang zur Welt hieß WLAN, und wir wurden still nervös, wenn auf den Displays mal stand: »Kein Netz«. Sobald es kühler wurde, schlangen sich die meisten Männer bunte Schals um den Hals, und viele trugen teure Jeans, die verdammt gebraucht aussahen, der Filmproduzent und der Koch hatten welche mit sehr vielen Rissen und Löchern, was ich nie ganz verstand.

Wir sahen uns ja oft im Treppenhaus, weil die Türen der meisten Büros offen standen. Nur meine nicht, ich mochte das nicht. Die Tür zur noch nicht eröffneten Kochschule war auch immer offen, und dort gab es eine wirklich große Kaffeemaschine, so ein blitzendes Profi-Bar-Modell aus Italien, für das wir alle Geld zusammengelegt hatten und vor dem ein großer Holztisch aus alten französischen Hafenplanken stand, sehr teuer, mit Stühlen, auf denen wir oft saßen und Latte tranken.

Wir waren ein Wabenstock von Selbstbestätigern. In die große Welt hatte es keiner von uns geschafft. Die Web-Designer saßen noch immer hier und nicht im Silicon Valley, die Anwälte hatten keine Kanzlei mit einem meterlangen Briefbogen und Büros in London und New York. Und ich, nun ja, ich baute nicht die Häuser, über die die Welt sprach, sondern Boutiquen, Bars in Hotels oder Lobbys mittelgroßer Hotels. Das Wissen, dass wir weiter als bis hier wahrscheinlich nicht mehr kommen würden, hing wie eine Wolke über uns, aber wir sprachen nicht darüber. Denn sie war nicht grau, und aus ihr regnete es nicht. Wir waren genauso zufrieden mit dem Leben, wie wir einmal unzufrieden damit gewesen waren. Wir richteten unsere Wohnungen und unsere Vorgärten und uns selbst mit derselben Energie ein, mit der wir früher einmal die Welt unserer Eltern zerstört hatten. Auf einem Flug sah ich einmal bei der Landung einem der Triebwerke zu. Es stülpte hinten Klappen aus, die den

Düsenstrahl blockierten, um zu bremsen. Ich beobachtete die Düsen und dachte, so ist das Leben – wir leben mit Umkehrschub. Wenn ich ehrlich bin, habe ich es genau so bei meinen Eltern empfunden, und das war es, was ich an meinen Eltern irgendwann verachtete.

Aber irgendwann war es zu spät, die Richtung zu ändern. Auch wenn wir uns Mühe gaben, gesund zu sein und unser Alter anzuhalten, hatten unsere Körper nicht mehr die Energie von Gesetzlosen, die wir mit 20 oder 25 kaum zu bändigen wussten. Auch der Sex hatte seine jagende Wucht verloren, unsere Libido war auf einmal nicht mehr nur nach oben unberechenbar, sondern auch nach unten. Ich merkte es daran, dass ein paar meiner Freunde und auch einer der Anwälte bei uns im Haus irgendwann aufhörten, davon zu erzählen, welche Praktikantin oder Studentin sie zurzeit bumsten und welcher Wahnsinn es sei, pfirsichfeste Brüste oder Ärsche in der Hand zu haben. Ich wusste nie, ob die Geschichten wirklich stimmten, aber mir fiel auf, dass sie irgendwann verstummten.

In unserem Bürohaus liefen etliche junge Frauen herum. Praktikantinnen oder junge Anwältinnen, Mitte zwanzig oder dreißig und mit der selbstverständlichen Schönheit einer nicht rauchenden und wenig trinkenden gesunden Generation ohne die Kratzer des verwegenen Verlebtseins, die wir hatten. Es war für mich immer der Blick in ein Leben, das auch anders hätte sein können. Aber mit der Zeit schauten wir – wie soll ich sagen? – gebremster hin und spürten, wie uns die jungen aufgeblühten Körper irritierten, weil wir sie mit unseren verglichen. Und zum Reflex der Lust kam mit der Zeit der Zweifel hinzu, das, was sie mit ihren Körpern verlangen und erwarten könnten, nicht mehr zu schaffen.

Als ich meine Eltern verlor, war ich körperlich noch ein Gesetzloser. Ich war fit, hatte noch keine grauen und vor allem noch alle Haare, mein sexuelles Leben war wie eine Kirmes, auf der man jedes Karussell, das einem keine Angst machte, ausprobierte. Und wie selbstverständlich zählte ich mich zu denen, die jung waren. Ich hatte eine Arbeit, bei der ich nie Anzug und Krawatte tragen musste, ich fühlte mich nie fremd, nie verkleidet. Doch das war vor zwanzig Jahren. Nun war ich selbst Vater, und das hatte etwas mit Altwerden zu tun, weil das Wort »jung« mich nicht mehr betraf. Man merkt das, wenn man Fernsehwerbung schaut und immer öfter denkt, dass die Hautcreme oder das Starter-Konto bei der Bank einen nichts mehr angehen, das Konto für die Altersvorsorge oder die Tabletten gegen Blasenschwäche aber vielleicht schon bald. Den Abschied von »jung« spürte ich, seit die jungen Praktikantinnen bei uns im Haus mich hartnäckig und höflich siezten, auch wenn ich immer wieder sagte, ich hieße Johannes.

»Johannes?« Es war die alte Frau, sie zupfte an meinem Hemdsärmel. »Hast du die Sprache verloren?«

4

Langsam sah ich die beiden vor mir klarer, und meine Hände hörten auf zu zittern. Mein Vater hatte früher dunkle Haare mit ein paar grauen Strähnen gehabt, die von dem Mann, der behauptete, mein Vater zu sein, waren weiß, beinahe leuchtend weiß. Aber sie waren alle noch da, und er hatte dieselbe Frisur mit dem präzise gezogenen Scheitel links wie mein Vater früher. Sein Gesicht war sehr schmal geworden und sein Bauch verschwunden, soweit ich das sehen konnte. Das Hemd spannte nicht mehr über einer Halbkugel, sondern hing faltig wie ein zu großes Zelt an ihm hinab. Die Haut über den Wangen war dünn und fleckig und hing schlaff herunter. Selbst seine Augenbrauen waren weiß geworden, aber die Augen darunter waren so wach und dunkel wie früher. Ja, er hatte auch diesen Blick aus leisem Spott oder Unwillen, so wie damals mein Vater, und schon wieder konnte ich nicht sagen, welcher Stimmung er war. Die Haare der Frau waren ebenfalls weiß, und das früher kräftige, gewellte Haar meiner Mutter war dünn geworden. Auch ihr Gesicht war schmaler, aber nicht so schmal wie das meines Vaters. Sie hatte immer noch diese hohen Wangenknochen, und sie lächelte mich fortwährend mit ihren feuchten Augen an. Mein Vater, also der Mann, der behauptete, es zu sein, schaute wieder an dem Haus hoch und drehte sich dann um, als ob er etwas suchen würde.

»Sag mal, kann man da auch hineingehen? Oder gibt es irgendwo einen Ort mit Stühlen? Wir würden uns gerne mal setzen. Und was hast du da eigentlich die ganze Zeit in der Hand?«

Ich blickte auf meinen Pappbecher mit dem Cappuccino darin und dem Deckel darauf; der Kaffee war mittlerweile kalt geworden, und ich hatte ihn ganz vergessen.

»Das ist, äh, das ist Kaffee.«

Mein Vater kniff die Augen zusammen, um die Schrift auf dem Becher lesen zu können. »Wie, trinkt man Kaffee jetzt im Gehen? Oder im Stehen? Gibt es keine Tassen mehr?« Seine Stimme wurde mit jedem Wort fester, und er lächelte. Oder spöttelte, ich hörte genau, wie er diesen Tonfall, den ich so gut kannte, suchte und übte.

Ich blickte die Frau an.

Ich wollte sie wegschicken, alle beide. »Bitte geht weiter, bitte verschwindet«, wollte ich sagen.

Als ob es der Mann erraten hätte, sagte er: »Du kannst uns auch zum Teufel jagen, Johannes. So wie früher. Kannst uns wegschicken.« Er blickte sich um, sah die Straße entlang. »Aber wir wüssten dann nicht, wohin. Mag auch sein, dass es dich nach über zwanzig Jahren nicht interessiert, aber sieh deine Mutter an, sie ist nicht mehr die Jüngste und müsste sich einmal hinsetzen, wir sind schon eine gute Strecke gelaufen. Und zwei Stühle für zwei alte Menschen wird es ja wohl geben … Wir gehen dann auch bald.«

»Wir können in mein Büro gehen, da gibt es Stühle und auch eine Couch«, antwortete ich, ohne zu wissen, warum. Die Frau lächelte wortlos, nickte und nahm meinen Arm, den ich erschrocken wegzog. Beide folgten mir zur Treppe, es war ziemlich laut im Haus, weil die Anwälte und der Produzent sich über Polizei und Abschleppwagen, die auf der Straße vorgefahren waren, aufregten und der Koch gekommen war und sich mit aufregte. Ich und mein seltsamer Besuch gingen langsam die Treppe hinauf, die anderen traten einen Schritt zur Seite, nickten mir zu und regten sich dann weiter auf. Mein angeblicher Vater blieb einen Moment stehen, und ich sah, wie er ein Ohr in die Unterhaltung hineinhielt, als ob das andere nicht mehr gut hörte. Ich war immer noch wie betäubt und konnte die rasenden Gedanken in meinem Kopf nicht festhalten. Was war hier los? Nahmen mich die zwei Greise auf den Arm, war das alles ein makaberer Scherz? Waren die beiden Betrüger oder Geistesgestörte? Oder hatte ich Halluzinationen, sah ich Dinge und Personen, die es gar nicht gab? Irgendwie muss es ja anfangen, wenn man verrückt wird.

Mein Büro war früher einmal eine kleine Wohnung gewesen – zwei Zimmer, ein kleines Bad, eine Küche und ein Balkon. Hier arbeitete ich seit sieben Jahren. Das Büro war karg, nichts Überflüssiges, alles, was es gab, hatte eine Funktion. Weiße Wände, ein Dielenfußboden, drei große Schreibtische mit Computern und großen Bildschirmen, ein großer Zeichentisch, eine Bücherwand und ein beiges Klappsofa, auf dem ich manchmal schlief. An der Klingel stand »JSD«, meine kleine Firma hieß »Johannes Schweikert Design«. Ich schloss die Tür auf, und die beiden folgten mir wortlos. »Ma...«, nein, das Wort konnte ich nicht aussprechen, ich schaute die alte Frau an und zeigte auf die Stühle. »Setz, äh, setzen Sie sich ..., oder auf die Couch, die ist bequemer.« Die alte Frau setzte sich auf die Couch, legte den Kopf in den Nacken und schloss die Augen. »Einen Moment nur«, sagte sie. Der Mann stand mitten im Zimmer und sah sich um, nein, sein Blick untersuchte jeden Winkel. Es sollte ein warmer

Tag werden, und ich öffnete alle Fenster und drehte mich immer wieder um in der Hoffnung, dass die beiden, plopp, einfach wieder verschwunden sein würden. Nein, mein Vater war noch da. Ich deutete auf die Couch. »Vater … setz dich doch«, rutschte es mir heraus.

»Vater? Das Wort kennst du noch?«

Hier in diesem Zimmer wagte ich, ihn genauer anzuschauen. Ich suchte nach irgendetwas, das mir verriet, dass es sich um eine Fälschung oder Halluzination handelte. Nein, er war nicht geschminkt, und die Haare sahen auch nicht nach einer Perücke aus, und wenn ich genauer hinsah, konnte ich die kleine Narbe links an seiner Stirn erkennen. Und der da vor mir saß, war auch nicht durchsichtig oder eine Projektion. Wenn es mein Vater war, dann war er verdammt real.

»Ich … woher soll ich wissen, dass ihr es wirklich seid?«, fragte ich.

Er ordnete mit den Händen seine weißen Haare, sie waren länger, als ich sie in Erinnerung hatte.

»Ist nicht leicht, oder? Ich hätte es auch nicht geglaubt, wenn meine toten Eltern vor mir gestanden hätten.«

»Nicht leicht ist gut. Ich habe das Gefühl, ich verliere den Verstand. Da kommen zwei alte Leute und behaupten, sie seien die, die ich vor Jahren beerdigt habe. Behaupten, sie seien die wichtigsten Menschen in meinem Leben, meine Eltern. Würden Sie solchen Leuten glauben?«

»Nein!«, sagte er und vertonte das Wort mit dem für meinen Vater typischen Ausrufezeichen.

»Tote können doch nicht wieder auferstehen«, sagte ich, mehr zu mir selbst.

»Das tun wir doch auch gar nicht«, gab er zurück und blickte mich fest an. »Johannes, glaub mir, wir sind Tote, deine Mutter und ich. Du kannst …«, er winkte mich zu sich, »komm mal her und fühle«, er zog den Ärmel seines Mantels und seines Anzugs zurück und streckte seinen blassen Arm aus, »… du kannst hier fühlen, du wirst keinen Puls finden.«

Ich zögerte, das war mir zu gespenstisch. Ich wollte nicht auf einem pulslosen Arm keinen Herzschlag spüren.

»Aber wer sagt mir, dass ihr es wirklich seid?« Ich flehte beinahe.

»Wer sollen wir sonst sein? Heinrich und Hannelore Schweikert, geboren 1926 …« Und dann gab er leise ihre Biografie wieder, aufgewachsen in, verheiratet seit, einen Sohn geboren in, eine Geschäftsgründung dann und dann und gestorben bei einem Autounfall im Juni vor 22 Jahren. Lückenlos, jedes Datum stimmte. »Welche klapprigen Gestalten in dieser Stadt sollten sich die Mühe geben, das alles zu lernen und dir hier Theater vorzuspielen? Und wozu?« Er blickte mich an. »Ich kann ja verstehen, dass es dich durcheinanderbringt, uns zu sehen. Aber nun beleidige uns nicht und reiß dich zusammen, so viel Zeit haben wir nun auch nicht. Oder willst du jetzt auch noch Blutgruppe, Kontonummer und die Nummern meiner Bankschließfächer wissen? Da müsste ich einen Moment nachdenken, und das könnte dauern … Gibt es die überhaupt noch?«

Ich wollte gerade etwas erwidern, als mein Handy in der Hosentasche vibrierte und klingelte. Ich zog es heraus.

»Hallo, Herr Schweikert, Kurges hier, wir warten hier auf Sie. Zehn Uhr dreißig hatten wir doch vereinbart, richtig?«

Scheiße! Ich hatte den Termin vergessen, einen wichtigen Termin, einen Termin, bei dem entschieden werden sollte, ob ich den Auftrag für den Innenausbau einer kleinen Boutiquenkette bekommen sollte. Ich war als Außenseiter in den Wettbewerb gegangen und hatte mir kaum Hoffnungen gemacht. Aber Theresa Kurges, die Frau des Inhabers, wollte unbedingt den Innenarchitekten wechseln, weil sie einen neuen Stil wollte, den sie in New York oder London gesehen hatte. Unverputzte Mauerwände, Dielen aus alten Schiffsplanken und Tische aus grobem, poliertem Eichenholz mit Rissen. Wie das so ist in dieser Stadt. Es ging jetzt nur noch um die Umwelttauglichkeit des Materials. Also kein Tropenholz, keine Chemie in den Farben, Energiesparlampen und bruchsichere Schaufensterscheiben in den Straßen der schick werdenden Kieze, wo Hausbesetzer neben jungen, reichen Hausbesitzern lebten und Boutiquen die meisten Umsätze machten. Dass es ab und zu Krawalle gab und die Schaufensterscheiben einiger Geschäfte zu Bruch gingen, während die Krawallsportler teure Computer und teure Turnschuhe herausschleppten, war ärgerlich. Doch nun hatten die Geschäfte bruchsichere Scheiben, und die Krawalle waren zu einer guten Werbung geworden, weil die Geschäfte und ihre erleuchteten Fenster wie uneinnehmbare Konsumfestungen in allen Nachrichten und in allen Zeitungen zu sehen waren. Genau diesen Effekt – sie nannte es »Shopping in the Bronx« – wollte auch Frau Kurges. Ich hätte das auch am Telefon und über E-Mail besprechen können, aber Theresa Kurges liebte »Meetings«, zu denen sie immer champagnerbeseelt erschien. Egal, ich hatte das alles vergessen, weil meine toten Eltern unangemeldet vor der Tür standen.

»Frau Kurges, das tut mir leid, mir ist etwas sehr Wichtiges dazwischengekommen …«

»Was kann einem denn dazwischenkommen, wenn es um einen solchen Auftrag geht?«

»Das erzähle ich Ihnen später mal, ich habe unerwarteten Besuch bekommen und muss leider absagen. Können wir das Meeting bitte auf morgen verschieben, ginge das?«

Schweigen.

»Okay, ich gebe Ihnen noch eine Chance, morgen, acht Uhr. Sonst bekommt jemand anders den Auftrag.« Sie legte auf.

Ich schaute den Mann an, der behauptete, mein Vater zu sein, und sah, dass er mitgehört hatte. Er hielt sich einen Finger an das mir zugewandte Ohr.

»War das Arbeit?«, fragte er.

»Ja, aber nicht wichtig.«

»Du hättest hingehen sollen, Arbeit ist immer wichtig.«

»Ja, aber wenn hier zwei Leute sitzen, die behaupten, sie seien meine vor 22 Jahren verstorbenen Eltern, kann die Arbeit auch mal warten.«

»Davon werden wir auch nicht wieder lebendig.«

»Aber ich vielleicht klüger.«

»Wenn dir das jetzt noch etwas nützt. In deinem Alter?« Er lächelte. Über seinen wohl gelungenen Satz, wie er offensichtlich fand. So wie früher.

Mein Vater stand auf. »Was ist das, in das du eben gesprochen hast?« Er kam zu mir und zeigte auf das Telefon in meiner Hand.

»Ein Telefon.«

Er sah sich um. »Wie? Ganz ohne Schnur? Ist das ein Funkgerät? Darf ich mal?« Er nahm das Telefon, ein Smartphone mit Glasdisplay, in die Hand.

»Das ist aber klein. Und man kann dich nur anfunken,

oder? Es hat ja keine Tasten und …«, er befühlte die Glasfläche und runzelte die Stirn, »… keine Antenne. Damit kann man nur hier in der Straße funken, oder?«

»Nein, damit kann man bis nach China telefonieren, und Internet hat es auch.«

»Interwas?«

Als der eingeschlafene holländische Blumenfahrer den Mercedes meiner Eltern planierte, standen in den Wohnungen der ersten blassen Computerpioniere graue Schachteln, die Atari und Commodore hießen, und in manchen Firmen ebenso graue Macintosh-Kartons mit einem Bildschirm, der wie ein eckiges Bullauge aussah. Zwei Monate nach dem Tod meiner Eltern programmierte ein gewisser Tim Berners-Lee in Genf die erste Website der Welt für das World Wide Web, das Internet bestand also aus genau einer Seite. Wer in Deutschland auf der Straße telefonieren wollte, musste mit zwanzig Pfennigen in eine gelbe Telefonzelle gehen. Das erste deutsche Handy, das Pocky, kostete 8600 Mark und wog 600 Gramm. Niemand von uns kannte irgendjemanden, der ein Pocky hatte. Die Mauer in Deutschland war gefallen, und das ferne Berlin sollte Hauptstadt werden, aber in der Welt meiner Eltern war es ein Fernsehereignis geblieben. Wir waren nie im Osten gewesen, und wir kannten niemanden im Osten. In den Nachrichten haben meine Eltern noch erfahren, dass der Irak Kuwait überfallen hatte und amerikanische Truppen Kuwait wieder befreiten. Sie haben nicht mehr erlebt, dass England und Frankreich durch einen Tunnel verbunden wurden, dass Helmut Kohl abgewählt wurde und jetzt eine Frau Kanzlerin ist und man kreuz und quer durch Europa fahren kann, ohne seine Ausweise zu zeigen. Sie wussten nichts von den Anschlägen des 11. September 2001, nichts vom Afghanistan-Krieg, nichts von dem Krieg gegen den Irak und nichts von den Umwälzungen in den arabischen Ländern. Außerdem waren ihnen auch Tsunamis, Erderwärmung, Windkraft, Energiesparlampen oder der erste schwarze Präsident der USA völlig fremd. So weit das Offizielle. Sie wussten aber auch nichts von meinen drei Umzügen, meinen Trennungen, meinen paar Lieben, meiner Hochzeit und von meinem Kind. Nur um mal das Wichtigste zu nennen.

Andererseits, wussten sie wirklich nichts davon?

Mein Vater stand immer noch vor mir. »Was ist das? Das Internetz?«

Ich sah ihn an und bemerkte, dass meine Mutter die Augen wieder geöffnet hatte. Sie hatte sich wortlos auf einen der Stühle am Tisch gesetzt und musterte ein altes Holztablett auf dem Tisch, auf dem Kleingeld, Kabel, Quittungen, Feuerzeuge und eine zerknickte Schachtel Zigaretten lagen. Meine Eltern hatten immer noch ihre Mäntel an, was seltsam wirkte, weil es immer wärmer wurde.

»Wollt ihr nicht, ich meine, ihr könnt doch die Mäntel ausziehen«, schlug ich vor.

Sie reagierten nicht. Meine Mutter drehte vorsichtig das Holztablett auf dem Tisch. »Ist das … nicht …?«

Es war ein Tablett aus dem Haus meiner Eltern, es war das Tablett, auf dem immer Kaffee serviert wurde, wenn Besuch kam. Ich sah wieder meine Mutter von damals vor mir, wie sie das Tablett mit Tassen, Untertassen, einer Kanne und einer Schale mit Keksen durch die engen Türen unseres Hauses balancierte. Das Tablett war nicht schön, damals hatte es kitschige goldene Holzkanten und geschnitzte Griffe gehabt, ich wollte es nie behalten und hätte es schon ein paarmal fast weggeschmissen. Aber im Lauf der Jahre war die goldene Farbe abgeblättert, und irgendwann hatte ich die Griffe abgesägt. So war es auf diesem Tisch gelandet, ein kaum beachteter Platz, an dem ich meine Hosentaschen entleerte.

Ich war ratlos. Ohne Plan. Alles, was ich hätte sagen können, alles, was mir an Satzhülsen einfiel, kam mir absurd vor. Ich hatte das Gefühl, dass es ihnen genauso ging. Niemand sagte etwas. Ich schaute sie lange an, erst meine Mutter, dann meinen Vater. Und seltsam, plötzlich fing ich an zu lächeln, und die beiden auch.

Ich hatte immer noch das Gefühl, dass es spukte und dass es nie und nimmer meine Eltern sein konnten, die da vor mir saßen. Mir fiel wieder Sartres *Das Spiel ist aus* ein und auch andere Geschichten über auf die Erde zurückkehrende Tote, die ich gelesen hatte. Ich hatte mir beim Lesen solche Besuche vorgestellt, aber doch nur in meiner Fantasie. Und jetzt saß ich mitten in einer solchen. Solange sich die beiden Figuren vor mir nicht in Luft auflösten und alles sich als ein Traum herausstellte, konnte ich nichts anderes tun, als diese Besucher – wie sollte ich sagen? – zu akzeptieren. Ich kam mir vor wie jemand, der sich im Theater auf die Bühne verlaufen hat und den die Schauspieler kurzerhand in ihr Stück einbauen. Ich musste improvisieren, irgendwie. Ich spürte auf einmal, wie ich mich entspannte und die Luft zwischen uns weniger eisig wurde. Aber sie war noch da. Eigentlich würde man doch zurückgekehrte Eltern umarmen und sie nicht wieder loslassen wollen. Würde weinen, lachen und sich wieder ineinander verknäulen. Und die Worte würden sprudeln. Aber wir, wir saßen da in einem Zimmer, schauten in unterschiedliche Richtungen und warteten darauf, dass irgendetwas anfing.

»Schön, euch zu sehen«, sagte ich.

»Ja«, seufzte mein Vater, »ist ja wirklich lange her.«

Schweigen.

Ich wusste nicht, was ich sagen sollte.

»Wie waren wir?«, fragte meine Mutter.

»Wie meinst du das? Als Eltern?«

»Nein. Hast du uns noch mal gesehen? Als Tote, meine ich. Wie sahen wir aus?«

5

Der Tag, an dem ich meine Eltern zum letzten Mal sah, war der Tag nach dem Unfall. Die Sonne schien, und ich hatte Kopfschmerzen von der Nacht mit dem Wodka und einen leeren Magen, als ich im Klinikum der Stadt am Eingang nach der Pathologie fragte. Ich sollte mich bei jemandem melden, und dann würde noch ein zweiter Jemand dazukommen, der bestätigen sollte, was ich ihnen sagen würde. Oder nicht sagen würde, denn nach den im Autowrack gefundenen Ausweisen, handelte es sich um meine Eltern. Aber das Gesetz verlangt immer noch die Identifizierung durch einen nahen Verwandten, denn theoretisch hätten ja auch ganz andere Leute in dem Auto sitzen können.

»Herr Schweikert, das ist nicht schön, aber es geht ganz schnell. Und seien Sie beruhigt, es ist kein furchtbarer Anblick, die letalen Verletzungen waren innere«, hatte mir ein Polizeibeamter am Morgen am Telefon gesagt. Was das heiße, wollte ich wissen.

»Na ja, Sie werden Ihre Eltern schon noch in guter Erinnerung behalten«, sagte der Mann, »so optisch, meine ich.«

Am Empfang der Pathologie machte eine Frau mit grellblond gefärbten Haaren sofort ein stilles und ernstes Gesicht, als ich »Schweikert« sagte. Sie nahm ihren Kaugummi aus dem Mund und gab einer anderen Frau zu verstehen, leise zu sein. Die Frau stand hinter ihr, erzählte irgendetwas von gestern Abend und sagte: »Kannst du dir nicht vorstellen ...«

Die Frau am Empfang sah mich an. »Schweikert? Ach, Sie sind das. Einen Moment bitte.« Sie telefonierte und flüsterte und nickte und gab sich Mühe, nicht zu lächeln. Es käme gleich jemand, und wenn, also, äh, wenn ich fertig sei, sollte ich doch bitte noch einmal bei ihr vorbeikommen. »Wir haben hier noch persönliche Gegenstände«, sagte sie.

In einem Regal hinter ihr sah ich einen großen durchsichtigen Plastikbeutel mit aufgeklebten Zetteln, der mit einer rot-weißen Schnur und einem Siegel zugebunden war. In dem Beutel erkannte ich die braune Handtasche meiner Mutter, eine schwarze Brieftasche, Teile einer Brille und einige metallische Gegenstände, Uhren und Ringe. Es sah unheimlich aus, wie ein Beutel mit Diebesgut von einem Einbruch. Ich starrte darauf, und dann kam ein Mann mit einem Kinnbart und einem grünen Kittel, der wirklich »hier entlang, bitte« sagte. Nach ein paar Gängen und einer Treppe in den Keller ging eine große, schwere Tür auf, und ich sah eine Halle mit langen Metallschränken und großen Schubladen, und weil ich Krimis aus dem Fernsehen kannte, wusste ich, dass es die Leichenkühlfächer waren. Die Neonröhren schimmerten weißgrün, und es roch nach Spiritus. Am Ende der Halle sah ich eine große Schwingtür, die manchmal aufging, und dahinter erkannte ich Menschen in grünen Kitteln, die sich über irgendetwas beugten – Leichen, wie ich annahm. Der Mann sagte noch mal »hier entlang«, dann gab er mir auch einen grünen Kittel und eine weiße Haube. »'tschuldigung, ist hier leider Vorschrift«, alles sehr sachlich und knapp. Wenn man die Leichen seiner Eltern begutachten soll, ist man für diese Knappheit dankbar, weil man schnell, wirklich sehr schnell wieder heraus möchte.

Es dauerte höchstens zwanzig Sekunden. Wir waren durch einen der langen Gänge von Metallschränken gegangen, als der Mann kurz stehen blieb und mich anblickte. »Sind Sie so weit?« Ich nickte. Der Mann zog eine der großen Schubladen heraus, und vor mir rollte mein Vater mit einem tiefen metallischen Rattern auf Brusthöhe hervor. Ich sah nur den Kopf, der Körper war in ein grünes Tuch gehüllt. Das Gesicht meines Vaters war blassblau und glänzte, als sei es aus Wachs. Es war auf einer Seite stark geschwollen, seine linke Wange war dick wie ein Tennisball, und auf der Stirn hatte er eine Platzwunde, ein dünner, blutleerer Strich. Die Augen waren geschlossen, seine Lippen dünn und nach innen gedrückt, und sein Haar war ohne Scheitel nach hinten gekämmt. Ich starrte ihn an. Mein Vater. Es ist die Abwesenheit jeder Körperwärme, die einen verstört, wenn man seinen toten Vater anschaut, es ist eine schimmernde Kälte, die einem über die eigene Haut zieht. Nein, das war nicht mein Vater, das war der Körper, der einmal meinem Vater gehört hatte. Ich wusste nicht, was ich tun sollte. Ihn noch einmal berühren? Einmal über die Haare streichen? Brüchig flüsterte ich »Hallo, Papa«. Dann berührte ich kurz seine Schulter unter dem grünen Tuch, als wollte ich ihn aufwecken. Dabei fiel mir auf, dass ich meinen Vater fast nie schlafend gesehen hatte, jedenfalls konnte ich mich nicht erinnern. Ich ließ ein paar Sekunden verstreichen, wusste nicht, was ich sagen sollte. »Ja, das ist mein Vater«, sagte ich schließlich. Oder hätte ich »das war« sagen sollen?

Der Mann nickte und schob die Bahre wieder in den Schrank. Meine Mutter war in dem Fach daneben und sah besser aus, keine Wunde, zwar auch blassblau und geschwollen, aber gleichmäßig. Meinen Vater zu identifizieren war nicht so schwer, aber meine Mutter gleich danach, das nahm mir den Atem. Ich fing an zu zittern, und mir wurde schlecht, es war eine Übelkeit, die in Wellen kam. Beide Gesichter waren völlig entleert, kein Hinweis darauf, ob sie sich noch erschreckt oder gelacht hatten oder sonst irgendetwas. Oder ob sie im Moment des Todes vielleicht ein Gefühl des Friedens verspürt hatten. Nichts. Auch das Gesicht meiner Mutter war wächsern, der Rest ihres Körpers war ebenfalls verhüllt. Ich brauchte länger, ich wollte sie irgendwie nicht verlassen oder nicht hierlassen, wie auch immer. »Hallo, Mama«, sagte ich wieder tonlos und berührte auch sie kurz an der Schulter, ich wollte gerecht sein. »Ja, meine Mutter«, sagte ich dann und drehte mich um.

»Herr Schweikert«, fragte der Mann, der ein Klemmbrett in der Hand hielt, »wollen Sie einen Moment alleine sein? Und wollen Sie vielleicht Ihren Vater und … Ihre Mutter noch einmal zusammen sehen?« Ich schüttelte den Kopf. »Nein, danke, bloß das nicht. Ich fühle mich auch so schon allein.« Ich kämpfte mit den Tränen, mein Mund verzog sich, ich begann zu weinen, aber es brach in der neonröhrenden Sachlichkeit des Ortes auch gleich wieder ab.

»Ich muss Ihnen noch mitteilen, dass die Todesursache bei beiden das Versagen der inneren Organe infolge der Verletzungen war«, sagte der Mann. »Ich nehme an, Sie wollen das nicht genauer wissen … Es war …«, er machte eine Pause und sah mich an,«… ein schneller Tod.«

Ich schüttelte den Kopf. »Ein zu schneller Tod«, verbesserte ich und hörte meine heisere, tränenerstickte Stimme.

»Mein Beileid«, sagte der Mann und zeigte auf eine Bürotür. »Dann gehen Sie doch bitte zu meinem Kollegen ins Büro und bestätigen mit Ihrer Unterschrift die Identifi… also, dass es Ihre Eltern sind. Dazu, äh, bräuchten wir aber auch Ihren Ausweis. Tut mir leid.« Ich unterschrieb, dass die Toten meine Eltern waren. Mit Datum und Uhrzeit. Die Eltern, die jetzt vor mir saßen und wissen wollten, wie sie ausgesehen hatten.

»Na ja, … ganz gut eigentlich«, sagte ich und versuchte irgendwie zu lächeln. Wenn ich hier schon mit meinen toten Eltern saß, wollte ich ihnen keine Leichenhallen-Geschichten erzählen.

»Das Letzte, an das ich mich erinnern kann, ist dieser Lkw, der von hinten auf uns zufuhr. Ich habe ihn noch im Rückspiegel gesehen, wir hatten ihn kurz vorher überholt, ein Holländer, oder? Er war viel zu schnell«, mein Vater kniff die Augen zusammen, »und dann hat es gerumst, richtig gerumst, ich höre noch den Aufprall und das Knirschen und Splittern von Glas.« Sein Gesicht wurde wütend, und die blasse Haut rötete sich.

»Ich wollte noch aussteigen, aber auf einmal kam das Autodach herunter, wie ein großer Stein hat es mich heruntergedrückt«, ergänzte meine Mutter und schüttelte den Kopf. »Waren wir richtig zerquetscht?« Sie sah mich an.

»Nein, ihr … also äußerlich konnte man nicht viel sehen.«

»Siehst du?«, sagte mein Vater. »Ich hab dir immer gesagt, dass sie uns da nicht in Stücken herausgeholt oder aufgewischt haben. Der Mercedes war ein guter Wagen. Mit dem neuesten Seitenaufprallschutz und hochfesten Stahlblechen.«

Meine Mutter sah ihn nicht an. »Und warum leben wir dann nicht mehr?«, fragte sie gereizt.

»Also, gegen so einen Lkw mit dieser Wucht kann auch ein Mercedes nicht an. Aber du hörst ja, wir sind ganz geblieben.«

Ich kniff mich heimlich in den Oberschenkel, ich kniff sehr heftig, bis es richtig wehtat. Ich wollte, dass dieser Traum aufhörte. Doch es war kein Traum, ich spürte den Schmerz meiner kneifenden Finger, aber ich wachte nicht auf. Sie saßen immer noch da, und meine Mutter fragte: »War es eine schöne Beerdigung?«

Wie gesagt war ich bis dahin nicht sonderlich erfahren, was den Tod betraf, und erst recht nicht mit Beerdigungen. Ich hatte überhaupt keine Ahnung, wie so etwas ablief, und fuhr am Wochenende nach dem Unfall in meine Heimatstadt zum Friedhof, wo das Büro eines Bestattungsunternehmens lag. Ein Mann, dessen Namen ich nicht mehr weiß, sagte mir am Telefon, er sei auch am Wochenende für mich da. Es war ein farbloses Büro, und der Mann war jung und sehr unruhig, ja, hibbelig. Er stellte sich als Juniorchef vor und trug trotz der Hitze einen schwarzen Anzug, der eilig angezogen aussah. Der Anzug passte weder zu den braunen Bootsschuhen noch zu den Socken mit der Zunge der Rolling Stones an seinen Füßen, die unter den zu kurzen Hosenbeinen zu sehen waren. Er war übertrieben höflich und auf eine Art leichtfüßig, die man, glaube ich, selten so findet, wenn man von Beruf Menschen beerdigt. Ich fragte mich einen Moment, wie man überhaupt Bestattungsunternehmer werden kann und warum der junge Mann seinem Vater nicht einfach davongelaufen und Arzt oder Lebensretter geworden ist und wie er wohl eine Frau kennengelernt hatte. Was sagt man da beim ersten Date? »Baby, ich bringe Menschen unter die Erde?« Wir setzten uns in eine schwarze Sitzgruppe, neben der eine Zimmerpalme mit Staub auf den Blättern stand. Die Leichen meiner Eltern seien ja »schon im Institut«, sagte er. »Und ich nehme an, Sie haben noch nie einen Sarg ausgesucht, oder?«, fragte er und versuchte, mit seinem Gesicht eine Mischung aus Lächeln und Mitgefühl auszudrücken, die ihm aber ins Lächeln abrutschte. Ich kam mir vor wie bei einem Verkaufsgespräch in einem Autohaus. »Nein«, sagte ich, »ich kenne Särge nur aus Filmen, wissen Sie.« Und dann lachte ich. Der Mann auch, brach es aber gleich wieder ab. »Ah, ja ...«

Er stand auf und holte einen dicken, schweren braunen Katalog, von dem jede Seite einzeln eingeschweißt war. »Schauen Sie sich das in aller Ruhe an«, riet er und lehnte sich zurück. Ich blätterte ratlos durch die Seiten mit Fotos. Am Anfang waren die einfachen, schlichten Särge aus Kiefernholz, manche mit vier, andere mit sechs Griffen. Mit jeder Seite wurden die Särge dicker und wuchtiger, das Holz wechselte zu Tanne, Pappel, Eiche und Mahagoni; die Sargdeckel wurden gewölbter, und man konnte aus verschiedenen geschnitzten Ornamenten und wuchtigen Sarggriffen auswählen. Weiter hinten im Katalog gab es noch Sonderanfertigungen mit aufgemalten Meereswellen oder blauen Himmeln mit Wolken. Dann kamen Seiten mit »Sargwäsche«, es gab verschiedene Varianten Matratzen, Tücher und Kissen. Als ich zu den letzten Seiten mit »Hygieneartikeln« kam und mich fragte, wozu »Kinnstützen«, »Mundformer« und »Lippenkleber aus Cyanacrylat« gut waren, nahm mir der Mann den Katalog aus der Hand. »Das, ähh, betrifft nur die Aufbereitung der Verstorbenen«, sagte er und blätterte zu den Särgen zurück. »Haben Sie eine Vorstellung von der Farbe? Eher hell oder dunkel?«

Ich hatte überhaupt keine Vorstellung, sagte aber: »Hell, glaube ich.« Keine Ahnung, ich hätte auch mit geschlossenen Augen eine Seite des Kataloges aufschlagen und auf irgendeinen Sarg zeigen können – ich brauchte zwei Kisten für meine Eltern.

Ich suchte zwei Särge aus, nicht die billigsten, aber auch nicht die teuersten. *Kiefernsarg natur, Truhe, ohne Schnitzung, vier Haltegriffe*, zwei Mittelklasse-Modelle. »Ja, die sind schön und schlicht«, stimmte der Verkäufer zu. Aus irgendeinem Grund sagt man über Särge immer, sie seien schön »schlicht«, keine Ahnung, warum. Und sie seien sehr massiv und ließen somit keine Wünsche offen. Ich wusste nicht, was ich mir von einem Sarg für meine Eltern wünschen sollte, und dachte das, was wohl alle denken, wenn sie einen Sarg aussuchen: Passt er zu den Möbeln, zwischen denen meine Eltern gelebt haben? Ist er bequem? Was natürlich genauso sinnlos ist wie die Überlegung, ob sie darin genug Platz hätten. Es ist ein bisschen so, als ob man ein Bett aussucht und sie, falls sie doch noch mal aufwachen, sich nicht gleich den Kopf stoßen sollen. Ich dachte kurz daran, meinen Eltern ein Buch mit in den Sarg zu legen, mir fiel aber nicht ein, welches.

»Ich muss Ihnen leider sagen, dass es mit den Grabstellen Probleme gibt«, sagte der Mann. »Zurzeit hat der Friedhof kein Doppelgrab frei. Sie müssten morgen in die Verwaltung gehen und mit denen sprechen, manchmal geht da noch was. Sonst …«, er sah mich an, »müssten wir auf einen anderen Friedhof gehen.«

Das wollte ich nicht. Ich wollte auf diesen Friedhof, weil es der einzige war, den ich kannte und der in der

Nähe des Hauses meiner Eltern lag. Dann hätten sie es nicht so weit. Außerdem waren auch meine Großeltern hier begraben, ich wusste nur nicht mehr, wo. »Oder haben Sie ein Familiengrab?«, fragte der Bestatter. Ich wusste es nicht. »Ich werde mal nachfragen«, bot er an.

Ich fuhr am nächsten Morgen erneut zum Friedhof, das Büro der Verwaltung befand sich neben dem Haupteingang. Es war wieder ein warmer Tag, und ich stand in dem Büro an einer Art Tresen und wartete. »Komme gleich«, rief eine Stimme aus einem Hinterzimmer, und ich hörte das Röcheln einer Kaffeemaschine, die das letzte Wasser in den Filter spuckte. Ich war angespannt, ich kannte mich mit Friedhofsgesetzen nicht aus und fürchtete nur, meine Eltern hier nicht begraben zu können. Sie waren seit vier Tagen tot, aber für mich waren sie die letzten zwanzig Jahre selten so lebendig gewesen, weil ich seit vier Tagen komplett mit ihnen beschäftigt war. Aus dem Hinterzimmer kam ein kleiner dicker Mann mit Glatze und Schnurrbart, einer schwarzen Hose und einem weißen Hemd, über dem sich schwarze Hosenträger spannten. Er schwitzte und stellte sich mit »Tachchen, Stein mein Name, Stefan Stein. Sie sind Herr … Schweikert, oder? Der vonne Sargfirma hat schon angerufen« vor. »Wissen Se, ick bin neu hier, wa? Ausm Osten, da war ich ooch aufm Friedhof, bei Dresden, wa. Aber meene Frau wollt unbedingt nachn Westen zu ihrer Tante hier. Seit nem halben Jahr sind wa nun hier, irre Zeit, oder? Nun, Schweikert, wollen ma sehen, was wer tun können, wa? Wolln Se och en Kaffe? Is ganz frisch.« Ich schüttelte den Kopf und sah an Stefan Stein vorbei auf die Zimmerpalmen, auf deren grünen Blättern Wassertropfen glänzten. Stefan Stein entfaltete einen großen

Plan des Friedhofs auf dem Tresen, ich sah viele Wege und unzählige Vierecke, manche schwarz, manche rot und andere weiß. Ich nahm an, dass das die Gräber waren. »Det sind die Zimmer«, sagte Stein, beugte seinen Kopf ganz dicht über das Papier und deutete auf eines der Vierecke. »Der vonne Sargfirma hat jesagt, Sie hätten auch Oma und Opa hier begraben, hab ich ooch gefunden, die sind hier.« Er zeigte auf ein anderes Viereck auf der Karte. »Aber da is keen Platz mehr, ist n Doppelzimmer, aber links und rechts alles voll. Und Sie brauchen n Doppelzimmer ... nun ... für die Mama und den Papa ... kann ich ja vastehen ...« Er murmelte vor sich hin, und seine Augen suchten eine Handbreit über dem Papier Zentimeter für Zentimeter ab. »Hier ..., nee, geht auch nich, da sind die zwanzig Jahre noch nich um ...«, er murmelte weiter, »... aber hier ...«, er zeigte auf eines der schwarzen Vierecke, »... det is längst abjelaufen, da is nur noch Wiese ... aber ick hab keene Genehmigung. Die Zimmer sind immer erst frei, wenn die Anjehörigen sie aufgeben, und dit tun sie oft nicht, weil se ooch nich mehr leben, und dann müssen wir die Nächsten ausse Famillje suchen oder zwanzig Jahre warten.« Er blickte mich an und versuchte offenbar, die Fassungslosigkeit auf meinem Gesicht zu deuten. »Janz schön heiß heute, wa? Wolln Se n Wasser?«

»Nein, danke«, waren meine ersten Worte in diesem Büro. Stein wischte sich den Schweiß von der Stirn, flappte einmal seine Hosenträger vom Hemd weg und sah wieder auf den Plan. Dann schüttelte er den Kopf.

»Ick würd ja jerne helfen. Aber ich hab einfach keen Doppelzimmer frei. Det is alles reserviert, verstehen Se? Muss man auch mal draufkommen, oder? Lebste und reservierst dir nen Totenplatz. Nee, Schweikert, ich würd deine Mama und deinen Papa ja gerne nebeneinander legen, aber is kein Platz, nur Einzelzimmer …«

In mir machte sich Verzweiflung breit, ich stellte mir vor, wie ich meinen Vater an einer Stelle und meine Mutter hundert Meter weiter beerdigen würde. Das Ehepaar Schweikert, im Tode getrennt.

»Nee«, sagte ich, »die müssen zusammen liegen. Kann man die denn nicht …«, ich zögerte, »… übereinander, ich meine …«

»Nen Stapelgrab meinste?« Stein lachte. »Weeste, im Osten haben wir das gemacht, spart Platz, und wenn die Familie sich jestritten hat, wer oben und wer unten liegt, haben wa gemacht, was die wollten. Wir haben aber nich geguckt wer nu wie lag, weil det ja egal war. Aber det war bee uns im Osten einfacher. Tiefe Erde, Grundwasser erst nach acht, neun Metern. Aber hier …«, er zeigte auf den Plan und dann aus dem Fenster, »… is ja ne Stadt dicht am Fluss und uff einer Düne gebaut, da haste det Wasser schon nach drei Spatenstichen. Und det Grundwasser darf nich an die Toten, sonst kommt Verwesungswasser inne Leitung, und dann jibts Krawall, wenn sich einer vonne Anwohner hier die Zähne mit Totenwasser putzt. Nee, Sarch und Wasser, mindestens drei Meter Abstand. Und deshalb kann ick keine Stapelgräber machen, verstehste?«

Wir schwiegen beide, und Stein suchte den Plan weiter ab. Obwohl es warm war, fing ich an zu frieren. Ich drehte mich um, sah aus dem Fenster auf den Parkplatz, wo mein Auto stand, und hatte irgendwie das Gefühl, dass meine Eltern dort auf mich warteten.

»Rauchste?«, fragte Stein und hielt mir eine Packung Zigaretten entgegen. Ich nickte und nahm eine, es war eine DDR-Zigarette ohne Filter. Stein gab mir Feuer und winkte mich zu sich heran. »Komm mal rum hier!« Er zeigte um den Tresen herum auf einen Stuhl. Ich folgte und setzte mich.

»Ick meen, du willst unbedingt, ditt Mama und Papa zusammen sind, oder?«

Ich nickte.

»Und du bist auch nich in irgendsoner Sekte oder Kirche, die vorschreibt, dass se nur im Sarg und ganz unter die Erde kommen, oder?«

Ich verstand nicht, was er meinte, und schüttelte den Kopf.

Stein wischte sich wieder den Schweiß von der Stirn. »Ich mein, wat hälste denn vonne Urne?«

Ich verstand und verstand auch wieder nicht.

»Na, Feuerbestattung, die Leichen werden verbrannt, und du begräbst se in so zwei Vasen, da kannste dir den Platz aussuchen, im Einzelzimmer is Platz für vier Urnen. Oder mehr. Und ...«, er zögerte, »... is auch hygienischer, wenn de mich fragst.«

Ich starrte Stein an. Vor vier Tagen hatten meine Eltern noch gelebt, und jetzt sollte ich sie ... verbrennen? »Verbrennen?«, fragte ich.

Stein blies den Rauch seiner Ost-Zigarette aus wie ein kleiner dicker Schornstein. »Ick weiß, das klingt erst mal blöd. Is, wie sie noch mal tot zu machen, oder? Aber weißte, ich mach das seit Jahren, und tot is tot. Die machen da unten im Sarg nicht noch mal die Augen auf, oder so. Nee, da unten im Sarg kommen irgendwann die Würmer und das ganze Zeuchs. Die fressen dann Stück für Stück Mama und Papa weg, das stinkt, und Mama und Papa werden so modrige Erde. «

Auch meine kurze DDR-Zigarette war schnell weggeraucht, ich nahm eine zweite aus Steins Packung, er gab mir sofort Feuer.

»Wissen Sie, ... ich denk immer, sie sind noch da und dass sie jetzt schlafen oder so. Da kann ich sie nicht verbrennen ...«, setzte ich an.

Stein stand auf und ließ die Hosenträger wieder kurz flappen. »Ja, det versteh ich, aber weißte, schlafen tun ihre Seelen, die ruhen sich aus, bis sie da«, er zeigte zum Himmel, »beim Herrjott angekommen sind ... Der Körper war nur die Hülle oder so was. Ich weiß, du hast immer Mama und Papa als Körper vor Augen, als Menschen, meine ich, und deshalb willste die jetzt nicht verkokeln. Doch stell dir mal die zwei Aschevasen im Grab vor, die Seelen können sich weiter unterhalten, die können Händchen halten und so. Und weißte, in einem Jahr denkste gar nich mehr dran, im Jahr biste froh, dass sie een schönes Jrab haben und zusammen sind. Kannst natürlich auch uffen anderen Friedhof gehen, aber ich sach dir, die Lage is eng in dieser Stadt. Weeste, die Jesellschaft wird halt älter, und es sterben die, wo viele von da waren.«

Stein ging an einen Schrank und holte eine Flasche und zwei Gläser heraus. In der Flasche war eine dunkelbraune Flüssigkeit. Er kam zurück zum Tisch, stellte die Gläser ab, legte mir die Hand auf die Schulter und zeigte mir die Flasche.

»Sieh mal, Schweikert, dit ist nen Seelenschnaps ausm Osten, so was gibt's hier nich. Det beruhigt ...« Er goss die zwei Gläser halbvoll und schenkte nach einem Moment eines nach. Seines. Ich hatte das Gefühl, dass Stein die ganze Zeit darauf gewartet hatte, selbst einen Schnaps trinken zu können. »Kannst ja nur mal nippeln«, sagte er und schaute wieder auf den Friedhofsplan. »Weißte, wenn die Mama hier ...«, er zeigte auf ein Viereck, »... und der Papa da ...«, er zeigte auf ein entferntes Viereck, »dann brauchen sie lange, bis se sich finden, wa? Und du auch.«

Ich ging, ohne mich zu entscheiden, und fuhr in das Haus meiner Eltern, meiner Kindheit. Ich war schon seit zwei Tagen hier und versuchte, mich wie ein Besucher zu verhalten. Ich schlief auf der Couch im Wohnzimmer, benutzte nur eine Tasse für Kaffee und ein Glas, aus dem ich Wasser, Wein und abends Wodka trank. Ich benutzte auch nur die Gästetoilette und duschte morgens im Garten, wo mein Vater irgendwann einmal eine »Außenbrause«, wie er sagte, installiert hatte. Ich traute mich nicht in ihr Bad, wo in der Dusche noch ihre Shampoos standen und am Waschbecken ihre Zahnbürsten lagen. Ich schlich durch diese Räume, was mir noch mehr das Gefühl gab, ein Einbrecher zu sein. Während ich bis zum Nachmittag im Haus saß und die Möbel anstarrte, ging ich mehrmals zum Kühlschrank und öffnete ihn. Darin warteten noch Wurst, Käse, Eier, Butter, eine angebrochene Tüte frischer Milch, die noch nicht einmal sauer war, und ein halber Apfelkuchen meiner Mutter vor sich hin. Ich fühlte, wie hier das Leben vom Tod durchgeschnitten worden war.

Neben dem Telefon lagen noch Zettel, auf denen meine Mutter ihre Gymnastiktermine und ihre Friseurverabredung notiert hatte. Das Auto meines Vaters hätte einen Tag später in die Werkstatt gebracht werden sollen, und aus dem Briefkasten quoll die Post. Ich konnte nicht anders, ich musste sie öffnen. Wenn zwei Menschen so plötzlich sterben, hat man eine Menge Arbeit, das Leben ganz abzustellen. Und da ich vom Leben meiner Eltern in den vergangenen Jahren nicht viel mitbekommen hatte, wusste ich nicht, wo ich mit dem Abstellen anfangen sollte. Planlos öffnete ich alle Briefe, es waren Kontoauszüge, Schreiben vom Finanzamt, Einladungen und eine Abonnentenbestätigung des Theaters für meine Mutter.

Mein Vater hatte eine Kiste Wein bestellt, die bald geschickt werden sollte, und ein Uhrmacher schrieb ihm, dass die Uhr repariert sei und abgeholt werden könne.

Außerdem waren eine Fernsehzeitschrift, ein Reportage-Magazin und eine Finanzzeitschrift dabei, die meine Eltern abonniert hatten. Als ich die Fernsehzeitschrift sah, erinnerte ich mich, wie sich meine Mutter einmal an der Haustür von einem Mann, der sagte, er sei ein Haftentlassener, überreden ließ, sie zu abonnieren. Ich war noch ein Junge und stand hinter ihr, und der Haftentlassene machte uns Angst, weil ihm ein paar Zähne fehlten und er sagte, er habe wegen Einbruch und Überfall im Gefängnis gesessen. Meine Mutter schloss das Abo nur ab, um den Mann loszuwerden. Das mit dem Abbestellen war kompliziert, weil man es innerhalb von fünf Tagen per Einschreiben machen musste. Irgendwie hat es meine Mutter dann nicht innerhalb von fünf Tagen geschafft, und wir bekamen diese Zeitschrift jahrelang. Mir wäre die Geschichte gar nicht mehr eingefallen, wenn ich die Zeitschrift nicht gesehen hätte.

Auf dem Küchentisch hatte ich den Beutel aus dem Unfallauto ausgeschüttet, der kleine Berg aus Uhren, Ringen, einer Brieftasche und einem Portemonnaie lag schon seit zwei Tagen da. In der Brieftasche meines Vaters fand ich dreihundert Mark, die ich in eine Schublade legte. Ich mochte sie nicht einstecken, weil ich mir wie ein Dieb vorgekommen wäre. Sie gehörten ja nicht mir. Aber sie gehörten auch sonst niemandem. Ich habe die drei Hundertmarkscheine nie wiedergesehen, ich weiß bis heute nicht, wer sie irgendwann genommen hat. Als ich an diesem Nachmittag überlegte und mir eine Liste machte, was im Leben meiner Eltern ich noch alles abstellen und abbestellen musste, beschloss ich, die Leichen verbrennen zu lassen, die beiden Urnen gemeinsam in einem Grab zu beerdigen und ihnen, meinen Eltern, nichts davon zu erzählen. Es war ja die Zeit, in der ich noch mit ihnen sprach, und da war es mir zu mühsam, ihnen zu erklären, warum meine Mutter das Grab mit Sonnenschein und mein Vater das mit Schatten und möglicherweise blöden Nachbarn hätte und ein Grabumzug auf dem Friedhof so eine Sache sei.

Ich schlief im Fernsehsessel meines Vaters ein und wachte im Morgengrauen auf. Ich trank einen Kaffee, holte einen Müllbeutel und warf alles hinein, was so aussah, als ob das Leben hier weiterliefe. Die Wurst, den Käse, die Tüte Milch, den Apfelkuchen, eine geöffnete Flasche Wein, das Rasierwasser meines Vaters, die Cremes und Lippenstifte meiner Mutter, ich warf alles weg, um die Zeit und das Haus zum Stillstand zu bringen. So nahm ich auch die Uhren meines Vaters aus den Regalen und stellte sie ab. Dann rief ich bei Stein am Friedhof an und sagte ihm, dass ich meine Eltern verbrennen lassen wollte.

Bei einer Feuerbestattung bleibt einem der lange und wortlose Gang hinter den Sargträgern zum Grab erspart und auch die Angst, dass der Sarg ins Grab plumpsen könnte. Und auch dieses hohle »Plump«, das aus dem Grab kommt, wenn die Trauernden eine Schaufel Erde hineinwerfen. Es gab nur eine kleine Trauerfeier, die das Bestattungsinstitut organisiert hatte und zu der sehr viele Freunde meiner Eltern kamen.

Einige Tage später telefonierte ich erneut mit Stein, er hatte mich angerufen, um mir zu sagen, dass am nächsten Tag die Särge »in die Anlage kommen«. Es müsse aber noch einmal »son Doktor vonne Polente dein Mama und Papa begucken. Is Vorschrift wegen denen, die den Opa verjiften und hoffen, wenn er verbrannt is, jibts keine Spuren mehr, wa.« Aber dann gehe es schnell, versicherte Stein. »Hab jesehen, dass der Papa ein bisschen dick war, der verbrennt schneller.« Wusste Stein, was er da sagte? Kaminbauer redeten, glaube ich, auch nicht anders. Bei meinen Eltern sei alles hygienisch, bei tausend Grad würden sie verbrannt und, erklärte er ungerührt weiter, »wenn die Sargscharniere, Implantate, Knochennägel oder was sonst so an Metall da war« aussortiert seien, blieben noch etwa drei Kilo Asche über, »pro Person«. Pro Person. Drei Kilo Mama und drei Kilo Papa. Ich hatte also sechs Kilo Eltern zu bestatten und überlegte, was wohl an Metall von ihnen übrig bleiben würde. Aber Stein sagte schon knapp: »Wenn da noch Gold inne Zähne war, kriegste das jeliefert.« Am Tag danach fuhr ich alleine zum Friedhof. »Um viere sind se aus der Anlage raus«, sagte Stein. Er und ein Auszubildender aus der Friedhofsverwaltung hatten sich schwarze Anzüge angezogen und halfen mir, die Urnen zum Grab zu tragen. Ich umfasste die Urnen, sie waren nicht mehr warm. Ich ging in der Mitte, Stein und der Assistent neben mir, jeder mit einer Urne, die sie mit beiden Händen hielten.

Wir waren eine kleine schweigende Prozession, andere Friedhofsbesucher wichen uns auf den Wegen aus und schauten uns nach. Stein und sein Gehilfe machten sehr geübte ernste Gesichter, es sah wirklich so aus, als ob sie mittrauerten. Am Grab waren zwei kreisrunde tiefe Löcher ausgehoben. Ich schaute Stein an, und sie stellten die Urnen neben die Löcher. Stein schraubte die Deckel ab. »Schweikert, musst noch mal kontrollieren, is Vorschrift«, sagte er leise. Unter den Deckeln waren die Urnen noch mal mit einem dünnen Blechdeckel versiegelt, in den die Namen, Geburts- und Todesdaten meiner Mutter und meines Vaters eingestanzt waren. Ich las und nickte. Stein nahm ein dünnes Seil, das er an den Urnen befestigte, und ließ erst die eine und dann die andere langsam in die Löcher hinab, ich glaube, links mein Vater und rechts meine Mutter, ich hab es mir nicht gemerkt. Dann blickte ich auf das kleine Holzkreuz, das an der Kopfseite des Grabes aufgestellt war, und ich las die Namen meiner Eltern noch einmal. Zwei Wochen später war der richtige Grabstein fertig, und ich sah dann, dass unter ihren Namen noch viel Platz war. Stein und sein Auszubildender gaben mir die Hand. »Wir lassen dich mal allein, Schweikert«, sagte Stein und ging. Es war ein Grab, auf das den ganzen Tag die Sonne scheinen würde, wie mir Stein versichert hatte. Nachdem ich noch eine halbe Stunde dort gestanden und gesessen und eine Zigarette geraucht hatte und mir vorstellte, dass unter dem Namen meiner Eltern irgendwann vielleicht auch meiner stehen würde, las ich die Namen auf den Gräbern daneben, die der neuen Nachbarn meiner Eltern. Sie hießen Krause, Schnabel und Thiel. Manche Gräber waren sehr alt, die Steine schon moosgrün, andere waren neuer, der Marmor oder Granit noch glatt und poliert. Ein Grab erzählte vom Tod zweier Kinder, »Claus-Ullrich«, gestorben, als er sechs Jahre alt war, und »Andreas«, drei Jahre später, gestorben mit zwei Jahren. Meine Eltern hatten also nicht nur alte Greise, Omas und Opas, sondern auch Kinder als Nachbarn. Ich fing an, mich an den Friedhof sonderbar zu gewöhnen, ich wanderte die Reihen der Gräber ab und las alle Inschriften. Es war sehr ruhig, und die Luft roch nach Blumen und Blumenerde, und wenn ich jemandem begegnete, nickte man sich wortlos höflich zu.

Danach ging ich in Steins Büro, wir rauchten und tranken zwei, er drei Gläser Schnaps. Er hatte recht gehabt, ich habe nie wieder darüber nachgedacht, ob es unter dem Grabstein meiner Eltern nun modert oder ob dort sechs Kilo Asche irgendwann zu Erde werden. Für mich waren ihre Seelen jetzt hier, Feld FFI, Grabnummer 356 mit Platz für sechs weitere Urnen, wie mir Stein sagte. Ich wusste nicht, wie oft ich noch wiederkommen wollte.

Ich holte tief Luft. Zweimal, dreimal. Mein Vater sah es und blickte mich dünn lächelnd an. »Und?«, fragte er. Ich beschloss, ihnen auch jetzt nichts von der Bestattung, den Urnen und dem Grab zu erzählen.

»Habt ihr eigentlich, ich meine, es ist jetzt über zwanzig Jahre her, habt ihr da, wo ihr seid, ich meine, habt ihr irgendetwas mitbekommen nach dem Unfall, von dem, was danach passierte, ich meine, gesehen, oder schaut ihr mir die ganze Zeit …«

»Gemeint hast du immer schon sehr viel«, sagte mein Vater, und sein Blick wanderte weiter durch das Büro. Meine Mutter befühlte erneut das Tablett, es entstand eine sehr lange Pause. Schweigen. »Nein«, sagte meine Mutter nach einer Weile, ohne von dem Tablett aufzusehen, »wir bekommen davon, wo wir sind, nichts mit. Seit dieser Sekunde im Auto, also seit wir tot sind. Wir wissen nichts von dir und wenig von dieser Welt. Nur dass sie sich weiterdreht und dass weiter Menschen sterben.«

»Wo ist das, wo ihr da seid?«

Beide sahen sich mit ihren knittrigen Gesichtern an, und mein Vater seufzte.

»So genau können wir das auch nicht sagen.« Er seufzte wieder. »Es ist, sagen wir mal, eine andere Welt, nicht so wie diese hier. Wir wohnen nicht im Himmel in einem Haus zwischen den Wolken und schauen dir beim Leben zu. Schön, wenn es so wäre, aber es ist etwas anderes.«

»Wie ist es denn?«, fragte ich beiläufig, und es klang, als ob ich mich nach einem Urlaubsort, einem Hotel oder Ähnlichem erkundigte. Mir war meine eigene Frage unheimlich, wann fragt man schon Tote nach dem Jenseits?

Meine Mutter sah mich mit ihrem warmen Blick aus kleinen Augen an. »Mach dir keine Sorgen. Es geht uns gut. Wir sind, nun ja, alt, aber gesund … soweit man das sagen kann, wenn man nicht mehr am Leben ist.«

»Ein bisschen langweilig ist es schon …«, brummte mein Vater hastig dazwischen, und ich hörte diesen Ton von früher, wenn er knapp und schnell von etwas berichtete, um etwas anderes zu verschweigen. Ich fragte mich, was es war.

»… und renovieren könnten sie da auch mal«, murmelte mein Vater weiter vor sich hin.

Ihnen schien dieses Gespräch unangenehm zu sein. Sie überlegten lange, was sie antworteten, und blickten sich immer wieder gegenseitig an, und ich sah, wie meine Mutter einmal kurz den Kopf schüttelte. Aber meine Neugier war einfach zu groß. Wann hatte man schon einmal die Gelegenheit, etwas über das Leben nach dem Tod zu erfahren?

»Was macht ihr denn da, wo ihr seid?«

Beide schwiegen eine Weile. Dann holte mein Vater Luft. »Wir leben, wenn man das so sagen kann, nur in der Erinnerung. Wir sind tot, wir haben keine Zukunft, weißt du? Es gibt kein Morgen, keine nächste Woche. Es gibt zwar Wochentage wie hier und auch Uhrzeiten, aber sie sind bedeutungslos, weil ja nichts passiert. Wir können uns nur immer wieder erinnern und uns davon erzählen«, sagte mein Vater und machte wieder eine Pause. »Ich hätte nie gedacht, dass einem als Toter das Leben so nachhängt. Manchmal, wenn mir langweilig ist, erinnere ich mich sogar an Vorfälle, die ich längst vergessen wollte. Und das Blöde ist auch, dass man da, wo wir sind, ja nicht mehr sterben kann. Gestorben sind wir ja schon.«

»Und seid ihr da alleine?« Ich versuchte weiter, ganz beiläufig zu klingen.

»Nein«, sagte mein Vater sehr langsam, »es ist sogar ziemlich voll. Aber es ist nicht so, dass sich die Toten treffen und zum Essen oder ins Totenkino gehen, nein.« Er schüttelte den Kopf, und sein weißes Haar umgab ihn wie ein Heiligenschein. »Wir sind dort Seelen, weil uns nichts anderes geblieben ist als unsere Seele. Und manchmal trifft man andere Seelen, wenn sie als Menschen hier verstorben sind. Aber es sind eben Seelen aus China, Afrika, Australien, Grönland, alles durcheinander, weißt du. Und alle reden in ihrer Sprache. Da ist es schwer, jemanden zu treffen, den man kannte … oder kennt, was ist jetzt richtig? Wir haben wenige getroffen.«

»Wenige? Aber die, die nach euch da hingekommen sind, haben die euch irgendetwas erzählt aus dieser Welt?«

»Nein, eigentlich kaum. Ab und an hört man mal was. Vom Sprede zum Beispiel. Dem hattest du ja gar nichts gesagt, oder?«

»Sprede? Wer ist das?«

»Na, der Freund von mir, obwohl er eigentlich kein Freund war. Walter Sprede, der Jubilar, zu dem wir auf dem Weg waren, als wir in deine Stadt fuhren. Er ist ein paar Jahre später gestorben, Herzinfarkt, mitten beim

Essen. Ich hab ihn getroffen, und er hat mir gesagt, dass er von unserem Ende erst in der Zeitung gelesen hätte. Er hatte immer versucht, dich anzurufen, aber du hättest nie abgenommen.«

Ich konnte mich nicht erinnern, ich hatte vor ein paar Jahren aufgehört, mich erinnern zu wollen.

»Ich hatte wirklich anderes zu tun«, sagte ich.

Wir schwiegen wieder. Ich schnitt das Thema noch mal an.

»Ja, aber, wohnt ihr da in … einem Haus oder so was?«

Meine Mutter stand auf und durchquerte mein Büro. Dann kam sie auf mich zu und fasste unsicher meinen Arm. Ihr Griff war warm, aber knochig. Sie sah mich an, sie war noch kleiner, als ich sie in Erinnerung hatte.

»Johannes, frag das alles nicht.«

»Genau«, sagte mein Vater, »frag uns das alles nicht. Ich kann verstehen, dass du es wissen willst, aber wir können es nicht erklären. Es ist einfach so, dass es dafür, wo wir sind, nicht die Worte gibt, die man braucht.«

Die Worte, die man braucht, um sich mit seinen wiederauferstandenen Eltern zu unterhalten, hatte ich aber auch nicht. »Aber ich muss doch verstehen, wo ihr herkommt«, beharrte ich, »oder ich muss zumindest verstehen, wo ihr seid …«

»Johannes, es gibt kein Wo, wenn man so tot wie wir ist«, flüsterte meine Mutter.

»Es gibt immer ein Wo«, sagte ich. »Wozu seid ihr dann begraben worden, wozu gibt es einen Grabstein?«

»Keine Ahnung«, brummte mein Vater, »das haben sich ja die Lebenden ausgedacht. Ich glaube, das ist nur dazu da, um zum Grab zu gehen und zu glauben, die Toten seien da irgendwie drin. Hab ich beim Grab meiner Eltern auch gedacht, bin dann aber immer seltener hingegangen und hab irgendwann vergessen, wo sie eigentlich lagen. Hast du sie gefunden, sind wir daneben beerdigt worden? Neben meinem Vater? Du weißt, dass er Spediteur war, nicht dass er anfängt, die Särge wieder wegzutransportieren.« Mein Vater versuchte zu lachen, musste aber heiser husten.

»Mag ja sein«, sagte ich, »aber wenn nicht auf dem Friedhof, müsst ihr doch irgendwo sein. Ihr seid doch hierhergekommen. Und wenn man kommt, kommt man von irgendwo her.« Sie schwiegen.

»Und wie habt ihr mich denn gefunden? Es muss euch doch jemand gesagt haben, dass ich hier bin. Heute hier bin.«

Meine Mutter blickte meinen Vater an. »Man hat uns hier am Ende der Straße in diesen Park ge…, ja, gelassen. Und wir wussten, immer nach Norden auf der einen Straße bis zur Hausnummer vierzehn. Mehr wussten wir nicht.«

»Noch nicht einmal den Namen der Stadt hat man uns gesagt, aber ich habe es gleich an den Autokennzeichen gesehen, dass du immer noch hier lebst«, sagte mein Vater.

»Hat euch wer nicht gesagt? Gibt es da, wo ihr herkommt, so eine Art Reiseleitung?« Ich war nicht sicher, ob mein Scherz angebracht war, ich wollte nur etwas sagen, um mein Nichtverstehen zu vertreiben.

»Ja, wenn du so willst«, antwortete mein Vater und atmete schwer.

Das widersprach nun wirklich all meinen Vorstellungen vom Totsein. Oder zumindest der Vorstellung, die ich mir in den ersten Jahren nach ihrem Tod aus den Resten meiner religiösen Bildung zusammengebastelt hatte. Dass sie nämlich von irgendwo da oben im Himmel, bei

Gott oder zwischen den Wolken, auf mich herabgeschaut haben. Es ist die gar nicht so kindliche Idee, dass Verstorbene nicht weg, sondern nur in den Himmel gezogen sind, die das Durcheinander und den Verlust aushaltbar macht. Man belügt sich und sagt sich, sie seien noch da, nur eben woanders. Jeder Atheist oder Skeptiker mag das vom Tisch wischen, aber ich kann nur sagen, es hilft. Wortlosigkeit ist wie der Tod. Und deshalb redet man mit ihnen, den Toten. Egal, ob man sie nun liebte oder nicht liebte oder ob sie Freunde oder Feinde waren oder einem vielleicht auch einfach nur gleichgültig.

Ich bin nach der Beerdigung meiner Eltern sehr oft die 120 Kilometer in ihre Stadt gefahren und auf den Friedhof gegangen, ich wollte weiter streiten. Ich dachte, an ihrem Grab zu stehen sei so etwas wie eine Telefonzelle in den Himmel. Ich habe dort oft über eine Stunde gestanden oder gesessen und mit ihnen gesprochen. Bei Regen, bei Schnee und bei dreißig Grad und Sonne. Und dann habe ich mich gebückt und die Erde ihres Grabes berührt, die feuchte Blumenerde in die Hand genommen und sie durch die Finger rieseln lassen. Es war ja irgendwie ihre Erde, und es war mein Gefühl, mit ihnen Kontakt und sie nicht verloren zu haben. Auf den Friedhof zu gehen und seine Eltern zu besuchen ist ein seltsamer Anachronismus. Man geht hin, um ihnen nahe zu sein, und erfährt gleichzeitig, wie entfernt, wie weit weg die Toten eigentlich sind. Man kommt zwischen Winterbepflanzung und diesen grünen trompetenförmigen Blumenvasen, den Regenwürmern und welken Blättern nicht auf die Idee, dass die Eltern irgendwo noch lebendig sein könnten. Und man kann drei- oder zehnmal am Tag dort hingehen, man geht immer wieder ohne sie fort. Es gibt auf dem Friedhof meiner Eltern einen kleinen See mit Enten. Manchmal hatte ich bei einem Bäcker an der Straße ein Brötchen gekauft und fütterte die Enten. Nur um ein Erlebnis von Leben mitzunehmen.

Nun aber sehr lebendig wanderte mein Vater durch mein Büro und murmelte vor sich hin. Ich glaube, wir alle suchten nach einem Anfang, einem Zugang zu all dem, über das Eltern und Sohn nach 22 Jahren sprechen könnten. Wenn wir zwei Wochen Zeit gehabt hätten, hätten wir sicher bald wieder gestritten, und ich wäre froh, sie schnell wieder los zu sein. Vielleicht hätten wir aber auch einen Plan gemacht, mein Vater liebte früher solche Pläne. Er hätte sagen können: Morgen besprechen wir die ersten fünf Jahre, dann die zweiten und so weiter. Aber wir hatten nur wenige Stunden und ich keine Idee, über was genau wir eigentlich reden sollten Mein Vater blieb vor meinem Schreibtisch stehen und sah die große dicke Ledermappe an, die dort lag. Es war meine Präsentationsmappe mit Bildern meiner Projekte: Buchläden, eine Flughafen-Lounge, Boutiquen, eine Hotel-Lobby, Restaurants und so weiter. Die Mappe war schon alt, mittlerweile hatte ich eine Webseite, auf der man meine Arbeiten sehen konnte. Mein Vater blätterte die Mappe langsam durch, das Leder knarzte.

»Ist das deine Arbeit?«, fragte er.

»Ja, das sind ein paar meiner Projekte, die Mappe ist aber älter.«

Er blätterte weiter. »Aber du bist doch Architekt geblieben, oder? Und Architekten bauen doch Häuser, oder? Hast du denn keine Häuser gebaut?«

»Nein, Architekten bauen keine Häuser, sie entwerfen sie. Und ich habe viele Gebäude entworfen, die auch gebaut wurden. Ich habe die Bilder nicht hier, sie sind zu

Hause. Innenarchitektur hat mich dann nur mehr interessiert, deshalb habe ich das irgendwann auch noch studiert.«

Er nickte wortlos und legte die Mappe beiseite. »Ist es das, wovon du immer geträumt hast?« Er sah mich an. »Ist es ein so viel besseres Leben, als wir es hatten?«

»Heinrich, bitte!«, bat meine Mutter.

Ich dachte nach. »Gute Frage«, sagte ich.

»Ich weiß«, stimmte mein Vater zu und ging weiter durch das Büro. »Die Antwort würde mich interessieren ... Wenn ich schon mal hier bin ...« Er hatte etwas gesehen, ja, beinahe gewittert und entdeckte in der kleinen Küche den Kühlschrank, irgendein Modell, das ich vor ein paar Monaten gebraucht gekauft hatte. Er war weiß und hoch und hatte eine große Tür und eine kleine für das Gefrierfach. Meistens liegen ein paar Liter Milch, eine einsame Butter, ein paar Flaschen Bier und Wein und Orangensaft darin. Mein Vater beugte sich vor und öffnete ihn. »Sind die jetzt ...«, er befühlte mit seinen Fingern die Innen- und die Hinterwand, »sind die jetzt alle selbstabtauend?« Dann stippte er mit einem Finger auf den Boden des Kühlschranks und hielt den Finger in die Luft. »Junge, hier ist Wasser.«

»Ja, ich weiß, ich wisch die Pfützen immer weg. Ich muss ihn mal reparieren lassen«, sagte ich.

Mein Vater überlegte. Er schloss die Kühlschranktür und öffnete sie wieder, mehrmals. Dann ging er um das Gerät herum, befühlte die Rückseite und sagte leise: »Wusst ich's doch.« Er fasste ihn mit seinen knochigen Händen an den Seiten, ließ das ganze Gerät ruckeln und legte ein Ohr an die Kühlschrankwand. Meine Mutter und ich schauten ihm zu.

»Nein, musst du nicht«, sagte er dann entschieden,

»man muss sich nur auskennen. Bei den selbstabtauenden Aggregaten läuft das Kondenswasser über einen Kanal nach hinten heraus und verdampft dort, also außerhalb. Zu meiner Zeit wurden die eingeführt. Man muss aber immer wissen, dass der Kanal«, er beugte sich wieder vor, und sein Kopf mit den weißen Haaren verschwand fast im Kühlschrank, »verstopfen kann ... Ich brauche eine Nadel oder eine Büroklammer«, kam es jetzt ächzend aus dem Gerät.

»Vater! Lass das, ich will jetzt nicht, dass du da rumfummelst.« Ich versuchte, entschieden zu klingen.

»Ich fummel nicht, ich mach nur das, was du hättest machen können, wenn du dich nur ein Stück mehr für meine Arbeit interessiert hättest ... und, wo ist die Büroklammer?« Er streckte seine knochige alte Hand in die Luft. Meine Mutter fasste mich am Arm und reichte mir eine Klammer, die sie auf dem Holztablett auf dem Tisch gefunden hatte. Ich nahm sie und bog sie auf, sodass eine Spitze nach oben ragte. »Na endlich«, ächzte es aus dem Schrank. Nach ein paar Sekunden war mein Vater fertig, kroch angestrengt atmend rückwärts wieder aus dem Kühlschrank und stand auf. »So, das geht jetzt wieder.« Er hielt die Büroklammer in die Luft, an deren Ende ein reiskorngroßes Stück Schmutz klebte. »Hättest du einen Reparateur gerufen, wärest du jetzt zwanzig Mark los plus Anfahrt. Für einmal Büroklammerstechen.«

Dann beugte er sich noch mal hinunter und versuchte, das Typenschild des Kühlschranks zu lesen. Er murmelte etwas und legte sein Ohr an die Außenwand. »Junge, der klingt seltsam. So .... ich weiß nicht, hell? Und da stehen seltsame Bezeichnungen auf dem Schild, die ich noch nie gesehen habe. dB? Das heißt doch Dezibel, oder? Seit wann interessiert es, welche Geräusche die Maschine macht? Und womit kühlt der überhaupt? Mit FCKW doch, oder?«

Er setzte sich wieder auf einen Stuhl, er sah aus, als ob er schwitzte, ich sah aber keinen Schweiß auf seinem Gesicht, es war merkwürdig trocken wie Papier. Und er sah mich an und hatte diesen triumphierenden Ausdruck im Gesicht, den ich so gut von früher kannte. Die Nase etwas hoch, die Augen schmal und das Gesicht langsam drehend, als ob er Applaus erwartete. Ich hatte geglaubt, das alles vergessen zu haben, aber jetzt, mein Vater und meine Mutter und ein Kühlschrank – das war unsere Familie. Ich hatte keine Brüder oder Schwestern, aber es gab immer einen Kühlschrank, der mit am Tisch saß, mit in die Ferien fuhr und irgendwie auch in irgendeinem Bett in unserem Haus schlief. Es war nicht ein bestimmter Kühlschrank, es war das Kühlschrankwesen, das mit uns wohnte, es waren die Kühlschlangen auf der Rückseite, die zwischen uns waren. Das Brummen der Kältepumpe war das andere Atmen der Schweikerts.

6

Vor genau 22 Jahren gab es vom Leben meiner Eltern nur noch Reste. Große Reste. Das Haus, das sie sich in den 70er-Jahren mit vielen Krediten gebaut und später abbezahlt hatten und in dem ich lebte, bis ich mit 19 auszog. Und die Firma meines Vaters mit zwölf Angestellten, die ihm nicht mehr gehörte, an der er aber noch beteiligt war. Als Gründer. Mein Vater, Heinrich Schweikert, hatte eine typische Biografie seiner Generation. Mein Vater wurde noch als junger Soldat, als letztes schwaches Zucken der Wehrmacht, zwei Wochen vor Kriegsende irgendwo nach Belgien geschickt, um die alliierte Armee aufzuhalten. Drei Tage lag er im Februar 1945 in einem Wald in Holland auf der Lauer, geriet in ein Panzergefecht und wurde von kanadischen Soldaten gefangen genommen. Bis in den späten Herbst 1945 blieb er in einem Lager, wurde freigelassen und wanderte mager wie ein Gerippe zu Fuß in seine Heimatstadt zurück. Er hat mir das nie erzählt, er sprach ab und zu »vom Krieg« oder erinnerte sich an »im Krieg«, aber kaum hatte er drei, vier Sätze darüber gesagt, brach er ab. Und schwieg. Erst Jahre nach seinem Tod dachte ich manchmal darüber nach, dass es auch an meiner Art zu fragen gelegen haben könnte. Denn ich fragte nicht einfach so, sondern ich verhörte ihn. »Und? Wie viele hast du erschossen? Und hast du wirklich an einen gerechten Krieg geglaubt? Du musst doch gesehen haben, dass sie Juden deportierten, oder?« Ich war kein fragender Sohn, sondern ein Entnazifizierungsoffizier an unserem Esstisch. Mein Vater schwieg dann immer, oder er sagte: »Das verstehst du nicht.« Einmal fragte ich ihn, warum er so seltsame wurmdicke Adern an den Unterschenkeln hatte, und er antwortete, es seien Krampfadern, eine Folge seiner Gefangenschaft, er hätte im Lager manchmal tagelang stehen müssen. Ich sah ihn an und antwortete: »Das ist aber eine milde Strafe für das, was ihr angerichtet habt.« Seitdem hatte er geschwiegen, und alles, was ich über seine Rückkehr wusste, hatte ich erst nach seinem Tod in einem vergilbten Tagebuch meines Großvaters gelesen, das ich in einem Karton im Keller fand. Der Großvater schrieb immer »der Sohn«, wenn er von meinem Vater berichtete.

Auf den wenigen Fotos sah ich, wie dünn mein Vater damals war und was für ein ernstes, verschlossenes Gesicht er hatte, selbst wenn die neben ihm Stehenden lachten. Er versuchte nach seiner Rückkehr mit meinem Großvater die Spedition, die sie vor dem Krieg aufgebaut hatten, wieder ins Laufen zu bekommen. Doch es misslang, die einzigen beiden Lkws, die aus der Spedition noch geblieben waren, hatten kaum zu reparierende Motorschäden, es gab kaum Benzin, und was transportiert werden musste, transportierten die Amerikaner. Mein Großvater wurde Angestellter in der Verwaltung der Alliierten. Die Stadt war ein Trümmerhaufen, und mein Vater suchte Arbeit. Er fing an, in der Garage eines Freundes Autos und Mopeds instand zu setzen, es war sein erster Beruf, den er nie gelernt hatte, er war damals zwanzig. Der Freund erzählte ihm irgendwann, dass ein Lagerverwalter einen Fahrer brauche, der die Geschäfte auf den Dörfern mit neuen Waren beliefere. Das war nach der Währungsreform, und neue Waren gab es auf einmal jeden Tag. Presswurst, Dosenbrot, Brühwürfel, Dosensuppen, alles, was gut haltbar war.

Erst war Heinrich Schweikert nur der Fahrer, aber er war auch ein guter Redner und konnte die kleinen Ladenbesitzer überzeugen, unbedingt auch noch diese Presswurst oder jene Leberwurst in Dosen im Regal haben zu müssen. Irgendwann kündigte er die Anstellung als Fahrer und machte sich selbstständig, er richtete sich ein altes Auto wieder her und fuhr selbst zum Lager und kaufte Ware. Dazu ließ er sich Bestellzettel mit »Schweikert, der bringt's« drucken und fuhr in immer größerem Umkreis durch die Dörfer und Kleinstädte. Für die Bauern und die Flüchtlinge, die in den Dörfern lebten, waren die Würste und Dosen etwas Neues, und mein Vater war ein Lieferant aus der großen Welt für die kleine Welt. Dann lernte er meine Mutter kennen, die Tochter eines Lehrers, die im Postamt arbeitete, und mein Vater lud sie eines Tages zu einem Tanzabend ein, wie das so war damals, Anfang der 50er-Jahre. Sie heirateten. Ich habe nie erfahren, ob sie sich damals wirklich liebten, wie wir heute Liebe verstehen oder missverstehen, oder ob sie es nur dafür hielten, wobei man kurz nach Ende des Krieges unter Liebe sicher etwas anderes verstand als heute. Oder ob sie vielleicht nur froh waren, jemanden gefunden zu haben, was ja auch Liebe sein kann. Ich habe meine Eltern nie als Liebende erlebt. Ich weiß nicht, ob sie sich küssen konnten, ohne Luft zu holen, ob sie kichernd und tastend ihre Körper erforscht hatten, ich habe an ihnen nie den kleinsten Funken Leidenschaft erlebt.

Das Geschäft mit den haltbaren Lebensmitteln lief in den kommenden Jahren immer besser, und meine Eltern fingen an, sich in ihrem kleinen Wohlstand einzurichten.

Dann wurde ich geboren, ich war ein Wunschkind und ein Wunschsohn. Sie nannten mich Johannes, weil mein Großvater mit zweitem Namen so hieß und es damals üblich war, die Namen der Vorfahren weiterzugeben. Ich erlebte meine Kindheit in den 60er-Jahren. Mit kurzen Hosen, aufgescheuerten Knien, Fußballspielen, Freunden in der Straße, Abenteuern im Wald und einem gebrochenen Arm, als ich von einem Baum fiel, von dem wir Äpfel klauen wollten.

Nach den Konservendosen und Beutelsuppen, wie sie damals hießen, kamen in den 60er-Jahren, genauer 1966, die ersten Kühltruhen in die Haushalte. Erst gab es sie nur auf dem Land, wo die Bauern nach den Schlachttagen das Fleisch einfroren, aber ab 1966 waren die Küchengeschäfte voll mit den ersten großen, brummenden Truhen. In den Supermärkten gab es schon länger Tiefgefrorenes, meine Mutter brachte manchmal Spinat oder Fischstäbchen mit. Aber wer keine Truhe zu Hause hatte, der konnte das Tiefgefrorene nur in das Eisfach des Kühlschrankes legen, wo es dann langsam weicher wurde, weil die Eisfächer mit minus zehn Grad nicht kalt genug waren. Die Gefriertruhen änderten alles, bei minus 18 Grad konnte man alle Lebensmittel tieffrieren und nach Wochen, Monaten oder einem Jahr wieder auftauen. Damit brach ein neues Zeitalter in den Haushalten an, Kochen und Essen wurde unabhängig von den Jahreszeiten. Es gab Erdbeeren im Winter, Grünkohl im Sommer, immer Fischstäbchen und Spinat, und die Frauen kochten riesige Töpfe Gulasch- oder Hühnersuppe, die sie dann in Portionsdosen, auf die sie das Datum schrieben, einfroren. Einfrierer waren die neuen, besseren Leute bei uns in der Stadt. Am Anfang waren die Truhen noch teuer, und man erkannte die reichen Menschen daran, dass sie beim Metzger oder auf dem Markt laut fragten: »Kann man das auch einfrieren?«, was manche Marktfrauen und Metzger gar nicht beantworten konnten. In den Frauenzeitschriften gab es immer mehr Seiten mit »Einfrieren, aber richtig«-Ratschlägen, und unter meinen Freunden waren auf einmal die am interessantesten, bei denen es zu Hause ein Eis aus der Tiefkühltruhe gab. Zu denen gingen wir gerne, auch wenn uns deren Mütter ausfragten: »Ach, ihr habt noch keine Truhe zu Hause? Wie schade!«

Mein Vater war damals ein Mann mit Mantel und Hut, im Bad stand eine Flasche »Tabac«-Aftershave, er rauchte Zigaretten, die »Attika« oder »Lord Extra« hießen, und ich erinnere mich noch an den angeschraubten Aschenbecher neben der Toilette.

Irgendwann bekam Heinrich Schweikert die Gefriertruhen schmerzlich zu spüren, weil die Bestellungen von Konservendosen und Tütensuppen immer mehr zurückgingen. Er verhandelte daraufhin mit den Supermärkten in unserer Stadt über die Lieferung von Tiefkühlerbsen oder Vanilleeis, aber das Geschäft war schon fest in der Hand mächtiger Ketten. Die Ketten hatten Lagerhäuser und Lkws mit Tiefkühltechnik und konnten so garantieren, dass die Ware auch in großen Mengen immer in ihrem Frostzustand von minus 18 Grad blieb – keine Chance für einen Konservenlieferanten ohne Kühlauto. Aber es gab eine Marktlücke.

Mein Vater war kein großer Gourmet, im Gegenteil. Von sich aus mochte er nichts essen, was er nicht kannte. Das lag auch daran, dass es in unserer Stadt nicht viel Fremdes gab, ein paar chinesische Restaurants, ein paar Pizzerien, ein französisches Bistro und einen Balkan-Grill, soweit ich mich erinnere. Mein Vater war immer vorsichtig, wenn er sich mit etwas nicht auskannte, und mit fremdem Essen kannte er sich nicht aus. Er wollte sich zu Hause fühlen, wenn er aß. Weihnachten gab es bei uns Würstchen mit Kartoffelsalat und einen Schnaps und sonntags Rinderbraten. »Schön durch«, wie er sagte, und Blumenkohl dazu und danach Kompott.

Aber mein Vater war ein guter Zuhörer. Er hörte zu, wenn im Tennisverein die Frau des Mercedes-Autohaus-Besitzers von den Wachteln schwärmte, die sie in Paris gegessen hatte und die es bei uns ja nicht gab. Oder er notierte sich »Lupmär« auf einem Zettel, als ihm der Bankvorstand der Sparkasse erzählte, er habe in Spanien diesen großartigen Fisch gegessen, den ja in Deutschland keiner kenne. Und dann hörte er, »Froschschenkel, die gibt es nur in Italien« oder »Weinbergschnecken mit Knoblauchbutter, herrlich, dafür musst du aber in die Bretagne fahren«. Mein Vater hasste Schnecken, und noch mehr hasste er Knoblauch, aber er schrieb sich auch das auf.

Dann telefonierte er tagelang in seinem kleinen Büro neben der Lagerhalle, in der sich Tütensuppen und Dosen in Kartons stapelten. Er hatte eine Sekretärin, Frau Hilsberg, und die hatte einen Bruder, der eine Anstellung, wie es damals hieß, suchte. Der Hilsberg – er war zehn Jahre jünger als mein Vater – trug einen Schnurrbart, war gelernter Kaufmann und konnte ein wenig Englisch sprechen. Mein Vater stellte ihn ein, und der Hilsberg setzte sich ans Telefon und rief Großmärkte in Paris, Mailand und Barcelona an. Auch sorgte er dafür, dass im Büro nun ein Fernschreiber stand. Dann fuhren mein Vater und der Hilsberg mit dem Zug nach Paris, nach Mailand und München, wo es schon einen Großmarkt für Tiefgefrorenes gab. Danach mietete mein Vater eine weitere kleine Lagerhalle am Stadtrand und ließ sie zu einem Kühlhaus umbauen. Fluorchlorkohlenwasserstoff, Ammoniak, Kompressoren, Verdrosselung, Kühlschlangen und »minus 18 Grad« waren Worte, die ich als Kind immer wieder hörte, von denen ich aber nicht wusste, was gemeint war. In der Schule sagte ich einmal, mein Vater sei ein Ammoniakverkäufer, was ich für einen sehr geheimnisvollen Beruf hielt.

Dann kam der Tag, an dem der erste Lkw aus Paris in unsere Stadt fuhr und tiefgefrorenen Loup de mer aus Spanien, bretonische Hummer, englische Steaks, Schnecken aus der Provence und vieles andere lieferte. Meine Mutter und ich, Hilsberg und seine Schwester halfen mit, die eiskalten Kartons schnell ins eiskalte Lagerhaus zu tragen. Es war Sommer, aber ich trug eine dicke Jacke, Wollmütze und Handschuhe. Mein Vater hatte die richtige Marktlücke aufgespürt und wurde innerhalb weniger Monate vom Konservendosen-Lieferanten zu einer Berühmtheit, er versorgte die kleine Welt unserer Stadt nun mit Großartigkeiten. In den Buchhandlungen stiegen die Anfragen nach Kochbüchern, in den Haushaltsgeschäften wurden plötzlich Hummerzangen verlangt, und vor den Restaurants hingen Schilder wie »Heute Flusskrebse! Von Schweikert frischgefroren geliefert!« »Frischgefroren«, das sagte mein Vater fast immer am Telefon, wenn es um die Qualität seiner Ware ging. In Wahrheit meinte er »schockgefroren«, denn gute Ware musste schockgefroren sein, sonst taugte sie wenig. Schockgefroren hieß, dass sie gleich nach dem Fang oder der Portionierung bei minus 40 oder 50 Grad in Minuten gefroren wurde und sich dabei nur winzige Eiskristalle bildeten, die die Zellwände nicht zerstörten. Das lernte ich immer dann, wenn meine Mutter Erdbeeren, die sie eingefroren hatte, wieder auftaute und sich fragte, warum sie matschig waren. »Sie sind nicht schockgefroren«, erklärte mein Vater dann. »In der Truhe frieren sie langsamer, und deshalb werden die Kristalle größer und lassen die Zellen zerplatzen. Und schockfrieren geht einfach schneller«, erklärte er uns. In der Firma meines Vaters gab es keine Schockfrieranlage, so was war teuer und kompliziert. Mein Vater brauchte eine solche Anlage nicht, weil er keine Ware einfror, sondern sie schon schockgefroren bekam.

Als ich meinen Vater als Kind einmal fragte, woher er eigentlich die viele Kälte hole, draußen sei es doch warm, erklärte er mir, dass Einfrieren nicht bedeute, Kälte zu holen, sondern den Dingen die Wärme zu entziehen. »Und wie machst du das?«, fragte ich ihn. Indem er bremse, sagte er. Ich verstand nicht. Wärme, sagte er, entstehe durch Bewegung, in allen Dingen, die warm sind, bewegten sich die Moleküle, also die winzig kleinen Teile, aus denen sie bestehen. Sie drehen sich oder rauschen umher. »Sieh mal«, sagte er, legte seine Handfläche auf meine und rieb sie ganz schnell. »Das wird warm, oder?« Es wurde warm. Dann hörte er mit dem Reiben auf, und die Hand wurde wieder kälter. »Ein Kühlschrank«, fuhr er fort und zeigte auf unseren, »hat Schlangen auf der Rückseite, durch die Schlangen wird ein Mittel geleitet, in dem sich die Moleküle nicht bewegen, Ammoniak zum Beispiel. Das ist kalt und bringt die Moleküle der normalen Luft aus dem Kühlschrank auch dazu, sich kaum noch zu bewegen. Die Luft wird dann kalt, und das Ammoniak wird wärmer.« Er ging zum Kühlschrank und holte einen Eiswürfel aus dem Gefrierfach. »Nimm ihn mal in die Faust«, sagte er. Ich nahm den Eiswürfel in meine Hand und machte eine Faust, meine Handfläche wurde kalt, und das Wasser tropfte heraus. »Das Wasser nimmt die Wärme aus deiner Hand mit, die Moleküle bewegen sich schneller. Wenn man die jetzt wieder bremst, kann das Wasser die nächste Wärme aufsaugen«, erläuterte er. Es war kompliziert, fand ich. Aber ich verstand das Prinzip: die Maschinen meines Vaters klauten Wärme.

Der Konservenhandel Schweikert wurde zum »GP – Gourmetparadies Schweikert«. Mein Vater ließ Aschenbecher, Kugelschreiber und Notizblöcke mit »GP« und einem kleinen Hummer, der das »P« in der Zange hielt, bedrucken und verschenkte sie an seine Kunden. Zu Hilsberg kamen bald zwei, drei Angestellte hinzu, irgendwann waren es fünf. Mein Vater kaufte drei VW-Busse mit Tiefkühltechnik, und sein Sortiment wurde mit Ananaseis, französischer Zwiebelsuppe und Schwarzwälder Kirschtorte immer größer. Wir waren wer, glaubte ich jedenfalls, und dafür arbeitete mein Vater hart. Er stand um sechs Uhr auf, war um sieben in seiner Firma und manchmal erst um acht Uhr abends zu Hause. An den Wochenenden kamen immer öfter Männer mit ihren Frauen zu uns nach Hause, deren Namen ich mir nicht merken konnte, sondern immer nur, warum sie wichtig waren. Der Mann aus dem Stadtrat, der Mann von der Bank, Herr Prassler, den vergess ich nie, der Mann vom Hotel am Bahnhof, der Mann vom Mercedes-Autohaus, der Bauunternehmer Schröder und so weiter. Manchmal kamen Männer von weit her, aus München oder Hamburg oder einmal sogar jemand aus Paris. Mein Vater war dann jedes Mal etwas aufgeregt und hatte rote Flecken im Gesicht.

Ich weiß nicht mehr genau, wann es war, vielleicht war ich zwölf oder dreizehn Jahre alt, als ich zum ersten Mal spürte, dass sich zwischen mir und meinen Eltern ein Riss ankündigte. Es war nur die Ahnung einer feinen Bruchstelle, eine noch haardünne Trennung zwischen ihrem und meinem Denken darüber, was das Leben ausmachte. Es war einer dieser Abende, an denen meine Eltern mal wieder eingeladen hatten. Die Gäste waren noch nicht da, und mein Vater saß schon im Anzug in der Küche bereit. Er aß ein Schwarzbrot mit fingerdick Leberwurst, dann noch eines und trank ein Bier dazu. Er schaute mich an und lächelte. »Ich mag diese seltsamen Sachen«, dabei zeigte er auf die Hummerkartons, die in der Küche standen, »nicht so gerne. Aber Johannes, pssst, sag es niemandem.« Ich lächelte zurück, aber ich weiß noch, dass es mich verstörte. Glaubte er in Wahrheit gar nicht an das Gourmetparadies, an seine Kühlhäuser, an minus 18 Grad, belog er sich und uns? Es war der Moment, in dem ich zum ersten Mal an meinem Vater zweifelte, leise zweifelte. Es verunsicherte mich, auf einmal war er nicht mehr der Vater, der eins mit sich und seiner Welt war, ein, wenn auch altmodischer, Monolith, der fest an alles glaubte, was er machte. Ich hatte das Gefühl, mein Vater hatte eine Fassade erbaut, die ich nicht durchschauen konnte und von der ich manchmal fürchtete, sie könne zusammenfallen, und dahinter nur noch ein kleiner, leberwurstessender, schlichter Mensch zurückbleiben. Ich war noch zu jung, um darüber nachzudenken, was das mal bedeuten würde. Aber ich spürte und hörte beinahe diesen Knacks zwischen ihm und mir. Und so wurde zwei Jahre später aus dem Riss ein Bruch.

Es war nun nicht mehr dieses kindliche Dagegen, wenn ich keine Lust hatte, mit den Eltern am Sonntag in den

Tennisverein zu gehen, obwohl niemand von uns Tennis spielte, oder mit ihnen jeden Abend am Tisch zu essen, genau dann, wenn meine Lieblingsserie im Fernsehen lief. Es war anders, meine Abneigung wurde grundsätzlicher. Ich fing an, mir mein eigenes Denken und eigenes Gewissen zu suchen. Es waren die Jahre, in denen der Vietnamkrieg endete und ich alles über diesen Krieg las. Mein Vater nicht. Mein Vater war der Meinung, die Amerikaner würden uns vor den Kommunisten schützen, basta. Als meine Eltern mir nicht erlaubten, auf eine große Demonstration in der Stadt zu gehen, demonstrierte ich zu Hause. Rigoros. Am zweiten Weihnachtsfeiertag. Meine Eltern hatten Nachbarn zum Essen eingeladen, die Lichter am Weihnachtsbaum brannten, der Plattenspieler spielte Weihnachtsmusik, und alle hatten sich gut angezogen. Ich nicht. Ich setzte mich in meinem alten Parka, der Brandlöcher hatte, an den Tisch und wollte nichts essen. Als meine Mutter die Teller hereinbrachte, sagte ich: »Bei jedem Bissen, den ihr jetzt esst, verhungert oder stirbt in Vietnam ein Kind.« Es herrschte eine unendlich lange Sekunde des Schweigens, dann sah ich, wie mein Vater einen roten Kopf bekam, und dann brüllte er: »Raus! Auf dein Zimmer!« Ich stand auf und sagte Zahlen auf, soundso viel getötete Vietcong, soundso viel tote Kinder, soundso viel Tonnen Napalm über vietnamesischen Wäldern und so weiter. Dann ging ich auf mein Zimmer und stellte meinen Plattenspieler ganz laut. *Get Yer Ya-Ya's Out,* die Live-Platte von den Rolling Stones. So fing das an, und so ging das weiter. Ich weiß nicht mehr genau, ob ich meinen demonstrierten Sinn für Gerechtigkeit benutzte, um mich von ihnen zu entfernen, oder ob uns die Ungerechtigkeit der Welt wirklich auseinanderbrachte.

Mehr und mehr begann ich, alles im Haus und im Leben meiner Eltern zu verachten. Das war nicht ungewöhnlich, ich war jung, es waren die 70er-Jahre, und ich bekam den Restwind des 68er-Sturms noch mit. Es war zwar kein Sturm mehr, aber immer noch genug Sog, um mich zu bewegen. Meinen Freunden ging es ähnlich, wir waren in der Pubertät, wir waren unartig, und wir hatten im Reigen der Generationen eine eigene Kultur, jedenfalls dachten wir das. Wir hatten unsere Musik, unsere Kleidung, unsere Sprache, und ich fing heimlich an, Haschisch zu rauchen, was ich nicht mochte und wovon mir schlecht wurde. Aber ich wollte mit aller Konsequenz anders sein als meine Eltern. Ich wollte nicht weniger als eine neue Welt, in der alles anders sein sollte. Wie genau, das wussten wir, meine Freunde und ich, auch nicht, aber ich arbeitete daran. Ich las viel. Nächtelang. Bücher von Marx und Lenin, ein paar Schriften von Mao, Wilhelm Reich, Adorno, den ganzen Kram, den ich mir von meinem Taschengeld leisten konnte. Die Bücher waren nicht teuer, sie kamen aus der DDR, und ich kaufte sie in einem kommunistischen Buchladen bei uns in der Stadt. Ich verstand das meiste darin zwar nicht ganz, aber was ich verstand, bastelte ich mir zu einer Geisteshaltung zusammen. Es war ein Weltbild, das nichts mit der Wirklichkeit zu tun hatte, dazu war es viel zu theoretisch. Aber es war wenigstens ein Weltbild. Meinem Vater unterstellte ich, entweder keines zu haben oder mehrere, und wenn, dann bestand es aus minus 18 Grad, Hummer aus Kanada und vielleicht manchmal seinen Jazz-Platten, die ich für langweiliges Klavierspiel alter dicker Männer in Anzügen hielt. Immerhin waren sie schwarz, aber sie hatten keine langen Haare, und keiner spielte Gitarre. Was sollte das für Musik sein?

Doch es gab etwas in mir, das sich zweiteilte und mir große Schwierigkeiten machte: Ich wollte mich von ihrer Welt entfernen, aber nicht von ihnen. Sie waren eins mit ihrem Leben, so glaubte ich jedenfalls. Wenn ich also gegen die Fassade ihres Lebens trat, trat ich sie. Ich tat meinem Vater weh, als ich ihn einmal im Streit anschrie: »Du hättest ja auch Reis nach Afrika bringen können, aber nein, du lässt lieber die Fetten noch fetter werden.« Und mein Vater brüllte zurück: »Und für wen mach ich das alles? Für dich, damit du es einmal besser hast. Nur für dich, verdammt noch mal!« Dann knallten bei uns die Türen, und es war mal wieder, ausgerechnet bei uns, Eiszeit.

Als ich beschloss, die Stadt zu verlassen, um hier in meiner Stadt Architektur zu studieren, war mein Vater dagegen. »Ich halte nichts von deiner Wahl«, sagte er. »Häuser bauen ist nichts für dich. Aber du bist mein Sohn, und deshalb zahle ich dir ein wenig Geld, damit du nicht verhungerst und vielleicht irgendwann vernünftig wirst. Irgendwann ist bitte spätestens in vier Jahren. Dann zahle ich nichts mehr.« Er sagte mir das an dem Abend, als der Brief der Universität mit der Zulassung für einen Studienplatz kam. Ich wusste damals nicht, dass mein Vater seine Firma zum großen Teil schon verkauft hatte. An Hilsberg und eine Supermarktkette. Er hatte mir nichts davon erzählt, auch nicht davon, wie sehr sie ihn unter Druck gesetzt hatten. Es war Hilsberg, der die Chance witterte und meinem Vater erzählte, er habe ein Angebot von der Konkurrenz und werde nur bleiben, wenn sicher sei, dass nicht ich, der Spinner, einmal die Firma übernehmen würde. Mein Vater konnte nicht anders, er musste sich von seinem Lebenswerk trennen.

Jahre nach seinem Tod ist mir das oft durch den Kopf gegangen, und ich begann, ihn zu verstehen. Menschen wie mein Vater konnten sich ihre Arbeit nach dem Krieg nicht aussuchen, sie mussten machen, was da war. Das Land war ein Haufen aus Trümmern, die Häuser wie die Menschen. Und solche wie mein Vater mussten darin Existenzen gründen, eine Frau finden, ein Haus bauen, ein Kind zur Welt bringen. Egal, ob sie Schrauben oder Gartenzäune oder Autoreifen oder Tiefkühlessen verkauften, Hauptsache sie hatten irgendwas. Leidenschaft war nicht gefragt, Leidenschaft war Luxus. Und man kann, ganz im Ernst, keine Leidenschaft für Tiefkühlessen entwickeln, es ist zu kalt, ganz einfach.

Nach dem Verkauf behielt er 25 Prozent und blieb der Chef. Noch zwei Jahre, dann wollte mein Vater aufhören.

»Erzähl uns endlich von dir«, sagte meine Mutter, »deshalb sind wir gekommen, und wir haben nicht so viel Zeit.«

Ich setzte mich auf einen der Stühle, ich war erschöpft, und der Schweiß fing an zu trocknen. Erst jetzt nahm ich wahr, dass immer wieder das Telefon klingelte und der Anrufbeantworter blinkte. Auch das Handy, das auf dem Tisch lag, hatte ein paarmal vibriert, was mein Vater jedes Mal zuckend und mit erstaunten Blicken beobachtete. Im Türschloss wurde ein Schlüssel umgedreht, und ich hörte, wie Lara ihre große und vermutlich wie immer schwere Tasche abstellte. Sofort trat mir wieder der Schweiß auf die Stirn.

»Hallo, Johannes«, sagte sie, kam mit schnellen Schritten ins Büro und ging auf einen der Schreibtische zu.

»Hallo, Lara … Lara, ähhh, das sind …«

Sie blickte auf, sie trug ein himmelblaues Sommerkleid und weiße Turnschuhe und hatte die Sonnenbrille in die Haare gesteckt. Sie nickte in unsere Richtung.

»Lass dich nicht stören, ich habe nur einen Ordner hier vergessen, den ich gleich brauche. Ich bin auf der Baustelle unten am Hafen, dieses Penthouse, weißt du?« Sie suchte die Ordner durch, die unter dem Schreibtisch lagen, fluchte leise und wurde von meinem Vater genau beobachtet, der um den Schreibtisch herumgegangen war. Er stand nun direkt hinter Lara und bückte sich ein wenig. Es war ein seltsames Bild: der Greis in seinem blauen Anzug und das junge Mädchen in seinem blauen Kleid. Mir war das peinlich.

»Lara, das, das sind übrigens, na ja, erschrick nicht …«

»Nein, Johannes, bitte, lass uns morgen über die Rechnungen reden, ich überweise das morgen, der Kunde hat schon bezahlt.« Sie stand mit einem Ordner in der Hand auf und pustete sich eine Strähne aus dem Gesicht. »Wirklich, wir gehen das morgen schnell durch, versprochen.« Sie kam auf mich zu, gab mir einen flüchtigen Kuss und sagte: »Mann, du bist ja schweißgebadet.« Dann war sie schon an der Tür. »Sorry, ich hab es sehr eilig, bis morgen.« Die Tür fiel ins Schloss.

Mein Vater stand immer noch gebückt hinter dem Schreibtisch. Er sah mich an und lachte, ja, er lachte, und ich sah, dass er noch sehr gesunde Zähne hatte.

»War das … deine Frau?« Dann gluckste er: »Donnerwetter, mein Sohn, gute Wahl.«

»Nein, das war nicht meine Frau. Ich arbeite manchmal mit ihr. Sie ist eine Kollegin.«

»Hast du denn eine Frau?«, fragte meine Mutter sehr leise, sie war an eines der Fenster gegangen und schaute hinaus.

Ich schwieg. Ich wusste nicht, wie und wo ich anfangen sollte.

»Sie wäre aber eine gute Wahl gewesen«, meinte mein

Vater und beugte sich wie ein Storch über den Tisch von Lara, auf dem Materialproben von Blechplatten, Stahlseilen und Schrauben lagen. »Und was war das mit den Rechnungen?«, fragte er, während er die Blechplatten in der Hand wog.

»Sie heißt Lara und arbeitet manchmal mit mir. Wir teilen uns die Kosten für das Büro, die Computer und das Material. Aber Lara zahlt ihren Anteil immer erst, wenn sie Zeit hat, und meistens hat sie keine.«

Mein Vater setzte sich wieder auf einen der Stühle. Sein Blick wanderte jetzt durch das Büro, er blickte zur Decke, zum Boden und unter die Tische, dann beugte er sich vor und betastete einen der Computer. Anschließend nahm er ein paar Münzen von dem Holztablett und runzelte die Stirn. Er hielt sich eine Münze dicht vor ein Auge, das andere kniff er zusammen. »Wie? Euro? Gab es eine Währungsreform, oder ist das Geld aus dem Ausland?«

Ich schwieg. Ich musste etwas ordnen, was nicht zu ordnen war. Wie erklärt man seinen seit 22 Jahren toten Eltern die Veränderung der Welt? Und wie erklärt man das eigene, 22 Jahre weitergelaufene Leben? Ich schaute auf die Uhr, es war kurz vor elf am Vormittag. Wenn sie um sechs Uhr abends wieder gehen mussten, blieben uns sieben Stunden. Sieben Stunden, um von 22 Jahren, von Anna, meiner Frau, und Carla, unserer Tochter, zu erzählen. Sie waren die Gegenwart und Zukunft der Familie, deren Vergangenheit jetzt vor mir saß und Fragezeichen im Gesicht hatte.

»Sie heißt Anna«, sagte ich.

»Wer?« Mein Vater starrte noch immer auf den Euro in seiner Hand.

»Seine Frau«, antwortete meine Mutter.

»Woher weißt du das?«

»Ich kenne meinen Sohn, so wie er den Namen gesagt hat, kann es nur seine Frau sein. Den Namen von einer Geliebten oder einer Freundin spricht man anders aus, flüchtiger oder aufgeregter. Oder gar nicht …« Sie machte eine Pause.

»Fang jetzt nicht damit an«, sagte mein Vater.

»Womit?«, fragte ich und hatte wieder das Gefühl, dass mir hier zwei Tote etwas verschwiegen. Mein Vater brummte nur.

»Habt ihr Kinder?« Meine Mutter kam langsam auf mich zu, ihre Augen waren wässrig.

»Ja, eine Tochter, sie heißt Carla.« Man sagt nicht alle Tage seiner verstorbenen Mutter, dass sie eine Enkeltochter hat.

Mein Vater stand auf, als er hörte, dass irgendetwas durch den Briefschlitz in der Tür geschoben wurde. Es war die Post. Langsam ging er in den Flur und hob mehrere Briefe und eine Zeitung auf. »Du hast Post«, sagte er und blickte auf die Zeitung. Es waren die Meldungen, die jeden Tag dort standen: Europa in der Krise, Klimaschutz, verlorene Wahlen und so weiter. Mein Vater las die Überschriften, und ich sah, dass er nichts verstand.

Er, mein Vater, der in den ersten, friedlichen Jahren meiner Kindheit immer alles als Erster verstand, der am Tisch saß, zu mir sagte »jetzt pass mal auf« und mir dann die Welt erklärte. Oft war es gar kein Wissen, sondern Halbwissen, und noch öfter war es einfach seine Meinung, eine manchmal durchdachte Meinung, manchmal auch dumme Meinung. Etwas zu wissen war damals noch mehr Arbeit als heute. Mein Vater fuhr auf Wochenend-Seminare über die Fortschritte der Kühltechnik und kam mit dicken Ordnern wieder, die er nächtelang zu verstehen versuchte. Er las die Tageszeitung unserer Stadt, und er las den *Spiegel,* der ihm zu links war. Er schaute Nachrichten und manchmal irgendwelche Politiksendungen, bei denen er einschlief. Das Google-Wikipedia-ntv-Allzeitwissen gab es vor dreißig Jahren nicht, und es war auch nicht in Sicht. Deutschland war noch ein kantiges Land, eingezwängt in Ladenschlusszeiten bis 18 Uhr und am Samstag bis 14 Uhr, eingezwängt auch in drei Fernsehprogramme mit Sendeschluss irgendwann um Mitternacht. Ferngespräche mit dem Telefon waren sehr teuer, deshalb sprach man schnell und nur das Nötigste. Jetzt hier, 22 Jahre später, mit Ladenschlusszeiten bis 22 Uhr, dreißig oder vierzig Fernsehprogrammen, Internet und Billigflügen in die ganze Welt musste es meinem Vater wehtun, so wenig zu verstehen. Er kam sich schon beim Herumschauen dumm vor und suchte verzweifelt nach etwas, womit er sich auskannte. So wie den Kühlschrank. Aber er fand nichts. Er legte die Zeitung auf den Tisch, und ich sah, wie seine Augen blinzelnd umherirrten. Er betastete wieder den Computer. »Sind die Fernseher jetzt alle so dünn?«, fragte er, ohne aufzublicken.

Ich versuchte ruhig zu atmen und spürte die ganze Zeit mein Herz sehr schnell schlagen. Ich hatte einen Plan. Wir hatten sieben Stunden Zeit, danach würde ich meine toten Eltern vielleicht wirklich nie wiedersehen. Ich wollte diese Stunden nicht damit verschwenden, ihnen Internet, Euro oder Flachbildschirme zu erklären. Ich wollte ihnen mich erklären, ihren Sohn, und warum er so geworden war ohne sie. Aber wie genau ich das machen sollte? Keine Ahnung.

Meine Mutter fasste mich am Arm. »Können wir sie sehen?«, fragte sie. Ich wusste, wen sie meinte.

»Carla ist noch in der Schule, und Anna arbeitet. Sie hat eine kleine Agentur.« Ich wollte nicht, dass meine Tochter ihre tote Großmutter sah. Ich wollte auch nicht, dass meine Frau meine Eltern sah. Ich wollte nicht, dass sich mein Leben der vergangenen 22 Jahre auf den Kopf stellte.

»Ich weiß nicht«, sagte ich.

»Aber ich«, sagte meine Mutter.

»Früher war mal Adenauer auf den Zwei-Mark-Münzen«, knarrte mein Vater, der wieder am Tisch saß und sich die Euro-Münzen genau ansah, »aber wer ist das hier?« Er streckte mir die Hand entgegen, und ich nahm die Zwei-Euro-Münze. Es war Juan Carlos, der ehemalige König von Spanien.

»Den kanntest du auch noch, der war mal König von Spanien«

»Wie? Zahlt man jetzt mit spanischem Geld?« Er starrte mich an.

»Nein, es ist europäisches Geld, in ganz Europa zahlen wir mit denselben Münzen. Manche kommen aus Spanien, andere aus Italien oder aus Deutschland.«

»Seid ihr verrückt? Der Italiener fälscht doch alles, was er in die Hände bekommt. Und der Spanier, den kenne ich …«

Ich unterbrach ihn. »Vater, lassen wir das, es ist kompliziert.«

»Was ist denn daran kompliziert, mir zu erklären, mit was für Geld du heute bezahlst?« Er stampfte kurz mit dem Fuß auf, und das kannte ich noch von früher. Als Nächstes würde er sich durch die Haare fahren. Und dann mit einer Hand eine Faust machen. Das waren immer die Zeichen, dass er gleich wütend werden würde. Er fuhr sich mit den Händen durch die Haare. Und als er eine Faust machen wollte, betrachtete er seine Hand. Und ich schob meine Hände in die Hosentaschen, so wie früher, wenn sich der Streit näherte wie ein Gewitter. Wir waren bereit. »Ist doch wahr«, würde er gleich sagen. »Ist doch wahr«, sagte mein Vater. »Kann man seinen Sohn denn nicht mal fragen …«, sprach ich lautlos vor mich hin. »Kann man seinen Sohn denn nicht mal normal was fragen?«, sagte er und schaute zu meiner Mutter.

Ich musste lächeln. Man vergisst und verlernt nie, mit seinen Eltern zu sprechen. Auch nicht nach über 20 Jahren. Es ist Elternsprech, und bei uns war das so ähnlich wie bei einem Ringkampf, wenn sich die Ringer in so komischen, affenähnlichen Posen gegenüberstehen und sich belauern. Ich hatte dieses Sprechgefühl viele Jahre lang nicht mehr gehabt, aber es war in diesem Moment sofort zurück, als ob ich wieder 27 war. Aber ehrlich gesagt, hatte ich das Gefühl nie vermisst, im Gegenteil, ich war froh, nie wieder in dieser Ringerstellung reden zu müssen. Aber nun war sie wieder da. Und auch der Blick meines Vaters, der mich mit heruntergezogenen Mundwinkeln mürrisch ansah. Und auch meine Mutter, die gleich: »Ach, Heinrich, lass doch«, sagen würde. »Ach, Heinrich, lass doch«, sagte meine Mutter und legte ihm eine Hand auf den Arm. Ich hatte erst seit einer knappen Stunde wieder Eltern, aber die Lieferung war vollständig. Ich lebte wieder in der Stimmung »Eltern«. Die verlernt man nie. Und in mir erwachte auch sofort das alte schöne »Dagegen«-Gefühl. Wenn mein Vater jetzt sagen würde, »dein Büro, oder was das hier sein soll, ist aber ganz ordentlich«, was er nie sagen würde, müsste ich überlegen, alles umzubauen.

Der Blick meines Vaters wurde auf einmal milder, seine dunklen Augen bohrten nicht mehr, und die Augenlider wurden weicher. Er stand auf, klopfte meiner Mutter leicht auf den Arm und ging wieder herum. »Ganz schönes Büro«, sagte er. Okay, also umbauen, dachte ich.

»Das hat aber deine Frau eingerichtet, nicht du, oder?« Mein Vater. »Können wir die jetzt mal sehen?«

7

Als ich die Asche meiner Eltern beerdigte, war ich 27 und dachte, dass ich eigentlich keine großen Fehler mehr machen könnte. Irgendwie so weiterleben, so wie ich es mir vorgestellt hatte, ich fühlte mich auf meiner Spur. Die allerdings, wenn ich nach vorne blickte, nicht lang war. Ich dachte noch nicht an Familie oder an Kinder, ich hatte noch zu viel mit mir selbst zu tun. Aber etwas war anders, und ich merkte es bald.

Wenn man als Sohn seine Eltern verliert, verändert das den Blick auf die Frauen. Nein, nicht auf die Freundinnen und Verhältnisse oder Affären, die man so hat. Es verändert den Blick auf die Frau, mit der man leben will oder zumindest glaubt, leben zu wollen.

Es gab damals einige Frauen, die Mitleid mit mir hatten. Ich wurde oft eingeladen oder gefragt, ob man sich mal treffen könnte, und jeder Kaffee oder jeder Drink wurde mit »Wie geht's dir denn jetzt?« eröffnet. Es lagen viele Hände auf meinem Arm, unzählige Male hörte ich Sätze wie: »Also, ich kann mir nicht vorstellen, ohne Mum und Dad zu sein«, oder: »Was machst du denn mit dem Haus?«, und: »Sag Bescheid, wenn du etwas brauchst.« Ich war ein erwachsenes Waisenkind und in der Vorstellung meiner Freunde noch dazu ein reicher Erbe. Bei dem Einstiegsgehalt eines Architekten ist natürlich alles, was das Jahreseinkommen übertrifft, großer »Reichtum«. Doch ob es eine große Erbschaft war, konnte ich nicht sagen – auch nachdem alle Briefe geschrieben, alle Grundbücher geändert und Konten umbenannt und alle verbliebenen Kreditreste und Erbschaftssteuern bezahlt waren. Es hat mich nicht interessiert, ich empfand es nicht als mein Guthaben, sondern als das meiner Eltern. Ich ließ es einfach auf der Bank liegen, und das war, wie sich später zeigen sollte, ein Fehler. Ich lebte von meinem Gehalt, ich behielt meine kleine Wohnung und verweigerte immer die Aussage, wenn sich jemand traute, nach der Erbschaft zu fragen. Und sie trauten sich. Viele meiner Freunde hatten dann einen Bruder, der Vermögensberater war und der mich kennenlernen wollte. Oder sie waren junge Anwälte und sagten: »Wenn du juristische Hilfe in der Abwicklung brauchst, ich kenn mich damit aus.«

Wir waren damals alle junge Gehaltsanfänger, und der Verdacht meiner Freunde, ich könnte auf Millionen sitzen, machte mich zu einem sozialen Exoten. Es dauerte vielleicht ein Jahr, bis der erste meiner Freunde sich aus der Deckung wagte und mich zum Essen einlud und dabei eine umständliche Geschichte von ganz sicheren Investments erzählte, die mich nicht interessierte. Die Geschichte endete damit, dass er hohe Steuerschulden habe und schon in der nächsten Woche 30 oder 40 000, damals noch Mark, zahlen müsse, und ob ich ihm aushelfen könne, natürlich nur geliehen, in einem Jahr würde er alles zurückzahlen und Zinsen noch dazu. Der Freund erzählte das mit zitternden Händen und brüchiger Stimme, ich war seine letzte Hoffnung, einmal davon abgesehen, dass er auch seinen Vater oder einen seiner reichen Onkel hätte fragen können, »aber mit den Alten, du weißt schon …« Wusste ich eben nicht, ich hatte ja keine Alten mehr.

Es war eine lästige Zeit, als das Geld von anderen in

mein Leben gezerrt wurde. Ich stellte mir vor, wie ich an den Esstischen meiner Freunde auf einmal Thema war. Wie sie sich lange überlegten, mich, Johannes, um Geld zu fragen. Ein anderer Freund machte keine Umwege, er rief mich aus einem Autohaus an und fragte: »Du, ich kann hier einen Mercedes-Jahreswagen sofort kaufen. Ledersitze, Zweisitzer, Cabrio, eine Hammer-Gelegenheit. Kannst du mir fünfzig leihen? Kommt in zwei Monaten zurück, versprochen, Alter.« Ich sagte immer Nein und erzählte irgendetwas von Festgeld, käme ich nicht ran, lange Laufzeit und so weiter. Das war immer gelogen, ich wollte einfach nur Nein sagen, weil ich das Geld meiner Eltern nicht verleihen wollte.

Es fühlte sich nicht wie mein Geld an, ich ging sogar so weit, meine Eltern an ihrem Grab zu fragen, ob ich mir vielleicht tausend Mark von ihrem Konto nehmen könnte, um mein Auto reparieren zu lassen. Was mich aber am meisten störte, war, dass ich gegenüber meinen Freunden ein schlechtes Gewissen hatte, wenn ich ihnen kein Geld lieh. Warum soll einer begründen, dass er Geld nicht aus dem Fenster schmeißt in der Hoffnung, dass es irgendwann wieder hereinweht? Ich fand, dass man einen Lottomillionen-Gewinner anbetteln kann, wenn einem danach ist. Der Gewinner hatte Glück. Aber ich nicht. Ich hatte meine Eltern verloren. Dass ich auch noch fast das gesamte kleine Erbe verlieren würde, ahnte ich damals nicht. Ich hatte Hilsberg, Prassler, dem Mann von der Bank, dem Steuerberater meines Vaters und allen anderen, die irgendwie mit den Finanzen vom »Gourmetparadies« zu tun hatten, gesagt, sie sollten es erst mal im Sinne meiner Eltern weiterverwalten. Das taten sie. In ihrem Sinne.

Und dann traf ich Anna. Meinen Planeten, hoffte ich.

Zum ersten Mal sah ich Anna im Fahrstuhl des Bürohauses, in dem das Architektenbüro lag, in dem ich damals arbeitete. Wir fuhren abwärts, es war ein Mittwochnachmittag im Sommer. Wir sahen uns an, sie hatte honigblonde Haare, sonnenbraune Haut, grüne Augen, und sie hatte ein hellgrünes Kleid mit Blumenmuster an. Sie trug eine Brille mit dunkler Fassung, die ihr im Fahrstuhl herunterfiel, als sie sich hinabbeugte, um etwas in ihrer Tasche zu suchen. Ich hob sie auf. Es war – wie soll ich sagen? – einer dieser, oder vielleicht der bis dahin einzige Moment in meinem Leben, in dem ich wollte, dass er nicht aufhörte. Ich wollte sie in diesem Fahrstuhl noch ein paar Jahre lang anschauen, ich wollte, dass der Fahrstuhl stehen blieb und Ferien waren und ein Techniker erst in drei Wochen Zeit hätte, ihn zu reparieren. Ich blieb jedoch sehr angestrengt gelassen und sagte so blödes Zeug wie: »Zum ersten Mal hier?«

»Ja«, sagte sie, »aber deshalb ist mir die Brille nicht heruntergefallen. Sie ist neu. Die Brille, meine ich. Meine erste Brille überhaupt, daran muss ich mich noch gewöhnen.«

Wir waren längst unten angekommen, und die Fahrstuhltür stand offen, doch keiner von uns beiden ging hinaus. Sie hatte bunt lackierte Zehennägel und blaue Flipflops an. Die Fahrstuhltür schloss sich wieder. Sie lächelte. »Sollten wir nicht …«, sie zeigte auf die Knöpfe im Fahrstuhl, »hinausgehen? Nicht, dass wir uns hier verfahren.« Sie öffnete die Lifttür.

Vor dem Bürohaus lagen ein Platz und eine U-Bahn-Station, auf die sie langsam zuging. Es war sehr warm an diesem Nachmittag, und ich ging hinter ihr und sagte: »Mögen Sie Eis?« Sie blieb stehen.

»Warum?«

»Na ja, es ist so heiß, und es ist Sommer, und ich würde Sie gern einladen.«

»Ich kenne Sie doch gar nicht.«

»Das würde ich gerne ändern«

Sie sah auf ihre Uhr, dann zu mir, dann zur U-Bahn-Station, dann in den blauen Himmel, dann wieder zu mir.

»Wenn Sie meinen«, sagte sie und lächelte nicht.

Wir aßen ein Eis, Banane-Joghurt, das weiß ich noch. Und dann tranken wir Kaffee. Und dann ein Bier. Und gingen durch die Stadt bis zum Hafen. Dort stiegen wir auf ein Fährschiff und fuhren zwei Stationen den Fluss hinunter, dort gab es einen Strand. Und an dem Strand saßen wir, und ich holte Bockwürste mit Brot und eine Flasche billigen, aber trinkbaren Wein mit Plastikbechern von einer Imbissbude. So trat Anna in mein Leben. In dieser Nacht glaubte ich, dass wir aufeinander gewartet hätten, jeder in seinem Leben bis zu dieser Minute im Fahrstuhl. Meine Eltern waren vor zehn Jahren gestorben, und das hatte ich an diesem Abend zum ersten Mal vergessen können. Wir sprachen über so vieles, über ihr früheres Leben als Regieassistentin beim Fernsehen, über die Schauspieler, die sie kannte, und über die Agentur für Schauspieler, die sie nun allein gegründet hatte und wegen der sie bei den Anwälten bei uns im Haus gewesen war. Wir sprachen über eine Fehlgeburt, die sie gehabt hatte und die sie sehr knapp und beiläufig erwähnte, und über alles Mögliche, wir hörten uns einfach zu. Als ich einmal sagte, dass meine Eltern verstorben seien, fragte sie nicht nach. Das war gut. Das ersparte mir alles Mitleidige, diesen »Oh, wie ist das denn passiert?«-Strudel, in den ich sonst immer geriet. Wir blieben lange an diesem Strand und stiegen in der Nacht die steile Straße in die Stadt hinauf. Ich wollte ein Taxi anhalten, aber sie fand, wir sollten auf den Nachtbus warten. »Warum?«, fragte ich.

»Dann haben wir noch ein bisschen Zeit. Außerdem haben die Nachtbusse ein grässliches Neonlicht, mal sehen, ob wir uns dann noch anschauen mögen.« Sie stieg drei Stationen vor mir aus.

Dann hörte ich nichts mehr von Anna. Also erst mal nichts mehr. Am nächsten Tag nicht, am Tag darauf auch nicht und auch die nächsten Tage nicht. Ich hatte nur eine Telefonnummer von ihr, Handys waren damals noch Luxus und E-Mail-Adressen eine Seltenheit. Ich rief sie ein paarmal an, aber es ging niemand ans Telefon. Genau eine Woche nach diesem Tag, wieder an einem Mittwoch, rief sie mich an, spätabends. Ich saß in meiner kleinen Wohnung am Schreibtisch und zeichnete ein abenteuerliches Glasdach für einen Baumarkt, das man im Sommer öffnen können sollte. »Open Air Shopping« hieß die Idee, die sich niemals durchsetzen sollte.

»Hallo, hier ist Anna«, sagte sie, »die Anna von neulich …«

Ich ging fast in die Knie. »Anna? Anna? Ich muss mal kurz nachdenken …«

Schweigen.

»Es war schön«, sagte sie.

»Was?« Ich hätte mich erschießen können in diesem Moment.

»Alles. Das Ganze. Du. Die Luft. Das, was einem gefällt, wenn man jemanden gerne anschaut und ihm zuhört und sich vorstellt, dass es nicht aufhören wird. Und ihm selbst die blödesten Witze verzeiht.«

Schweigen.

»Ja, es war schön. Warum habe ich dann nichts mehr von dir gehört?« Ich war zum Glück wieder im Spiel.

»Weil ich wissen wollte, ob ich es vermissen würde«, sagte sie.

»Und, hast du?«

»Was machst du gerade?«

»Ein Dach. Und an dich denken.«

»Hat das Dach noch Zeit?«

»Ja, es wird sowieso nie gebaut.«

»Kann ich zu dir kommen?«

»Ja.«

»Ich meine, kann ich zu dir kommen und nicht wieder gehen?«

Wir haben in dieser Nacht nicht miteinander geschlafen, wir haben alles andere gemacht, nackt, kichernd, wir haben alte Gilbert-Bécaud-Platten gehört und Rotwein im Bett getrunken, nur um uns vorzustellen, die Stadt draußen wäre Paris und nicht die, in der wir waren. Ich stellte mir den Moment, miteinander zu schlafen, immer wieder nur vor, was mich fiebriger und glücklicher machte, als wenn wir es getan hätten. Ich wollte, dass wir nicht wieder auseinandergingen, ich wusste, glaubte, hoffte, dass wir uns gefunden hatten und ich die Frau meines Lebens, endlich. Ich hielt Anna sehr fest in meinen Armen, vielleicht zu fest, und ich sagte: »Ich lass dich nie wieder los«, und vielleicht sagte ich das zu oft. Als es schon hell war, wir aber noch nicht geschlafen hatten, machte Anna Espresso in meiner Küche, ich hatte alle Fenster geöffnet, und die Stadtluft wehte durch die Zimmer. Sie saß nackt mit zwei Tassen in den Händen vor mir und schaute mich lange an.

»Wir besprechen jetzt nicht, wie das weitergeht, oder?«

»Aber es geht doch weiter?«

»Mal sehen«, antwortete sie.

Dann stand sie auf, zog sich an, wusch sich das Gesicht, küsste mich und sagte: »Bis bald.«

Wir haben uns dann fast zwei Jahre lang nicht wiedergesehen. Nach dieser Nacht habe ich unzählige Male versucht, sie anzurufen. Sie ging nicht ans Telefon, und manchmal erzählte mir eine Frauenstimme, dass sie nicht da sei. Oder auf Reisen. Und irgendwann war sie umgezogen, wie die Frau sagte, von der ich nicht wusste, ob es eine Freundin oder Mitbewohnerin war. Ich hatte keine Ahnung, wo sie wohnte, und ich fand sie in keinem Telefonbuch. Und auch die Anwälte im Bürohaus verweigerten mir höflich jede Auskunft. Es dauerte zwei, drei Monate, bis Anna in meiner Vorstellung anfing zu verblassen. Ich lief zwar immer noch mit suchenden Blicken durch die Stadt, aber irgendwann gab ich es auf, sie zu finden.

Ich hatte andere Liebeleien, die immer unbedeutend blieben, und ich machte mich als Innenarchitekt selbstständig. Ich war allein und kultivierte das. Single. Single hieß für mich: »Das Beste kommt noch, und bis dahin probier ich alles aus.« Ich merkte erst langsam, wie sich die Welt um mich herum veränderte, es gab immer weniger Frauen, die etwas ausprobieren wollten. Ich machte alleine meine kleinen Reisen, und nach ein paar Affären mit blonden, jungen Bankkauffrauen oder allein gebliebenen Modeeinkäuferinnen in irgendwelchen Clubs Méditerranée kam ich mir wie ein vergessener Urlauber vor, der mit Strandgut spielt. Viele meiner Freunde heirateten und wurden Eltern, der Puls meiner Freundschaften veränderte sich. Manche meiner Freunde verachtete ich im Stillen, andere beneidete ich, es hielt sich die Waage. Ich beobachtete oft, wie sich viele meiner männlichen Freunde von der Schwangerschaft ihrer Frauen überfallen ließen. In Wahrheit waren sie gar nicht bereit für ein Kind, in Wahrheit war die Wunschliste der Lebensabenteuer noch lang. Aber sie waren kraft- und machtlos gegen die

Energie und den Willen von Frauen, die Kinder haben wollten. Als Single hatte ich einen Logenplatz in diesem Schauspiel der Paarungen und saß oft in den Altbauküchen meiner Freunde mit Kindern, die auf einmal so anders waren. Die Frauen platzten vor lauter Angekommensein, und die Männer versuchten, ihren Kontrollverlust zu überspielen. Sie taten mir leid, wie mir Menschen leidtun, die Fehler machen und es wissen. Und sie taten mir leid, weil ihre Frauen ihre Kinder nicht um der Kinder willen, sondern für sich selbst in die Welt gesetzt hatten. Es war eigenartig: Selbst meine stärksten Männerfreunde schienen in meiner Wahrnehmung zu schrumpfen, wenn sie Väter wurden. Aber vielleicht lag das auch nur an meiner Vorstellung davon, wie beklemmend das Dasein als Eltern ist. Das Dasein meiner Eltern.

Denn es war etwas anderes, was meine Einsamkeit so spürbar, ja schmerzhaft machte. Es war das neue Zusammenfinden meiner Generation mit ihren Eltern, dieses Frieden-Finden mit den zuvor bekriegten Vätern und Müttern und ihrer Welt. Fast alle meine Freunde entdeckten ihre Eltern wieder, der Qualm alter Schlachten war verweht, und es spannte sich ein Netz aus Milde und neu gewachsenem Respekt zwischen ihnen. Meine Eltern gewordenen Freunde brachten die Kinder zu Oma und Opa, wenn sie mal wieder frei sein wollten. Die alten Eltern saßen auf einmal wieder an Geburtstagstafeln, sie wurden wieder Teil eines zuvor zersprengten Familienlebens. Ich hatte jeden Tag das Gefühl, dass sich die Generationen in meiner Umgebung wieder zusammenfanden und nur ich davon ausgeschlossen war. Selbst das von einigen wie mir früher manchmal gehasste Weihnachten mit quälenden Familientreffen hatte seinen Sinn zurückbekommen. »Wir fahren erst zu meinen und dann zu ihren Eltern, und die Kinder lassen wir Silvester dann da«, war ein Satz, den ich immer öfter hörte. Die anschließende Frage »Und was machst du?« war stets dumpf, denn die Antwort war immer dieselbe: Nichts.

Ich wollte Anna vergessen und schaffte es oft, aber sie kam mir immer in den Sinn, wenn ich alleine war. Wenn ich alleine nach Hause kam und dieses Allein eben nicht meine Drei-Zimmer-Single-Wohnung, sondern mein ganzes Leben umfasste. Wenn ich am Fenster stand und Espresso trank, oft vor dem Schlafengehen, sprach ich mit meinen Eltern, einfach so in den Himmel hinein. Ich fragte sie, was ich falsch gemacht hatte. Ich fragte sie, ob Anna die richtige Frau gewesen wäre. Ich wusste, dass sie keine Antwort gehabt hätten, aber sie waren die Einzigen, die ich fragen konnte. Oder wollte.

Und dann rief sie an. Nach fast zwei Jahren. An einem Mittwoch im Frühling. Ich stand in der Tür meiner Wohnung, war auf dem Weg, mich mit Astrid, Hannes, Axel und wie meine Freunde alle hießen, zu treffen. Ich hatte schon den Hausschlüssel in der Hand und wollte eigentlich gar nicht ans Telefon gehen.

»Hier ist Anna«, sagte sie.

Ich seufzte und erwiderte lange nichts. Ich wusste nicht, was ich sagen sollte. Sie hatte mich damals verletzt, vielleicht war ich in dieser Nacht nur ihr Spielzeug gewesen, ich wusste es nicht.

»Johannes, bist du es?«

»Ja … Warum rufst du mich an?«

»Weil ich dich sehen möchte.«

Ich dachte nach.

»Nein, nein, nein, das hatten wir schon einmal, und ich habe davon immer noch Kopfschmerzen. Und Magenschmerzen. Oder beides, was auch immer. Seit zwei Jahren«, sagte ich.

Sie schwieg. »Das …«, sie zögerte, »das wollte ich nicht. Das tut mir leid.«

»Und warum willst du mich sehen?«

»Aus demselben Grund wie vor zwei Jahren, ich will es einfach.«

»Und dann soll wieder zwei Jahre Pause sein? Ist das nicht eine mühsame Art, sich kennenzulernen?«

»Gehen wir eine Pizza essen? Jetzt gleich? Und dann entscheidest du?«

Wir trafen uns eine Stunde später, Anna hatte sich kaum verändert, es war nur ihre Art zu blicken und zu sprechen, die anders war. Nicht um zwei Jahre gereifter, sondern noch anders. Sie lachte seltener und sparsamer, aber sie wirkte nicht traurig. Ihr Blick war fester geworden, und um die Augen hatte sie ein paar winzige Falten. Sie hatte viel von dem Hippie hinter sich gelassen, der sie vor zwei Jahren gewesen war. Dafür war sie mehr Frau geworden. Sie hatte nicht mehr diese große Tasche mit all ihrem Kram drin, sondern eine kleine, die sie über die Stuhllehne hängte. Und sie hatte nicht mehr die verschieden geschminkten Augen wie vor zwei Jahren. Sie war die Blüte geworden, von der ich vor zwei Jahren die Knospe gesehen hatte. Sie sei in London gewesen, sagte sie, fast zwei Jahre lang, in der Agentur einer Freundin. Ja, sie sei damals geflohen, aber nicht vor mir, sondern vor ihrer Unfertigkeit. Ihre Agentur war beinahe schon in Konkurs gegangen, sie habe das Gefühl gehabt, es nicht zu können, und die Schulden hätten sich getürmt. »Es war eine Lehrzeit in London«, erzählte sie. »Es ist ein Geschäft, das man nicht blauäugig und naiv betreiben sollte, sondern mit Wissen. Und das musste ich noch lernen.«

Sie fing an, ihre Pizza zu essen, und sie aß sehr konzentriert alles, vom leicht verkohlten Rand hin zur Mitte, und sah mich fragend an, als ich ein paar schwarze Oliven zur Seite schob. Ich nickte, und sie aß sie auf. Sie lächelte.

»Es war schön«, sagte sie, »diese Nacht mit uns. Aber was daraus geworden wäre, war zu früh, für mich jedenfalls. Du warst so ein Suchender, du liebtest nicht, sondern liebtest verzweifelt. Lass es mich so sagen: Liebe ist am Anfang immer ein Spiel, aber du machtest schon Arbeit daraus, ich hatte das Gefühl, noch zwei Tage und wir müssten heiraten. Ich wollte aber auch nicht Nein sagen, ich wollte dich ja behalten. Dafür aber war ich noch nicht fertig genug, das wäre nie gut gegangen.«

»Und jetzt?«

»Ich bin immer noch nicht fertig, aber ich bin, glaube ich, nicht mehr so schwach wie früher. Wenn wir vor zwei Jahren zusammengeblieben wären und meine Agentur wäre pleitegegangen, hättest du eine Freundin gehabt, die nicht mehr an sich glaubt. Ich hätte nicht gewusst, was ich machen soll, und du hättest mich mitschleifen müssen. Irgendwie durch ein Leben, für das wir gar nicht bereit waren. Das wollte ich nicht. Nicht weil ich es dir nicht antun wollte, sondern mir.« Sie trank ihr Glas leer, »… dir aber auch nicht.«

Anna sah mich mit festem Blick an. Sie legte ihre Hand auf den Tisch und schob sie langsam zu mir.

»Und was machen wir jetzt?«, fragte ich.

»Ich weiß es nicht … Bist du schon am Ziel?«

»Na ja, ich suche weniger, weil es auch immer weniger zu finden gibt.« Ich dachte nach. »Liebe allein reicht, glaube ich, nicht, um miteinander auszukommen. Und, wie soll ich sagen, ich bin von Liebenden umgeben, die nicht miteinander auskommen.«

»Ja«, sagte sie und tauschte unsere Teller, weil ich die Hälfte der Pizza liegen gelassen hatte, »das stimmt. Aber wenn einem jemand nicht mehr aus dem Kopf geht, egal, wo man ist, und egal, was man macht, ob man sich betrinkt, einen Zwanzigtausend-Euro-Scheck bekommt oder mit jemand anderem oder zwei anderen gleichzeitig schläft, wenn einem dabei immer dieselbe Person in den Sinn kommt, und sei es, dass sie am Nordpol lebt und man dorthin ziehen würde, dann ist das ... ja, was?«

Das mit den »zwei anderen schlafen« und »gleichzeitig« waren Stromschläge, die ich zu ignorieren versuchte.

»Wann bist du wiedergekommen?«, fragte ich, um abzulenken.

Sie schaute auf die Uhr. »Vor vier Stunden.«

»Und dann rufst du gleich mich an?«

»Ich wollte dich schon vom Flughafen aus anrufen, das kam mir dann aber übertrieben vor. Ich kann nur eine Nummer auswendig, obwohl ich sie fast nie gewählt habe. Deine.«

»Na ja, nach zwei Jahren hättest du dich auch mal beeilen können«, meinte ich.

Anna und ich blieben in dieser Nacht zusammen. Und auch in der nächsten Nacht. Es vergingen drei ganze Tage, bis wir uns mal vier Stunden lang nicht sahen. Doch dann ließen wir uns Zeit. Oder besser, ich ließ mir Zeit, weil ich ihr misstraute. Ein leises Misstrauen, aus Angst davor, wieder alleine aufzuwachen, wieder von ihr verlassen zu werden. Anna hatte etwas seltsam Widersprüchliches an sich, was ich erst Jahre später bemerkte. So selbstsicher und von sich überzeugt sie auch wirkte, so unsicher und an allem zweifelnd konnte sie auf der anderen Seite sein. Es war ein Widerspruch, der mir gefiel, denn sie konnte gleichzeitig alles in die Hand nehmen und im selben Moment alles infrage stellen. Nicht immer einfach, aber, wie soll ich sagen, immer interessant. Anna hatte die Rückkehr zu mir mit all ihren Freundinnen besprochen, wie sie mir später erzählte. Und Anna besprach auch alles andere mit anderen. Mit ihren Freundinnen und mit ihren Eltern, die ihr wichtig waren. Ihre Handyrechnungen waren doppelt so hoch wie meine, sie telefonierte selbst beim Schuhekaufen mit ihren Freundinnen und im Supermarkt mit ihrer Mutter. Jede von Annas Entscheidungen war vorbesprochen und nachbesprochen. Meine nicht. Ich hatte keine Eltern zum Anrufen und Besprechen, und meine Freunde hätten laut lachend aufgelegt, wenn ich sie aus einem Schuhgeschäft angerufen hätte. Aber ich mochte Annas Besprechungswahn, manchmal war es lustig, und meistens konnte sie über sich selber lachen. In unserer Unterschiedlichkeit ergänzten wir uns, fand ich. Aber ich sagte ihr auch oft: »Entscheid doch einfach mal, ohne dich zu besprechen.« Wir lebten nicht zusammen, wir liebten uns, wir stritten uns, und wir probierten uns aus. Es gab manchmal ein, zwei Wochen, in denen wir uns gar nicht sahen, dann wieder waren wir zwei Wochen lang jede Sekunde zusammen. Vor acht Jahren zogen wir in unsere erste gemeinsame Wohnung, und vor sieben Jahren heirateten wir, und unsere Tochter kam zur Welt. Das war das Ende meines Lebens als Suchender.

Ich habe oft überlegt, ob Anna meinen Eltern gefallen hätte. Manchmal fragte sie mich: »Glaubst du, deine Mutter und dein Vater hätten mich … akzeptiert?« Und dann wieder sagte sie: »Ich hätte sie gerne erlebt, einfach nur, um dich besser zu verstehen.« Ich wusste nicht genau, was sie damit meinte, aber ich glaubte auch nicht, dass irgendwer mich überhaupt besser verstanden hätte, wenn er meine Eltern gekannt hätte. Wenn man keine Eltern mehr hat, wählt man die Frauen seines Lebens anders aus. Befreiter, aber auch unsicherer. Man weiß ja, dass man ihnen die Frau nicht vorstellen muss. Man muss nicht den ersten Blick der Mutter fürchten, nicht überlegen, ob das erste Lächeln ehrlich oder nur höflich ist, und muss nicht Angst haben vor ihrem Urteil, das sie vielleicht nie aussprechen. Meine Eltern hatten meine früheren Freundinnen meistens mit flüchtigen Augen betrachtet und sie gleichgültig behandelt. Wenn mein Vater sich den Namen eines der Mädchen auch nach einem Monat nicht merken konnte, oder wollte, und immer wieder »Wie heißt die noch?« fragte, wusste ich, dass sie es nicht mochten. Aber je älter ich wurde und je intensiver diese Freundschaften und das erste Verliebtsein waren, umso unergründlicher wurde mir, was meine Eltern dachten.

Anna kam aus einem Bergdorf im Süden, ihr Vater war dort Arzt im Ruhestand und ihre Mutter pensionierte Lehrerin. Sie waren sehr gelassene Schwiegereltern, die wir nicht oft sahen, die aber ihren Platz in unserem Leben hatten. Ich mochte sie sehr, und sie hielten sich aus unserem Alltag heraus, sie bestanden nur darauf, dass Carla drei Wochen im Jahr bei ihnen auf der Alm sein sollte. Natur, Kühe, Bergwandern, klare Bäche, mit dem Sepp vom Nachbarn spielen, das alles, beinahe wie bei Heidi. Carla liebte es, und sie kam immer reicher zurück, als sie hingefahren war.

Carla hatte manchmal Fragen gestellt, früh schon, als sie im Kindergarten war und andere Kinder erzählten, dass sie bei Oma Nord waren und nächste Woche zu

Oma Süd fahren würden oder dass Opa 1 und Opa 2 ihnen zu Weihnachten eine Puppenstube gebaut hätten. Sie lernte, dass die meisten Kinder zwei Opas und zwei Omas und meisten noch einen Haufen Tanten und Onkel hatten, dass also Familie etwas ist, das oft nicht in ein großes Zimmer passt. Bei uns passten wir in ein mittleres Zimmer. Ich erklärte Carla dann, dass ihre zweite Oma und ihr zweiter Opa schon im Himmel seien und dass so etwas traurig ist, aber auch schon so lange her, dass es mit ihr nichts zu tun habe. Und ja, dass Oma und Opa ihr sicher zuschauten und stolz auf sie seien, weil sie jetzt Fahrrad fahren und schwimmen könne. Carla lächelte dann oft ein wenig und schaute nach oben. Ich wollte mir die Verwirrung und den Schrecken einer Siebenjährigen nicht vorstellen, wenn ihre toten Großeltern nun hier unten vor ihr stehen würden.

8

Mein Vater lehnte am Fenster und schaute auf die Straße. Er wippte langsam von einem Bein auf das andere. Meine Mutter wanderte durch mein Büro und sah sich alles sehr genau an, so als ob sie noch andere Fundstücke aus ihrem früheren Leben suchte.

»Können wir ein bisschen spazieren gehen?«, fragte mein Vater. »Ich möchte schon noch etwas von dieser Welt sehen. Dann haben deine Mutter und ich etwas Neues, an das wir uns erinnern können. Mit den alten Sachen sind wir schon lange durch. Kannst dir gar nicht vorstellen, wie neugierig wir Toten auf die Welt sind.« Er drehte sich um und lachte.

Ich konnte mir wirklich nicht vorstellen, wie neugierig die Toten auf die Welt sind. Bis heute Morgen hatte ich mir ja nicht einmal neugierige Tote vorstellen können. Jetzt standen sie vor mir.

»Du wohnst doch nicht in diesem Haus, oder?«, fragte meine Mutter.

»Nein, ich wohne eine Straße weiter. Hier arbeite ich.«

»Dann lass uns gehen. Zu dir. Bin sehr gespannt.« Mein Vater schritt entschlossen zur Tür.

Sie stiegen die Treppen sehr langsam hinunter, meine Mutter umklammerte mit ihren knochigen Händen das Geländer. Ich ging hinter ihnen, und wir waren eine seltsame Karawane, die aber niemand im Haus beachtete. Die jungen Praktikanten, die über die Treppen nach oben oder nach unten federten, lächelten mich kurz an, manche sagten: »Hallo, Herr Schweikert, alles klar?«, aber niemand sah meine Eltern genau an. Mein Vater blieb an manchen Türen stehen und las sehr genau die Firmenschilder, oder er starrte einen der Anwälte an, die im Treppenhaus standen und sich unterhielten. Es war mir unangenehm, diesen alten Mann zu sehen, der die anderen so offensichtlich beobachtete. Sie aber schienen sich nicht daran zu stören.

Als wir endlich auf der Straße waren, hielt mich mein Vater am Arm fest und sah mir ins Gesicht, ich spürte seinen Atem.

»Sag mal, Junge, hattest du es heute Morgen eilig?«

»Nicht eiliger als sonst, warum?«

»Du hast dich nicht rasiert.« Er strich mit seiner Hand über meine Bartstoppeln. »Die haben sich alle nicht rasiert«, fuhr er fort und zeigte auf das Bürohaus. »Alle, die ich eben gesehen habe, hatten Stoppeln. Junge, das sieht doch ungepflegt aus, man muss sich doch rasieren. Ihr seht ja alle aus wie, wie … wie aus einem Trinkerheim.« Er schüttelte den Kopf. »Und dieser Mann da eben, der hatte eine ganz kaputte Hose an, die hatte richtige Risse. Lebt der von der Stütze?«

Mein Vater. Als er noch lebte, wäre er auch aus einem brennenden Haus nicht geflohen, ohne sich vorher zu rasieren. Und wenn ich damals meine Eltern besuchte und nur den kleinsten Schatten am Kinn hatte, sagte er: »Ach, hallo, gehst du dich noch rasieren? Wir essen gleich.« Er mochte auch keine elektrischen Rasierer. Rasieren musste bei ihm etwas mit Wasser und Seife zu tun haben. Als ich noch ein Junge war, sah ich ihm oft dabei zu, er drückte Seifenpaste aus einer Tube auf einen Pinsel und rieb den Pinsel so lange in seiner hohlen Hand, bis aus der Paste Schaum wurde, den er dann in schnellen, kreisförmigen Bewegungen im Gesicht verteilte. Dann verzog mein Vater das Gesicht, erst spannte er die Wangen an und rasierte sie, dann sog er die Unterlippe in den Mund und rasierte das straffe Kinn, und irgendwann sah sein Gesicht wie eine frisch geräumte Schneelandschaft aus, nur an manchen Stellen waren strichdünne Schaumreste geblieben, die er auch noch rasierte. Er sagte oft zu mir: »Siehst du, schon bin ich wieder ein neuer Mann.«

Ein glattes, aufgeräumtes Gesicht war für meinen Vater ein Gesetz. Unrasiert waren die gefangenen Soldaten seiner Jugend und später die Verlierer und die am Rand der Gesellschaft. Wer sich nicht rasierte, hatte für ihn keinen Ort, sich sauber zu machen. Kein Badezimmer, kein Waschbecken, vielleicht sogar keine Wohnung. Und wenn sich in seiner Firma neue Fahrer oder Lagerarbeiter bewarben, lehnte er immer zuerst die ab, die schlecht rasiert waren. Selbst Schnurrbärte mochte er eigentlich nicht, aber in den 70er-Jahren waren sie in Mode, und auch Hilsberg hatte einen. Mein Vater akzeptierte das widerwillig und bestand darauf, dass der Schnurrbart »gepflegt« zu sein habe. »Männer sollten keine Haare im Gesicht tragen, auf dem Kopf ist genug Platz«, sagte er immer.

Während wir hier also auf der Straße standen und meine Mutter sich die Blumen in den Gärten ansah, ein paar bunte Blüten von den Büschen abzupfte und sie in die Tasche ihres Mantels steckte, versuchte ich, die Szene mit den alten Augen meines Vaters zu sehen.

Alle Männer, die uns begegneten, hatten Bartstoppeln, wirklich alle, selbst der ältere Postbote, der sein Fahrrad vor einem Hauseingang abstellte.

Ein paar Meter weiter stand eine Litfaßsäule mit einem Plakat für eine Versicherung, auf dem eine junge Familie unter grün geschriebenen Wörtern wie *Sicherheit* und *Zukunft* sich Mühe gab, in entspannter Euphorie in die Kamera zu blicken. Das Bild sollte Schwerelosigkeit vermitteln, die junge Familie flog förmlich durch den Raum, und der Mann hatte dunkle Bartstoppeln im Gesicht und eine Jeans mit Rissen und Löchern an. Ich ging jeden Morgen an diesem Plakat vorbei, und mir waren der Bart und die Jeans des Plakatvaters gar nicht mehr aufgefallen, weil in dieser Straße jeder so aussah. Für meinen Vater, der sich ein paar Jahre vor dem Unfall in einem Anflug von Jugendlichkeit seine erste Jeans gekauft hatte und diese nur anzog, wenn sie gebügelt war, musste der Anblick ein Abgrund der Verwahrlosung sein. Er kannte noch meine verwaschenen Jeans, die meine Mutter flickte, wenn sie Löcher hatte. Das Flicken war wichtig, nie hätten sie mich mit Löchern oder Rissen aus dem Haus gelassen. Für meinen Vater waren die verwaschenen, aber reparierten Hosen eine Irrung und Wirrung der Jugend. »Ihr mit euren Bluejeans«, sagte er und sprach das J wie ein weiches J, wie »schiens« aus. »Das hört ja dann auf, wenn du deine erste Anstellung hast«, prophezeite er oft.

Wenn ich ihm erklärt hätte, dass manche der kaputten Hosen 200 oder 300 Euro kosteten, weil eben das Kaputte, die mühsam in Fabriken imitierte Verbrauchsgeschichte aus Bleichungen und Rissen, so teuer war, und wenn mein Vater die 300 Euro dann in die ihm noch bekannten 600 Mark übersetzt hätte … Ich glaube, sein Verständnis von Geld, Waren und Werten wäre gegen eine Wand gelaufen. Ich hoffte in diesem Moment sehr, dass er mich nicht nach dem Sinn dieser Löcher und Risse und nicht nach dem Sinn der Bartstoppeln fragen würde. Wie sollte man das beantworten? Aber er fragte nicht.

Die Sonne überzog die Straße mit einem Sommerschimmer, der Himmel war blau, und die Blätter der Bäume hatten das kräftige, junge Grün des Junis.

Sie waren beide ein paar Meter weitergegangen, mein Vater drehte sich um und zeigte mit den Armen in alle Richtungen. »Nun sag schon, wo geht's zu dir, mein Sohn?«

Auf dem Fußweg kamen ihnen viele Menschen entgegen, um diese Tageszeit war die Straße voll von Fahrradkurieren, Paketboten, jungen Müttern mit Kinderwagen, Radlern mit Hunden und anderen, von denen ich nicht wusste, was sie eigentlich machten, außer Zeit zu haben und herumzulaufen. Als ich meine Eltern beobachtete, fiel mir auf, dass sie zwar langsam und zittrig gingen, gleichzeitig aber beide sehr geschickt allen auswichen, die ihnen in den Weg kamen. So klapprig sie wirkten, so behände konnten sie sich an Gartenmauern und in Einfahrten zur Seite schieben, um niemandem im Weg zu stehen. So gingen und liefen alle an ihnen vorbei, ohne Notiz von den beiden Alten zu nehmen.

Mein Vater winkte mir aus einer Einfahrt zu, die Straße traf auf eine Querstraße, und er rief: »Da lang? Nun komm schon, mein Sohn.« Ja, meine Wohnung lag in der Querstraße und die Schule meiner Tochter noch zwei Straßen weiter. Aber ich zögerte. Ich blieb stehen. Bis jetzt hatten meine toten Eltern das Kommando gehabt, in meiner Überraschung war ich wehrlos geworden. Mein Vater hatte die Führung übernommen. Mein toter Vater. Das war absurd, immerhin waren sie unangemeldete Besucher. Nein. Ich spürte eine ganz alte, eine Wut von früher in mir aufsteigen.

»Wartet mal«, rief ich ihnen zu, »das geht so nicht.«

Mein Vater winkte ungeduldig. »Wie denn nun, da oder da lang? Ist es noch weit?«

Meine Mutter zupfte ihn am Kragen und flüsterte etwas in sein Ohr, sie sprach lange, manchmal schüttelte er den Kopf, dann nickte er und zog die Augenbrauen hoch. Schließlich ließ sie ihn stehen und kam zurück zu mir.

»Johannes, ich weiß, was du denkst. Da kommen diese zwei Alten und bringen erst dich durcheinander und wollen nun auch noch deine Frau und deine Tochter in den Wahnsinn treiben …«

»Meine Tochter denkt, ihr seid da …«, ich zeigte mit dem Finger in die Luft, »… oben und schaut ihr zu. Mutter, sie ist sieben, und nun sollen die tote Oma und der tote Opa sie besuchen kommen? Sie schaltet schon den Fernseher ab, wenn ihr Kinderfilme zu unheimlich sind, wenn alles im Dunklen spielt oder wenn ihr die Musik zu geisterhaft vorkommt.«

»Nein«, sagte meine Mutter, »sie wird sich nicht erschrecken.« Sie lächelte.

»Wir sind aber auf dem Weg zu ihr.«

»Johannes, sie wird uns nicht sehen. Und deine Frau auch nicht.«

»Wie soll das gehen, wollt ihr euch verstecken?«

»Johannes, niemand hier kann uns sehen. Nur du. Und niemand kann uns hören außer dir.«

Ich spürte einen Kloß in meinem Hals. »Wie? Ihr seid unsichtbar?« Ich trat ein Stück zurück und schaute sie genau an. Ich sah sie klar und deutlich, nirgendwo war auch nur ein Hauch von ihr durchsichtig oder schemenhaft.

»Mutter, das kann doch nicht sein. So etwas gibt es nicht«, sagte ich, und dann fiel mir ein, dass es tote Eltern, die einen noch mal besuchen, eigentlich auch nicht gab, aber der Strudel dieses »Gibt-es-nicht-Tages« hatte mich längst erfasst.

Sie lächelte noch immer. »Schau her«, sagte sie und ging ein paar Meter den Fußweg entlang. Eine junge Mutter stand dort und beugte sich über ihren Kinderwagen. Meine Mutter ging sehr dicht an sie heran, blickte in den Kinderwagen und sagte zu der Frau: »Sie haben aber ein sehr schönes Baby. Wie alt ist es denn?«

Die Frau reagierte überhaupt nicht, sie hielt weiter eine bunte Rassel in den Kinderwagen. Meine Mutter ging ein Stück weiter, der Postbote kam ihr mit seinem Fahrrad entgegen. »Entschuldigen Sie, könnten Sie mir sagen, wie spät es ist?«, fragte sie. Der Mann sah sie nicht an und schob sein Rad mit den Briefen weiter. »Siehst du«, rief meine Mutter mit ihrer brüchigen Stimme, »niemand hier sieht oder hört uns.« Ihre Stimme klang so alt, und man hörte, wie viel Kraft es sie kostete, laut zu sprechen, jeder hätte sich nach so einer Stimme umgedreht. Aber niemand auf der Straße reagierte. Mein Vater war die paar Meter zurückgekommen. »Wir hätten es dir gleich sagen sollen, oder? Aber wir wollten dich nicht völlig verwirren. Deine toten Eltern, die auch noch unsichtbar und unhörbar sind, das klingt wie ein Spuk, oder?«

»Das ist es ja auch«, flüsterte ich, »das ist ein Spuk ... Was kommt als Nächstes? Könnt ihr übers Wasser gehen oder so was?«

Mein Vater runzelte die Stirn. »Keine Ahnung, haben wir noch nicht ausprobiert. Und können wir jetzt endlich mal weitergehen, es geht doch da lang, oder?« Er zeigte in die Richtung der Querstraße. Ich setzte mich auf eine kleine Mauer an einer Einfahrt und wartete darauf, endlich ohnmächtig zu werden.

Doch es geschah etwas Seltsames mit mir. Meine Anspannung entwich wie die Luft aus einem Ballon, ich spürte sie richtig davonwehen. Innerhalb von Sekunden wurden meine Muskeln wieder weich, mein Schweiß trocknete, und der Kloß in meiner Kehle verschwand. Ich merkte, wie ich leichter und beinahe euphorisch wurde. Das ganze Unbegreifliche und Beängstigende der Situation löste sich auf einmal auf. Ich blickte nicht mehr nervös in alle Richtungen, immer bereit, irgendwelchen Menschen, denen ich begegnete, diese zwei uralten Sonderlinge erklären zu müssen. Und auch die sich erhitzende Angst, meiner Tochter ihre kleine und noch zerbrechliche Lebensvorstellung zerstören zu müssen, verflüchtigte sich. Ich war allein, aber ich war mit meinen toten Eltern allein auf dieser Straße. Niemand konnte uns sehen oder hören, und so war es jetzt mein ganz eigenes Erlebnis. Während mein Vater mitten auf der Straße stehen blieb und angestrengt die Augen zukniff, als würde er in der Ferne etwas sehen, war mir nun nichts mehr fremd, was noch an Geisterhaftigkeit kommen könnte. »Dahinten«, sagte er, »siehst du, da ganz hinten in der Kurve, da ist auch ein Toter zu Besuch.«

Ich sah am Ende der Straße ein paar Menschen herumlaufen, ganz normal.

»Aber der sucht noch nach der Adresse, zu der er will«, erklärte mein Vater und zögerte. Ich stand neben ihm auf der Straße. »Heißt das, dass immer irgendwelche Toten hier herumlaufen, die wir nicht sehen können?«

Er zog mich am Arm weiter. »Immer weiß ich nicht, manche wollen ja auch gar nicht ihre Kinder besuchen oder ihre alten Häuser sehen. Die sind froh, das alles nicht mehr sehen zu müssen, und wünschen sich lieber einen Tag in der Karibik am Strand, ein Bier angucken oder so was. Aber einige werden hier schon herumspaziert sein. Oder spazieren noch.«

Aha, dachte ich. Wer weiß, an wie vielen Toten ich schon vorbeigegangen war, wie viele von ihnen mich beobachtet haben und mir aus dem Weg gegangen sind. Auf einmal kam mir die Straße sehr eng vor, ich versuchte mir vorzustellen, dass mit den besuchenden Toten vielleicht doppelt so viele Gestalten hier herumliefen. Vielleicht die lange verstorbene bayerische Mutter des Kochs; die Schwester von einem der Anwälte, die an Krebs gestorben war, und der kleine Sohn einer der Web-Designerfrauen, der vor ein paar Jahren bei dem Tsunami in Asien ertrunken war. Und alle die Väter, Mütter, Omas und Opas, die hier einmal gelebt hatten, spazierten herum, standen neben mir und hörten mir zu.

»Weißt du«, sagte mein Vater und setzte sich zu mir auf die kniehohe Gartenmauer am Fußweg, »mir gefiel die Idee, dich zu besuchen, am Anfang auch nicht. Es war der Wille deiner Mutter, ich wollte es eigentlich nicht.« Er machte eine Pause und sah aus, als ob die Wärme ihn quälen würde, seine Stirn war aber wieder staubtrocken. »Mir war …«, er blickte mich an, »jetzt lach nicht, mein Sohn, mir war das auch unheimlich. Dich als, na ja, irgendwie als Geist zu besuchen. ›Was wollen wir da?‹, habe ich deine Mutter gefragt. ›Johannes lebt seit Jahren ohne uns, der hat uns längst vergessen.‹«

»Alles, Vater«, sagte ich schnell, »alles, aber vergessen habe und werde ich euch nie.«

»Ja, ja, war nicht so gemeint.« Er wedelte mit der Hand durch die Luft und machte wieder eine Pause. »Ich hatte aber, um ehrlich zu sein, Angst.«

Angst. Ich hatte meinen Vater nie das Wort »Angst« aussprechen hören. Genauso wenig, wie ich ihn nie schlafen gesehen hatte. Angst. Mein Vater. Als sie noch am Leben gewesen waren, konnte ich mir nicht vorstellen, dass sich mein Vater vor irgendetwas fürchtete. Je älter ich wurde, desto mehr spürte ich zwar, dass er von immer mehr Dingen nichts verstand oder nichts wusste, aber die umging er einfach, wischte sie weg und polterte.

Er wirkte klein, wie er da so saß und von Angst sprach. Sein spöttischer Blick war für einen Moment erloschen, er blickte nur nachdenklich in die Gegend. Meine Mutter war ein Stück auf der anderen Straßenseite weitergelaufen. Sie ging langsam und beobachtend und wich allen, die ihr entgegenkamen, geschickt aus.

»Ich hatte Angst vor der Fremde hier«, sagte mein Vater auf einmal, »wir sind tot, wir gehören hier nicht her.«

Er stand auf und hakte sich bei mir unter. »Komm, lass uns zu deiner Mutter gehen, die verläuft sich sonst noch. Und ich will hier nicht alleine sein. Wo müssen wir hin?«

Ich schaute auf die Uhr. In einer halben Stunde würde Carla Schulschluss haben, und neuerdings sollte ich sie nicht abholen, sondern zufällig an ihrer Schule vorbeigehen, und sie würde wie immer sagen. »Ach Papa, so ein Zufall, dich zu treffen, dann können wir ja zusammen nach Hause gehen.« Es war ihr vor ihren Mitschülern peinlich, abgeholt zu werden, aber alleine traute sie sich den Weg noch nicht zu. »Also, Papa, nicht ganz, aber eigentlich schon«, wie sie sagte.

»Ich muss gleich zufällig an der Schule meiner Tochter vorbeigehen«, sagte ich.

»Wieso zufällig? Holst du sie nicht ab?«, fragte mein Vater.

»Vater, heute macht man das so. Zufällig eben.«

»Wie alt ist sie? Sieben? Da bist du schon ganz allein

zur Schule gegangen. Und du hattest einen Hausschlüssel. Hat sie einen Schlüssel?«

Wir hatten meine Mutter eingeholt, die schweigend neben uns ging. Bis zu diesem Satz meines Vaters.

»Das war schrecklich«, sagte sie trocken vor sich hin.

»Was?«, fragte mein Vater.

»Das mit dem Schlüssel. Du warst in der dritten Klasse, und ich musste in der Firma mithelfen. Es war die Zeit, als es mit den Suppen und den Dosen nicht mehr gut lief und die Firma sparen musste. Da habe ich selbstverständlich mitgearbeitet, aber ich konnte nicht mehr zu Hause sein, wenn die Schule aus war. Deshalb hattest du einen Schlüssel, und Frau Dulsberg, du weißt, die Nachbarin, kam und machte dir das Essen warm. Manchmal bist du auch zu den Dulsbergs mit rübergegangen. Ich habe sehr gelitten damals, du warst ein Schlüsselkind, wie man es nannte. Und Schlüsselkinder waren immer arme Teufel.«

Ich hatte das völlig vergessen, aber ich erinnerte mich sofort an das blaue Band mit den zwei Hausschlüsseln, das ich damals um den Hals trug. Es war mir lästig, weil die Schlüssel immer klimperten und das Band beim Spielen auf dem Schulhof störte. Ein paar meiner Mitschüler zogen auch daran, bis es mir die Luft abschnürte, und riefen »Schlüsselkind, Schlüsselkind, lebt im Wind«. Und ich erinnerte mich an die muffigen, aufgewärmten Mittagessen in der kalten Küche und an Frau Dulsberg und an Herrn Dulsberg, einen pensionierten Lehrer mit einem steifen Bein aus dem Krieg und einem Glasauge, der stinkende Zigarren rauchte und in dessen Qualm und dessen Arbeitszimmer ich dann Hausaufgaben machen musste. Immer wenn ich mich dabei verschrieb und den Fehler mit der roten Seite des Radiergummis wegradierte, zog Herr Dulsberg einen alten Wolfszahn aus der Tasche und polierte das raue Papier an der Radierstelle wieder glatt. Meine Mutter kam immer am Nachmittag eilig nach Hause, und wenn sie Herrn Dulsberg dann fragte, ob alles gut gegangen sei, sagte der: »Der Junge muss sich mehr anstrengen, sonst wird das nichts.« Ich hatte all diese Szenen längst vergessen, aber als meine Mutter »Schlüsselkind« sagte, brachen meine Erinnerungen wie eine Flutwelle über mich herein.

»Was war denn so schlecht daran, unseren Sohn zur Selbstständigkeit zu erziehen?«, fragte mein Vater knarrend. Er war stehen geblieben und sah empört aus. Sein durchsichtiger Regenmantel hing wie ein Duschvorhang an ihm herab.

»Es war nicht schlecht, aber anders wäre es besser gewesen«, beharrte meine Mutter mit fester Stimme. »Es war eben, wie es war. Geschämt habe ich mich trotzdem.«

Das war etwas aus meinen, ja, strengen, aber nicht schrecklichen Kinderjahren, was ich nicht wusste. Ich hatte die Zeit mit dem Schlüssel um den Hals akzeptiert und ertragen. Was sollte ich mit neun Jahren auch sonst machen? Ich empfand es noch nicht einmal als beschämend, bis auf Herrn Dulsberg vielleicht, der mir auf die jungen Nerven ging. Dass sich meine Mutter dafür geschämt hat, nicht wie andere Mütter zu Hause mit dem Essen zu warten, war mir völlig neu. So neu wie das Wort »Angst« aus dem Munde meines Vaters. So neu wie diese Geständnisse meiner Eltern.

Sie, meine Eltern, hatten heute nichts zu verlieren, keinen Ruf, kein Andenken, überhaupt nichts. Da, wo immer sie auch sein mochten, interessierte ihre Geschichte niemanden, weil niemand sie oder mich kannte. Sie konnten schamlos, ehrlich und für sie folgenlos die wahre Geschichte unseres gemeinsamen Lebens erzählen. Des Lebens hinter der Fassade unserer Familie, dem Konservenhandel und dem Gourmetparadies, den Ferien an der Nordsee und den zwei, drei großen Krächen, die sie hatten und an die ich mich erinnere, weil sie wirklich groß waren und ich damals Angst hatte, sie würden sich trennen. Und vielleicht wollten sie das auch, die Wahrheit erzählen. Vielleicht hatte meine Mutter deshalb zurück in meine Welt gewollt und mein Vater eigentlich nicht. Vielleicht wollte sie sich entschuldigen für die vielen kleinen Ungerechtigkeiten, die sie mir, nein, nicht angetan hatten, die ihnen mit mir passiert waren. Oder für die Irrtümer, weil sie mir nicht zugetraut hatten, einen, meinen Weg zu finden, ein Mädchen zu lieben und einfach nur Johannes Schweikert zu werden. War es das, wovor mein Vater »Angst« hatte? Vor der Korrektur unserer Familiengeschichte?

Wir waren wieder an einer Straßenkreuzung angekommen, und mein Vater setzte sich auf eine Bank, die einmal von einem reichen Rentnerehepaar gestiftet worden war, weil beide dort gerne saßen. Es hatte allerdings ein Jahr gedauert, bis die Baubehörde, die Innenbehörde und die Umweltbehörde die Aufstellung der Bank genehmigten, und das nur unter dem strengen Vorbehalt, dass die Stadtreinigung und die Stadt nicht für die Pflege einer privat aufgestellten Sitzbank zuständig seien. »Einen Moment nur«, sagte mein Vater schnaufend, »bin ja nicht mehr der Jüngste.« Meine Mutter setzte sich neben ihn, nahm seine Hand, fächelte ihm mit der anderen Luft ins Gesicht und flüsterte mir zu: »Geht gleich weiter, keine Sorge.« Ich musste lächeln, das war meine Mutter, welche Sorgen sollte man sich um seine Eltern machen, wenn sie doch eigentlich tot waren?

»Habt ihr Durst? Es ist so warm, soll ich eine Flasche Wasser oder etwas anderes besorgen?«, fragte ich und spürte meinen ausgetrockneten Mund. Meine Mutter schüttelte den Kopf. »Ist es noch weit? Zur Schule, meine ich«, unterbrach meine Mutter meine Gedanken.

Ich mochte die Idee, meine Tochter zusammen mit meinen toten Eltern abzuholen, immer noch nicht. Auch wenn sie unsichtbar waren oder vielleicht genau deshalb, war es mir unheimlich. Vor allen Dingen für Carla. Sie würde spüren, dass irgendetwas nicht stimmte, dass irgendetwas in der Luft lag, dass ich nicht der Papa wie sonst war. Ich würde ihr etwas vorspielen müssen, und das störte mich. Meine Mutter sah mein Zögern, mein Nicht-Wollen.

»Johannes, bitte. Sie ist doch … irgendwie … nun, meine Enkeltochter, oder?«

Mein Vater strich sich die Haare nach hinten.

»Ja, mein Sohn. Und dann erzählst du mal, was aus unserem Lebenswerk geworden ist. Aus all dem, was wir für dich geschaffen haben. Das muss es doch noch alles geben, oder?«

Ach, du Scheiße, dachte ich. Und der Kloß bildete sich erneut in meinem Hals, jetzt so groß wie ein Tennisball. Der Schweiß trat mir wieder auf die Stirn. Ich spürte mein Herz in den Ohren pochen. Und mir wurde bewusst, dass nicht meine Eltern mit ihren kleinen Geheimnissen meine Geschichte korrigieren konnten, sondern ich vielmehr ihre. Die Wahrheit über die Fassade ihres und unseres Lebens kannte ich, nicht sie. Mir fiel wieder ein, dass ich oft an ihrem Grab gestanden und geflüstert hatte: »Gut, dass ihr das nicht mehr mitbekommen habt.«

Das Problem, an diesem Tag meine Tochter mit zwei Gespenstern an der Seite von der Schule abzuholen, kam mir auf einmal klein vor.

»Es sind noch zwei Straßen, nicht mehr weit«, sagte ich und schob sie weiter.

9

Womit soll ich anfangen? Ich hatte das Haus meiner Eltern nach dem Unfall einfach so Haus sein lassen und schlief dort nur, wenn ich in der Stadt zu tun hatte, sonst fasste ich nichts an. Auch die Bankkonten nicht. Nach zwei Jahren fragte mich ein Makler in der Stadt, ob ich es vermieten wolle, er habe ein paar Anfragen, auch von Menschen, die meine Eltern gekannt hatten. Und so ein Haus brauche Leben, sagte er. Also wollte ich es vermieten. Nur die Wände im Keller hätten ein paar dünne Risse, so der Makler. Nun, das Haus war damals über zwanzig Jahre alt, ein paar Risse konnte es da schon geben. Ich beauftrage einen Maler, den Keller neu zu verputzen. Ich ahnte nicht, was noch kommen sollte.

Als ich vor dem Einzug der Mieter das Haus ausräumte und Hilsberg davon erzählte, kam er am nächsten Tag selbst vorbei. Mit einem Lieferwagen und einer Liste in der Hand. »Du, Johannes, ich wollte dich ja nicht damit belästigen, aber wenn du jetzt ausräumst … da sind noch einige Gegenstände, die der Firma gehören. Dein Vater hat sie immer von der Steuer abgesetzt …« Er druckste herum mit vielen Ähs und Tut-mir-Leids und zeigte mir die Liste. Der Fernseher, der Rasenmäher, die Stereoanlage, der begehbare Kühlschrank im Keller, die Waschmaschine, das Fahrrad meines Vaters. »Das muss ich alles mitnehmen, das gehört der Firma«, behauptete Hilsberg. Damals besaß ich noch den Erbteil meines Vaters, die 25

Prozent am »Gourmetparadies«. Aber Hilsberg meinte: »Du arbeitest ja nicht bei uns, und die Geräte sind Betriebskapital. Das Finanzamt wird das gar nicht gerne sehen, wenn die Sachen bei dir stehen.« Es passte nicht alles in den Lieferwagen, und am nächsten Tag kam Hilsbergs Sohn noch einmal vorbei. Ich kannte ihn flüchtig, er arbeitete auch im Gourmetparadies.

»Hallo, Johannes«, grüßte er, »ich soll mir hier noch einen Fernseher abholen, meint mein Vater.«

Und das war noch nicht alles. Mir hätte auffallen sollen, dass mich einige Freunde meiner Eltern oft anriefen und andere wiederum gar nicht. Prassler, der Mann von der Bank, rief oft an. Wie es mir gehe, was ich denn mache, wann er denn ein Haus von mir sehen könne und die üblichen langweiligen Fragen. Und ob ich schon wisse, was ich mit dem Ersparten meiner Eltern machen wolle. Ich wusste es nicht und sagte immer: »Herr Prassler, betreuen Sie es weiter, ich melde mich irgendwann.« Später erfuhr ich, warum er alle zwei Wochen anrief. Er wollte wissen, ob ich schon etwas bemerkt hatte.

Der Juwelier, zu dem meine Mutter drei Tage vor dem Unfall noch zwei Ringe, kleine Diamanten in Gold gefasst, gebracht hatte, um sie weiter machen zu lassen, rief nie an. Und ich ihn ebenfalls nicht, weil ich die Abholquittung erst fünf Jahre später in ihrem Schmuckkasten fand, den ich nie geöffnet hatte. Der Juwelier habe sich zur Ruhe gesetzt, informierte mich ein Mann am Telefon, der das Geschäft übernommen hatte. Von den Ringen einer Frau Schweikert wisse er nichts.

Und ich wäre auch nie darauf gekommen, dass mein Vater Geld verliehen hatte, wenn mich nicht vier Jahre nach seinem Tod eine Frau, die Juliane Berg hieß, angerufen hätte. Ich kannte sie, sie war eine ehemalige Auszubildende aus dem Gourmetparadies. Mein Vater hatte sie seltsamerweise eingestellt, obwohl sie aus einer anderen Stadt kam und es auch viele Bewerber aus unserer Stadt gab. Sie war damals ungefähr 25 Jahre alt, sah aber älter aus und war eigentlich zu alt für eine Lehrstelle. Es gab schon einen Lehrling im Gourmetparadies, er hieß Henning, hatte Pickel im Gesicht und lange Haare, und ich fragte mich immer, was er eigentlich da lernen wollte. Tiefgefrorenes stapeln? Ware ausfahren? Henning machte all das und ging zweimal in der Woche auf eine Berufsschule, wo er Rechnen lernte, wie mein Vater immer sagte. Ob er wirklich am Ende Tiefkühl-Kaufmann sein würde, war mir ein Rätsel. Henning sprach nie und schämte sich, glaube ich, wegen seiner roten Pickel, jedenfalls hielt er immer eine Hand vor seine Wangen, wenn er sprach, was er selten machte, und wenn, dann ganz leise. Meine Mutter mochte Henning, sie fragte immer nach ihm, wenn mein Vater nach Hause kam, und sie hatte auch ihren Arzt gefragt, was man gegen solche Pickel unternehmen könnte. Einmal kaufte sie in der Drogerie eine Tube Clearasil, das damals ganz neu war. Sie traute sich aber nicht, sie Henning zu geben, weil dieser immer sehr schüchtern an ihr vorbeischlich, wenn sie in der Firma meines Vaters war.

Henning ging dann, bevor seine Lehrzeit endete, einfach so, er kündigte, ohne zu sagen, warum. Ich habe das damals nur an unserem Küchentisch mitbekommen, zwischen Rinderbraten und Nachtisch. Mein Vater sagte, dass er Henning nie eingestellt hätte, Hilsberg habe ihn gewollt, und da könne man mal sehen, was für eine Menschenkenntnis der Hilsberg habe. Hilsberg solle sich mal auf die kalten Sachen, die Ware, konzentrieren, fuhr mein Vater fort, das würde ihm guttun. Ich verstand damals nicht, was er meinte, und dachte auch nicht darüber nach. Ich sah Henning dann bald wieder, er stand hinter der Theke einer der Kneipen, in denen ich viele Nächte meines damaligen Lebens verbrachte und in denen die Luft grau und dick vom Rauch und die Aschenbecher immer randvoll waren. Kerzen erhellten den Raum, und es gab nur Bier aus der Flasche und ein ekelhaftes Getränk, das Persiko hieß. Es war keine Kneipe, sondern eher eine Höhle, in die man ging, wenn alles andere in der Stadt schon geschlossen hatte. Ein Ort von unglaublicher Gleichgültigkeit, an dem jeder mit seinen selbst gedrehten Zigaretten vor sich hin redete. Dazu krächzten aus billigen Lautsprechern die Lieder von Bob Dylan, die auf einem ebenso billigen Kassettenrekorder abgespielt wurden. Henning passte dort hinein, er hatte einen Blaumann an, der voller Bierflecken war. Sein Gesicht sah man selten, weil die Haare davorhingen. Ich sprach ihn einmal betrunken an: »Na, froh, aus der Arktis entkommen zu sein?« Aber er tat so, als würde er mich nicht kennen.

Da sei nun eine neue Bewerberin, kündigte mein Vater schon wenige Tage nach Hennings Abschied an. Eine, die Kaufmann lernen wolle und sogar aus einer anderen Stadt komme. Die Eltern von der Frau Berg hätten einen Holzhandel, aber sie wolle nicht gleich beim Holz einsteigen, sondern das »Kaufmännische« woanders lernen. Ich wusste nicht genau, ob mein Vater stolz war, dass man in einer anderen Stadt das Gourmetparadies kannte und sogar hierherziehen wollte, um bei ihm zu arbeiten, oder ob es ihn nervös machte, nach der alten Sekretärin eine zweite, jüngere Frau einzustellen. Im Gourmetparadies arbeiteten sonst nur Männer, von denen ich nur den Nachnamen kannte. Der Schulz, der Puntsch, der Kraus und so weiter. Juliane Berg fing dann an, und ich spürte, dass sie die Firma veränderte. Ist ja immer so, wenn eine Frau einzieht.

Juliane Berg war nicht besonders hübsch, wie ich fand. Sie war bieder, sehr blass und hatte ihre blonden Haare wie einen Helm geschnitten und trug Kleider, die sicher ihrer Mutter, wenn nicht ihrer Großmutter gehört hatten. Sie war beeindruckend sündenfrei. Die 25-jährigen Frauen, die ich kannte, trugen Jeans, studierten an der Universität, rauchten selbst gedrehte Zigaretten, hörten Jimi-Hendrix-Platten und trugen keinen BH unter ihren indischen Blusen. Aber ich war damals sechzehn oder siebzehn und kannte die 25-jährigen Frauen nur vom Sehen in der Stadt oder aus dem Plattenladen, in dem ich stundenlang herumsaß und ebenfalls Jimi-Hendrix-Platten hörte und immer so tat, als wollte ich eine kaufen, ohne jedoch zu wissen, welche. Einmal fragte Juliane Berg mich in der Firma, ob ich ihr mit meinem Plattenspieler ein paar Kassetten aufnehmen könne, sie habe hier keinen Plattenspieler. Ich sagte Ja, nachdem mein Vater etliche Male gefragt hatte: »Das kannst du doch machen, oder?« Es interessierte ihn sehr, und er kaufte auch die Leerkassetten, 120er mit den ganz dünnen Bändern, die schnell rissen. Juliane Berg kam an einem Samstagnachmittag bei uns vorbei und brachte einen Stapel Langspielplatten mit, alles Schlagermusik und James-Last-Partyscheiben. Für mich war das die Musik vom Feind.

Aber ich nahm sie ihr auf und hielt mir die Ohren zu. Es würde zwei, drei Nachmittage dauern, sagte ich ihr. Juliane Berg saß noch eine Weile bei meinen Eltern und trank Kaffee. Sie stellte sehr viele Fragen über das Haus und lachte meist nervös und zupfte sich immer in den Haaren herum. Mein Vater lachte stets laut mit und beantwortete die Fragen zum Haus so ausführlich, als sei es ein Kunstwerk. Was es nicht war. Meine Mutter sagte nicht viel, sie beobachtete Juliane Berg, und als sie gegangen war, meinte sie: »So eine Frau tut der Firma ganz gut, dann habt ihr endlich mal was zu lachen.«

Mein Vater erzählte die nächsten Monate, wenn ich es denn mitbekam, immer viel von »der Berg«. Der Puntsch schneide sich jetzt immer die Haare, seit sie da sei. Und der Kraus habe ein Auge auf sie geworfen, glaube er, der komme neuerdings immer pünktlich und bringe der Berg den Kaffee. Und bei der Weihnachtsfeier in einem Lokal habe sich die Berg ein Mikrofon genommen und Schlager gesungen, ja, ja, die Berg. Mein Vater hasste Schlager, eine der wenigen Eigenschaften an ihm, die ich sympathisch fand. Aber als ich einmal mit ihm im Auto fuhr, lag da eine Udo-Jürgens-Kassette, und mein Vater sagte gleich, der Jürgens sei auch ein guter Jazz-Musiker, ob ich das eigentlich wisse. Irgendwann interessierte mich »die Berg« nicht mehr, und ich vergaß sie, sie war auch nicht auf der Trauerfeier meiner Eltern, während alle anderen, der Kraus, der Puntsch und so weiter, da waren.

Und nun rief sie an. Sie wolle mir Geld zurückzahlen, das mein Vater ihr geliehen habe, sagte sie. Damals, als sie beim Gourmetparadies anfing, habe sie eine kleine Wohnung in der Nähe gefunden, aber die Kaution nicht bezahlen können. Mein Vater lieh ihr das Geld, und nun sei sie umgezogen und habe die Kaution wiederbekommen und wollte sie zurückzahlen. »Heinrich, ähh, also, Ihr Vater hat sich so was doch auf eine Liste geschrieben«, sagte sie. Liste. Ich hatte nie eine Liste gesehen.

Ich blätterte mich zum ersten Mal durch die über dreißig Aktenordner, die noch im Keller standen, und fand eine vierseitige Liste an einer sehr versteckten Stelle zwischen technischen Zeichnungen von Kühlsystemen und alten Stromrechnungen, wahrscheinlich sollte meine Mutter die Liste nie finden. Sie war auf Karopapier geschrieben und hatte mit dem Lineal gezogene Spalten. Links hatte mein Vater erst ein Datum und dann einen Namen mit der Hand geschrieben. In der Spalte daneben standen Zahlen, es waren Geldbeträge, immer mit Komma und Null, Null. Es standen viele Namen darauf, die ich kannte, die Beträge waren nicht klein, aber überschaubar. Dann kam eine Spalte, die mit »für« überschrieben war, »für Auto«, »für Urlaub«, »für Kinder« oder einfach nur »für NN«, was auch immer das heißen sollte. Am Ende der Einträge stand immer ein Datum unter »zurück am«. Wenn Beträge zurückgezahlt waren, hatte mein Vater den ganzen Eintrag durchgestrichen und ein »erl.« dahintergeschrieben, und viele Beträge waren zurückgezahlt. Einige waren mit »bis zum« verlängert. Und einige waren noch offen. Außerdem gab es da ein regelmäßiges »NN« für »JN«, 200 Mark, die nie durchgestrichen waren. Regelmäßig hieß jeden Monat, aber ich verstand nicht, wofür. Irgendwo am Anfang der Liste stand auch »Juliane Berg« für »Kaution« und 700 Mark. Und 700 Mark wollte mir Frau Berg zurückzahlen. Da ich seit dem Tag des Unfalls keinen Anruf und keinen einzigen Euro bekommen hatte, war klar, dass alle anderen, die da noch standen und Schulden hatten, wohl hofften, ich würde die Liste nicht kennen. Es waren über 20 000 Mark, die sich angesammelt hatten. Und ich hatte keine Belege bis auf diese Liste, die laut erstem Eintrag zehn Jahre alt war. Ich machte einen Versuch. Bei Schönig, auch so ein Freund meines Vaters, Steuerberater mit einem dicken Bauch, Kettenraucher und Vieltrinker, wie ich mich erinnerte. Ich kannte ihn nicht so gut, deshalb siezte ich ihn, als ich abends anrief. Er war der Letzte auf der Liste, 3000 Mark, ein halbes Jahr vor dem Unfall.

»Herr Schweikert, nach so vielen Jahren! Schön, dass Sie anrufen. Ich denke oft an Ihre Eltern. Wie geht es Ihnen?«

»Herr Schönig, ich gehe erst jetzt die Akten meines Vaters durch, ich weiß, sehr lange her. Und da habe ich einen Eintrag gefunden und wollte Sie etwas fragen. Kann es sein, dass mein Vater Ihnen am«, ich sagte das Datum, »Geld geliehen hat? Verstehen Sie mich richtig, ich muss das alles aufarbeiten und finde keinen Beleg über die Rückzahlung …« Ich hörte Musik im Hintergrund und eine Frau sagen: »Ist das der junge Schweikert? Frag ihn mal, wie es ihm geht …«

»Herr Schweikert, das muss ich nachschauen, kann ich Sie morgen anrufen?«

Er rief am nächsten Morgen an, sehr früh, aus seinem Büro, ohne Frau und ohne Musik.

»Herr Schweikert, Ihr Vater hatte mir da mal ein wenig ausgeholfen, das habe ich dann aber gleich zurückbezahlt. Ein paar Wochen später. In bar. Hat er das nicht vermerkt?«

»Nein. Und auf den Kontoauszügen finde ich auch nichts.«

»Also, ich erinnere mich genau, Ihr Vater war bei mir im Büro wegen einer Steuergeschichte, und da habe ich ihm als Erstes die Summe in einem Umschlag zurückgegeben. Wissen Sie, Ihr Vater und ich waren ja Freunde des Bargeldes, da weiß man, was man hat, oder? Ich habe keine Ahnung, was er damit gemacht hat, ob er es auf sein Konto eingezahlt hat oder in einem Safe aufbewahrte, aber glauben Sie mir, das war längst erledigt.«

Vielleicht hätte ich Schönig geglaubt, wenn er nicht gesagt hätte, dass mein Vater wegen einer Steuerangelegenheit in seinem Büro war. Ich wusste, dass mein Vater Schönig für einen lausigen Steuerberater hielt.

»Ah ja. Hat er Ihnen das quittiert?«, fragte ich.

»Ja, mit einem Handschlag.« Schönig lachte. »Das machten wir immer so, Ihr Vater und ich.«

Ich beendete das Gespräch, lehnte mich zurück und sah auf die Liste. Es waren noch sieben Posten Schulden offen, die Rückzahlungsdaten schon lange verstrichen. Was sollte ich machen? Sie alle anrufen? Wie diesen Schönig? Sinnlos. Ich rief noch einmal bei Juliane Berg an, die sich mit »Holzer« meldete. Ob ich mich verwählt hätte, fragte ich.

»Nein, ist schon in Ordnung, ich habe geheiratet.«

Ich nannte ihr meine Kontonummer und bedankte mich, dass sie das Geld zurückzahlen wollte.

»Wieso bedanken? Das bin ich Hein… also Ihrem Vater schuldig. Er hat so viel für mich getan, ich denke oft an ihn.« Lange Pause. »Er war …, nun ja, ein sehr besonderer Mensch, wissen Sie das?«

Ich wollte nicht antworten, weil ich solche Sätze schon dreitausend Mal gehört hatte, auch von Menschen, die meinen Vater nicht ausstehen konnten und er sie, glaube ich, auch nicht. Andere waren ehrlicher. Puntsch zum Beispiel, ein dicker Lagertechniker, der schon vom ersten Tag an bei meinem Vater arbeitete und immer Lagerarbeiter geblieben war. Puntsch sagte nie viel, und wenn er von meinem Vater sprach, nannte er ihn immer nur »Chef«. Ich hatte ihn bei der Trauerfeier zum letzten Mal gesehen, er war wirklich in dem blauen Anorak gekommen, den man im Kühlhaus tragen musste und auf dem »GP« stand. Er gab mir nach der Feier vor der Kirche die

Hand und sagte: »Schade um den Chef, Schweikert. Er war ein guter, aber zum Schluss wurde er schwierig, nich? Wollte bretonische Tauben auf Vorrat im Lager haben. Tauben! Chef, hab ich gesagt, Tauben scheißen uns die Stadt zu, die will keiner essen, auch wenn sie aus Frankreich kommen. Und was macht er? Bestellt noch eine Palette dazu.« Die Glocken der Kapelle läuteten, und an mir zupften Menschen herum, die etwas sagen wollten, die Beileidsschlange wand sich um mich herum, doch Puntsch wich ihr keinen Zentimeter. »Ich wusste ja gar nicht, wohin damit, war doch alles voll beim Geflügel, weil der Hilsberg seine Puter nicht loswurde. Und warum nicht? Weil hier keiner Thanksgiving feiert, so wie in Amerika. Hab ich im Fernsehen gesehen. Wir haben gar nicht so große Familien, die so eine Fünfzehn-Kilo-Pute essen wollen. Fünfzehn Kilo!« Puntsch breitete die Arme aus, als ob er einen Medizinball tragen würde. »Hab ich dem Chef auch gesagt, wollt er aber nicht hören. Aber Sie kennen das ja, sind ja der Sohn, nich?« Puntsch, der einen Schnauzbart wie ein Walross hatte, hätte noch stundenlang so weitergeredet, aber wir standen vor der Kirche, meine Eltern waren seit ein paar Tagen tot, und es gab noch etliche Menschen in schwarzen Kostümen und Anzügen, die mir etwas sagen wollten, und die schafften es schließlich doch, ihn wegzudrängen. Später überlegte ich, dass Puntsch der einzige Ehrliche in dieser Versammlung gewesen war, einer, der einfach weiter an sein Gefrierlager dachte und sich Sorgen machte.

Frau Holzer, ehemals Berg, schwieg lange, ich hörte, wie ihr die Nase lief und sie schniefte.

»Herr Schweikert, ich wollte Sie noch etwas fragen. Ich habe hier noch ein paar Langspielplatten, die Ihr Vater mir geliehen hat, also vor langer Zeit. Er sagte immer, ich könne sie zurückgeben, wann ich wollte. Wir, also ich habe sie immer gehört, wenn ich von der Tanzstunde kam. Wenn Sie die nicht mehr brauchen, würde ich sie gerne behalten, aber nur wenn es nichts ausmacht.«

Ich wollte diese dämlichen Platten nicht und sagte ihr: »Natürlich, behalten Sie die bitte.«

»Ist so eine nette Erinnerung, auch an das Gourmetparadies, wissen Sie. Ich bin da ja nicht mehr, ich habe mir nach dem Tod Ihres Vaters eine neue Stelle gesucht und arbeite jetzt in einem Möbelgeschäft. Polster Holzer, kennen Sie doch bestimmt, oder? Der Klaus Holzer ist mein Mann, er kannte auch Ihren Vater.«

Was für ein Dorf, dachte ich.

»Der Klaus hat mit Ihrem Vater auch gekegelt, da war ich einmal mit und habe ihn kennengelernt, also, wir drei waren schon eine lustige Runde, wissen Sie …«

»Lustige Runde.« Ich wollte Frau Holzer, ehemals Berg, nicht mehr zuhören. Ich verabschiedete mich knapp und freundlich und holte noch mal die Liste aus dem Ordner. Und ich hatte richtig vermutet: Klaus Holzer musste eigentlich noch 1700 Mark zurückzahlen. Für »Urlaub«, stand da.

Die Schule meiner Tochter war ein altes Gebäude aus Rotklinkersteinen in einer kleinen, engen Straße. Der Haupteingang lag an der der Straße abgewandten Seite, und man gelangte zu ihm durch eine Toreinfahrt. Wie immer warteten sehr viele Mütter in und vor dem Eingang, junge Mütter in Sommerkleidern, und die, die ihre Kinder mit dem Auto abholten, parkten mit Warnblinklicht auf der Straße, die um diese Zeit immer vollständig verstopft war. Ein paar Meter vor der Schule bat ich meine Eltern zu warten, ich würde mit Carla dann wieder herauskommen. Ich wollte einfach nicht, dass sie sich durch das Gedränge der Mütter und tobenden Kinder schieben mussten. Ich war immer noch unsicher, wie das mit dem Unsichtbarsein funktionierte, denn unsichtbar hieß ja nicht aus Luft, man konnte nicht durch sie hindurchgehen oder so. Ich hatte einfach Angst, dass irgendjemand, schlimmstenfalls ein Kind, meine Eltern anrempeln, also gegen etwas Unsichtbares laufen und hinfallen und dann in Panik geraten könnte, sodass es auf die Straße lief und überfahren wurde. Meine Eltern nickten etwas beleidigt, als ich ihnen sagte, sie sollten warten. Carlas und mein Ritual bestand darin, dass ich nicht nach ihr suchte, sondern einfach so herumspazierte, sie würde mich dann »zufällig« finden.

Natürlich suchte ich nach ihr und schaute angestrengt weg, als ich sie entdeckte. Sie hatte heute ihre blonden Haare zu einem Pferdeschwanz gebunden und ein hellgrünes Sommerkleid und hellblaue Turnschuhe an. Sie musste selbst laut lachen, als sie übertrieben gespielt »Papa, was machst du denn hier?« mit ihren Zahnlücken rief, mir ihren schweren Schulranzen in die Hand drückte und wieder lachend »Ach, so ein Zufall, dann können wir ja zusammen nach Hause gehen« sagte. Wir schoben uns durch die dichte Ansammlung von Müttern und Kindern, und ich sah meine Eltern an der Straße warten. Mein Vater ging langsam an den geparkten Autos vorbei und beugte sich jedes Mal vor, um in das Innere zu schauen. Verstohlen strich seine Hand über einige Rückspiegel und Kotflügel, ich merkte, wie er leise etwas flüsterte. Meine Mutter reckte den Hals, und als sie mich erblickte, winkte sie und rief: »Hier sind wir«, was nur ich hören konnte. Carla zog mich weiter. »Nun komm schon, ich habe Hunger«, doch ich folgte ihr nur zögernd. Sie sah mich an. »Papa, was ist? Du bist so langsam.« Ja, ich rang sozusagen mit der Regie. Ich hatte vergessen zu fragen, ob alles, was ich zu meinen Eltern sagte, auch nur sie hören würden oder ob ich wie ein Idiot aussähe, der eigenartige Gespräche mit jemandem aus Luft führen würde. So wie James Stewart in dem Film *Mein Freund Harvey* aus dem Jahr 1950 mit einem großen weißen Hasen durch die Stadt spaziert, den keiner sieht, weil nur er an den Hasen glaubt.

Als ich auf der Höhe meiner Mutter angekommen war, kehrte mein Vater von den Autos zurück. Ich blieb einen Moment stehen und tat so, als ob ich etwas in meinen Hosentaschen suchte. »Papa, was ist? Du bist heute aber seltsam«, sagte Carla und zerrte mich weiter.

»Ich muss den Schlüssel suchen, ich weiß nicht, wo er ist«, stotterte ich absichtlich.

»Mein Gott, Johannes, ist das ein schönes Kind«, sagte meine Mutter und ging ein wenig in die Knie, um Carla genauer anzuschauen. An uns liefen andere Mütter mit ihren Kindern vorbei, viele sagten »Hallo«, ein Junge kam und wollte Carla kitzeln, sie schrie »Lass das!«, und mein Vater fragte aus dem Hintergrund: »Sag mal, haben heute alle so große Autos?« Er zeigte auf die parkenden Kombis und Geländewagen, die nun die kleine Straße blockierten und zu Hupereien anderer Autos führten, die weiterfahren wollten.

So war das jeden Mittag, man wusste, dass die Schule aus war, wenn laut und wütend gehupt wurde. Carla zerrte jetzt heftiger und drängte: »Papa, du hast nur vier Hosentaschen, da muss doch der Schlüssel irgendwo sein.« Meine Mutter sagte: »Sie hat deine Augen.« Und mein Vater fragte wieder aus dem Hintergrund: »Wieso eigentlich Carla? Wie bist du auf den Namen gekommen? Du hattest mal eine Tante, die …« Dann kam auch noch ein Vater, den ich von den Elternabenden kannte, ein Arzt, der mir einmal erzählt hatte, er habe eine neue Praxis, und mich gefragt hatte, ob ich Arztpraxen einrichtete, seine Frau habe ihm erzählt, dass meine Boutiquen sagenhaft seien, dabei hatte ich bisher nur eine gestaltet.

»Hallo, Johannes, kann ich dich mal kurz sprechen?«, fragte er und schob sich zwischen mich und meine Mutter.

»Gehen wir jetzt endlich«, rief Carla, und mein Vater sagte: »Eigentlich war es nicht deine Tante, sie war angeheiratet und die Frau meines Cousins, und ihre Schwester hieß Carla, weißt du …?«

Das Hupen wurde infernalisch, weil von ganz hinten ein Krankenwagen mit Blaulicht durch die kleine Straße wollte, was mir den Arzt vom Hals schaffte. »Oh, ich steh im Weg, kann ich dich mal anrufen? Wegen der Praxis, meine ich, das wird jetzt konkret.« Ich nickte, und mein Vater fragte: »Was kostet eigentlich der Liter Benzin heute? Gar nichts mehr? Bei den Autos, die hier stehen, muss es umsonst sein, sonst kauft man sich doch nicht so ein Auto.« Carla trampelte jetzt.

Meine Mutter sah uns alle an, legte einen Finger an die Lippen und mahnte: »Pssst. Johannes kann nicht fünf Fragen auf einmal beantworten.« Ich hätte beinahe »Danke« gesagt, hatte aber beschlossen, nicht mit ihnen zu sprechen, solange ich nicht wusste, wer das hören würde. Und dann fiel mir wieder *Mein Freund Harvey* ein. Carla kannte die Geschichte, ich hatte sie ihr oft erzählt, und wir hatten schon ein paar Male Harvey gespielt.

»Du, Carla, ich muss noch ein bisschen warten, heute ist Harvey mitgekommen«, sagte ich und blickte über den Kopf meiner Mutter hinweg – Harvey ist über zwei Meter groß, muss man wissen. Carla lachte, wir waren zwar schon lange nicht mehr mit Harvey unterwegs gewesen, aber er gehörte zu den Figuren, die sie liebte.

»Eeeecht? Wo war Harvey denn?«

»In den Ferien, glaube ich, aber heute besucht er uns. Oder, Harvey?« Ich blickte nach oben.

»Komm, Harvey«, sagte Carla, »ich habe Hunger, und Papa ist heute schneckenlangsam.« Carla ließ mich los und lief mit hopsenden Schritten voran.

Ich zwinkerte meinen Eltern zu, die mich beide anstarrten. Mein Vater suchte irritiert etwas in der Luft über ihm.

»Na kommt, Harveys«, sagte ich zu ihnen, »dann gehen wir mal nach Hause.«

»Was hast du denn mit diesem … Harvey?«, fragte mein Vater und zeigte mit seinen dürren Händen nach oben in die Luft.

»Er meint einen alten Film mit James Stewart, den seine Verwandten für verrückt erklären, weil er einen großen weißen Hasen als Freund hat, den aber keiner außer ihm sehen kann. Es ist ein schöner Film, ich habe ihn früher mal gesehen«, erklärte meine Mutter und lächelte. »Und es war eine gute Idee von dir, Johannes. Wir sind jetzt die Harveys.«

Ich war noch etwas unsicher, ob das alles funktionieren würde: Ich spreche mit zwei Toten, die keiner sieht, und sage Harvey zu ihnen, damit alle glauben, es sei ein Spiel. Ich war nicht sicher, wie Anna die Rückkehr von Harvey finden würde, es war lange her, dass wir es gespielt hatten, und meistens nur ein paar Minuten lang, und nur für Carla, die schon einmal zu Fuß in die Stadt gehen wollte, weil sie Angst hatte, der große Harvey könnte sich im Auto den Kopf anstoßen. Aber seit unsere seltsame Karawane jetzt als Spiel getarnt war, war mir leichter, und ich hörte endlich auf zu schwitzen. »Haaaarveyyyy? Kommst du endlich? Es gibt Mööööhren!«, rief meine Tochter, die schon an der nächsten Straßenecke stand.

»Ist euer Haus weit weg?«, fragte mein Vater, der schon wieder etwas ächzte.

»Nein, drei Straßen. Und es ist kein Haus, es ist eine Wohnung in einem Haus.« Meine Mutter war etwas eiliger gegangen, sie hatte Carla eingeholt und bückte sich wieder, um sie genau betrachten zu können. Carla merkte nichts davon, jedenfalls sah es so aus. Es war wieder eine unwirkliche Szene am Ende der Straße: ein siebenjähriges Mädchen mit Zahnlücken, Pferdeschwanz, hellblauen Turnschuhen und glasmarmelglänzenden blauen Augen stand da, so glatt und rein und ohne auch nur ein Staubkorn erster Müdigkeit und den Schaum des Lebens noch vor sich, und winkte einem zwei Meter großen Hasen zu, den es nicht gab. Und neben ihr stand eine alte, greise, weißhaarige Frau mit einem zerknitterten Gesicht, die eigentlich gar nicht mehr lebte und mit Tränen in den Augen das Kind betrachtete. Ich sah, wie meine Mutter immer wieder die Hand ausstreckte, um Carlas Pferdeschwanz neu zu binden oder ihr das Kleid, das ihr ein wenig schief am Hals hing, gerade zu ziehen. Doch sie zog die Hand immer wieder zurück, als ob sie einen Stromschlag fürchtete.

Es war der Anblick der Unerreichbarkeit zweier Generationen, der mich fast betäubte. Großmutter und Enkelin wie das Sinnbild von Vergangenheit und Zukunft in einem griechischen Drama, das sich auf einem Rasenfleck an einer Straße abspielte, auf den sonst nur Hunde pinkelten. Unerreichbar, weil sie zusammengehörten, aber nicht zusammenkamen. Der Tod trennte sie, und zum ersten Mal schmerzte mich das, was ich vorher nur bedauerlich gefunden hatte, weil ich es mir nie vorgestellt hatte. Es schmerzte mich, weil ich sah, wie es hätte sein können. Oder sollen. Ich wäre in diesem Moment gerne hingelaufen und hätte diese unsichtbare Wand zwischen ihnen weggezogen, die Wand zwischen Leben und Tod.

Ich vergaß beinahe alles um mich herum bei diesem Anblick, als mein Vater mich am Arm festhielt. »Eure Wohnung. Ist sie groß?« Er nickte vor sich hin und dachte nach. Ich fürchtete die nächste Frage.

»Sie ist groß genug«, sagte ich und sah, dass Carla zwei Freunde aus der Schule getroffen hatte. Meine Mutter war ein Stück zur Seite gegangen und kam zu uns zurück. Ich sah, wie Carla etwas erzählte und dabei mit den Armen fuchtelte und mit dem Finger nach oben zeigte, und ich hörte, wie sie »Harvey« sagte und laut lachte. Die beiden anderen Kinder schauten auch nach oben, und der Junge tippte sich an die Stirn und schüttelte den Kopf. Die Geschichte mit Harvey war nicht jedermanns Sache.

Mein Vater kniff die Augen zusammen.

»Sag mal, Junge, was ist eigentlich aus unserem Haus geworden?«

Das war die Frage, die ich befürchtet hatte. Und ich konnte ihr nicht ausweichen oder die Antwort auf später verschieben, ich konnte nicht sagen: »Erzähl ich ein anderes Mal.« Ich überlegte kurz, ob ich ihnen sagen sollte, ich hätte es vermietet, dann wäre das Thema beendet gewesen. Aber ich war schon zu erschöpft vom Theater mit Toten, die man nicht sieht, Harveys, die es nicht gibt, und Stimmen, die nur ich hörte. Es hatte keinen Sinn, Tote zu belügen, fand ich.

»Ich hab es verkauft.«

Schweigen.

Meine Mutter seufzte. »Und die ganzen Sachen? Das Geschirr, die schönen Bilder, die Möbel …?«

»Dann musst du ziemlich reich sein, oder?«, fragte mein Vater.

»Nein, ich habe nicht viel dafür bekommen. Das Dach war morsch und vom Regen verfault, es stürzte beinahe ein, als jemand das Haus besichtigten wollte.«

»Es stürzte ein?!« Mein Vater blieb stehen.

»Ja, es hat ein paar Tage lang geregnet, und ich war hingefahren, weil der Makler einer Familie das Haus zeigen wollte. Wir sind dann durch das ganze Haus gegangen, und oben, in eurem Schlafzimmer, hing die Holzdecke wie ein modriges, tropfendes Brett schief im Zimmer. Grünes Wasser war auf den Boden gelaufen, und die Decke war kurz davor, ganz herunterzufallen. Die Familie wäre beinahe aus dem Haus geflohen, als sie die Mäuse sah, die über das nasse Holz liefen.«

»In unserem Zimmer? Das Dach? Das kann nicht sein, das Haus hat doch der Schröder, der Bauunternehmer, gebaut, Hermann Schröder, mein Freund.« Mein Vater schüttelte den Kopf und sah mich an wie früher, wenn er alles vom Tisch wischte, was ich sagte.

»Der Schröder ist später pleitegegangen, weil er gegen die Klagen wegen Baupfusch nicht mehr ankam. Selbst die Turnhalle an der Schule hat er mit verdünntem Zement gebaut. Das kam heraus, als ein Trainer einen Fußball dagegen schoss, weil er den Jungs zeigen wollte, wie man richtig schießt, und die Wand fast einstürzte. Dein Freund Schröder hatte in eurem Dach damals billiges Holz verbaut und sehr teures Holz berechnet und die Balken nicht gut gegen Feuchtigkeit isoliert. Außerdem hatte er das Dach mir Teerpappenresten versiegelt und die Nähte und Ränder nicht gut verschweißt. Die Reste verzogen sich mit den Jahren, und die Nähte rissen auf. Deshalb ist Wasser eingedrungen und hat das Holz faulen lassen. Und den Zement hatte er auch verdünnt, im Keller hatte das Haus Risse so groß wie Briefschlitze. Beim Fundament hat er auch noch geschummelt, denn die Garage sackte mit der Zeit zentimeterweise ab, deshalb konnte man das Tor nicht mehr öffnen. Ich musste ein neues einbauen lassen.« Ich machte eine Pause und sah meinen Vater an. »Ich weiß das alles, weil ich ein Gutachten machen lassen musste«, ich zögerte, »und weil ich Architekt bin.«

Das Haus. Ich hatte es nie gemocht. Es war langweilig, ein kastiger Bungalow mit Flachdach, Garten und Garage. Es war eigentlich groß und doch wieder klein, weil meine Eltern viele Wände für viele Zimmer einziehen ließen, die dann alle klein waren, sodass man sich an den Türen und Vorsprüngen stieß. Und es lag in einer Bungalow-Neubau-Gegend am Rande der Stadt, die Straßen hatten keine Geschichte und die Menschen auch nicht, nur dass sich alle, die hier wohnten, mit vielen Hypotheken und Krediten das, was sie für einen Haus-Traum hielten, gebaut hatten. Deshalb sind alle diese Neubau-Bungalow-Siedlungen langweilig, weil niemand dort hinzieht, weil er dort leben will, sondern weil der bezahlbare Baugrund die Möglichkeit bietet, ein bezahlbares Haus zu bekommen.

Nach dem Unfall meiner Eltern stand das Haus eine Zeit lang leer, dann vermietete ich es an jenes Rentnerehepaar, das es sehr pflegte, aber nach Jahren auszog, weil es der Mann mit seinem Rheuma nicht mehr die Treppen nach oben und nach unten schaffte. Ich hatte das Haus fast fünfzehn Jahre lang nicht mehr betreten und sah es mir nach dem Auszug an. Mit neunzehn Jahren hatte ich nicht sehen können, was ich nun als Architekt erkannte. Es war vor 35 Jahren gebaut worden, und ich war mit meinen Eltern damals öfter auf der Baustelle gewesen; sie feierten auch ein Richtfest, und alle klopften ihnen auf die Schultern, der Bauunternehmer, der Tischler und der damalige Architekt. Als ich nun durch das Haus ging, sah ich den Pfusch sofort. Der Zement rieselte aus den Rissen in den Wänden, man konnte mit dem Finger hinter die Fensterverkleidungen bohren, viele Türen waren schief, weil sich die Rahmen verzogen hatten, und die Doppelglasscheiben fingen an zu erblinden, weil die Fenster billig und schlecht abgedichtet waren. Der gute Rentner hatte versucht, die größten Risse in den Wänden zu verputzen, aber die Feuchtigkeit ließ den Putz abfallen wie nasses Mehl. In den Bädern sah ich übermalten Schimmel, und die Holzverkleidung der Decke kam mir eigenartig gewölbt vor. Es regnete stark an dem Tag, als ich dort war, und ich hatte mich am nächsten Tag mit dem Makler und einer Familie verabredet, die Interesse an dem Haus hatte. Dann kam die Holzdecke im Schlafzimmer herunter.

Ich konnte es ein paar Wochen später doch noch verkaufen, aber der Preis war … reden wir nicht darüber. Die Käufer waren ein junges Paar, und der Mann sagte, er sei Handwerker und würde mit seinen Freunden das Dach ganz ab- und ein paar Wände einreißen, und dann mal sehen, er lächelte.

Ich weiß noch, wie ich vor dem Haus dem Makler alle Schlüssel gab und in mein Auto steigen wollte. Ich blieb stehen, der Makler fuhr davon. Ich schaute noch mal auf das Haus, wie es faul und modrig im Regen ohne Licht und jeden Glanz stand. Ich versuchte, mich an irgendwelches Glück darin zu erinnern. Weihnachten, Geburtstage, mein erstes Moped, mein Abiturzeugnis, mit dem ich nach Hause kam; Monika, mit der ich auf der Wohnzimmercouch morgens um vier zum ersten Mal schlief, oder mein Freund Thomas, der mit seinem alten VW-Käfer einmal auf dem frisch gesäten Rasen im Vorgarten parkte und tiefe Reifenspuren hinterließ. Ich lächelte kurz, ja, es hatte schon glückliche Momente gegeben, ich sah noch einmal die tiefen Reifenspuren auf dem frischen Rasen und das Gesicht meiner entsetzten Mutter. Und ich sah noch mal die nackte Monika auf der Wohnzimmercouch mit einer Zigarette im Mundwinkel, einer Bierdose in der Hand und dem feuchten Fleck zwischen ihren Beinen, den wir vergaßen wegzuwischen und der dort noch die nächsten Tage zu sehen war, bis meine Mutter ihn mit Wasser und einem Schwamm beseitigte, »diesen Bierfleck«, wie sie glaubte.

Ich musste wieder lächeln, die Bilder vor meinen Augen waren wie bunte Mosaiksteinchen des Glücks, aber es war kein glückliches Leben, an das ich mich erinnerte. Keines, das ich zurückholen wollte. Oder noch einmal erleben. Ich blickte erneut auf das Haus und wusste, dass ich hier nichts mehr erleben wollte. Als ich wieder in meiner Stadt war, warf ich alle alten Fotos, die ich von dem Haus hatte, in den Müll.

»Der Schröder! Hermann! Mein Freund. Er war genauso alt wie ich, wir hatten am selben Tag Geburtstag. Das kann ich nicht glauben, das, das kann gar nicht sein.« Mein Vater ging weiter. Noch hatte ihn die Wucht der Nachricht nicht ganz erreicht. Ich sah ihn nachdenken und erkannte, wie es wühlte in ihm.

»Lebt er noch? Das will ich jetzt wissen. Kannst du ihn anrufen?« Mein Vater fuchtelte ziellos in die Gegend herum, als ob er das Handy suchen würde, das ich in der Hosentasche hatte. Er stocherte in der Luft herum. »Mit deinem, na, mit diesem Telefon.«

»Keine Ahnung, wo er ist und ob er noch lebt. Ich habe gehört, dass er sich nach Spanien abgesetzt hat. Ich kenne seine Tochter vom Sehen. Sie wohnt hier in der Nähe, und ich glaube, sie lebt von seinem Schwarzgeld.«

»Schwarzgeld?«

Es entstand eine Pause.

»Sie fährt einen Porsche und hat ein großes Haus. Aber ich weiß nicht, ob sie arbeitet. Sie sieht nicht so aus.«

»Sag mal, warst du denn damals bei der Bank … bei Prassler …?« Er drehte an den Knöpfen seiner Anzugjacke, und ich spürte, wie ihm immer mehr Fragen in den Sinn kamen, seine Lippen bewegten sich.

Es dämmerte ihm wohl auf einmal, dass ich die Geheimnisse seines Lebens, von denen es Spuren gab, kennen musste. Wenn es ein vorbereiteter Tod gewesen wäre, hätte er vorher sein Leben aufgeräumt und sicher einiges weggeworfen und anderes geordnet. Aber der Tod hinterließ mir sein Leben wie ein Haus mit offenen Türen und brennenden Lichtern. Ob Schuldnerlisten oder Schwarzgeld, das sie an der Steuer vorbeischummelten, das machten sie damals alle. Ich wollte das Thema wechseln, ich musste es wechseln. Denn ich war dabei, die kleinen und großen Dinge im Leben meiner Eltern, auf die sie so stolz gewesen waren, zu entwerten. 22 Jahre nachdem es zu Ende war. Ich hatte kein Recht dazu. Oder doch? Es waren doch sie, die aus der Fassade des Hauses und der Gesellschaft ihrer städtischen Freunde, den Bankern und Bauunternehmern, Regeln aufstellten, mit denen ich leben musste. Wenn ich an das Haus dachte und an den Satz meines Vaters: »Sieh, was wir alles aufgebaut haben«, dann war dieser Satz ein Hohn. Waren diese Regeln und der Imperativ, mit dem sie verordnet wurden, nicht genauso Pfusch wie das Holzdach ihres Hauses? In meinem Kopf jonglierte ich mit diesen Gedanken wie mit glühenden Kohlen, ich wollte sie nicht anfassen, aber ich konnte sie auch nicht fallen lassen. Sie würden uns auf die Füße fallen.

Meine Mutter hatte stumm zugehört, als ich von dem Haus erzählte, und ich spürte, wie sie mich ansah. Wir waren langsam durch die Straßen gegangen, und Carla stand schon vor dem Eingang unseres Hauses. Sie winkte, und ich hörte sie rufen: »Harvey und ich haben Huuuuunnnnger!«

10

Anna war schon da. Sie versuchte immer mittags aus ihrer Agentur nach Hause zu kommen und mit Carla zu essen. Und ein bisschen zu »quatschen«, wie Carla es nannte. Sie ging in die zweite Klasse, und wir spürten, wie die Schule und Carlas Freunde immer mehr zu einer zweiten Welt wurden, die wir nicht mehr vollständig durchschauten. Die neuen Freundschaften mit Kindern, die wir nicht kannten, das Wechseln der Freundschaften, neue Namen und »Der Papa von Elsa hat fünf Autos«-Geschichten waren für uns nach der behüteten des Kindergartens eine neue Welt, in der unsere Tochter alleine war und ihren Weg suchte. Wie Souvenirs brachte sie manchmal Wörter aus der Schule mit, die wir nicht kannten. Ein paar Wochen lang sagte sie nur »yepp«, wenn sie »ja« meinte, oder »okaylonisch«, wenn ihr etwas sehr gefiel. Wenn sie nachts schlief, saßen wir manchmal im kleinen Licht ihrer Maikäferlampe vor ihrem Bett und rätselten, was sie wohl träumte. Früher wussten wir es, weil wir die Tiere, Elfen und Zauberer aus ihren Geschichten kannten und das Personal aus dem Kinderkanal im Fernsehen, aber jetzt ahnten wir Fremdes in ihrem Kopf. Sie zimmerte sich das Gerüst ihres Ichs jetzt selbstständiger zusammen. Anna sah das mit Wehmut, ihre kleine Carla entglitt ihr jeden Tag ein wenig mehr, und deshalb waren ihr die Mittagspausen und das »Quatschen« wichtig. Auch wenn eigentlich Anna

»quatschte« und Carla mit kauendem Mund oft nur »mhhm«, »ganz gut« oder »okaylonisch« murmelte. Es erinnerte mich an meine eigene Kindheit, als meine Mutter mich auch immer nach jeder Minute des Tages ausfragte und ich keine Lust hatte, ausführlich zu antworten. Man führt ja als Kind kein Protokoll im Kopf, man lebt nur und weiß manchmal selbst nicht, ob etwas wichtig ist oder nicht. Außerdem gibt es auch im Kinderleben Dinge, die so was von egal sind.

Anna stand in der Küche, sie hatte Spaghetti mit Tomatensoße gekocht, eine kleine Portion, weil es so warm war, besser, danach noch ein Eis zu essen. Unsere Wohnung lag im ersten Stock. Carla rannte die Treppe hinauf und drehte sich immer wieder um. »Papa, sag Harvey mal, er soll schneller gehen.«

Ich drehte mich zu meinen Eltern um. »Komm, Harvey, es ist nur der erste Stock.« Meine Mutter lächelte, und mein Vater sah seufzend die Treppe entlang nach oben. Ich ging langsam vor ihnen und hörte Carla in der Wohnung rufen. »Mama, rat mal, wer heute wieder da ist? Harvey! Und er hat einen Mööööhrenhunger!«

Ich hörte Anna stöhnen. »Ach, Harvey, wo kommt der denn auf einmal wieder her?« Sie klang erschöpft, ich wusste, dass es seit ein paar Tagen Probleme in ihrer Agentur gab. Eine Filmproduktionsfirma, für die Anna Schauspieler und Drehorte organisierte, war abgesprungen und zur Konkurrenz gewechselt. Kein wichtiger Kunde, sondern ein kleiner Laden, der zwei, drei Werbefilme im Jahr produzierte. Aber Anna hatte immer Sorge, dass, wenn einer ging und kein neuer kam, dies ein schlechtes Zeichen sein könnte. Das quälte sie seit Tagen schon, ich sah es an ihren Mundwinkeln, die nach unten zeigten.

Wir haben eine große Küche gleich am Wohnungseingang, sie war so etwas wie der Marktplatz der Wohnung mit Tisch, Stühlen, einem alten Sofa, großen Bildern an den Wänden, einer Schultafel, auf der Carla mit Kreide herummalte, und einer Küchenzeile mit vielen Regalen, in denen sich Bücher, Spielzeug und eine Menge Kram versammelten. Alle anderen Zimmer und der Flur gehen von der Küche ab. Das Haus war wie mein Büro ein Altbau, aber die Dielen und die Türen waren erneuert, hier knarrte und knirschte nichts. Der Küchentisch war groß und stand mitten im Raum, auf der einen Seite stand eine Holzbank und auf der anderen Stühle.

Carla schob zwei Stühle dicht zusammen. »Harvey sitzt bei mir«, verkündete sie, »oder, Harvey?«, und schaute nach oben. Ich ließ die Tür der Wohnung offen, damit meine Eltern hereinkamen, sie schauten sich unsicher um und stellten sich an eine Wand, als ob sie auf den Bus warteten.

Anna hatte ein sandfarbenes kurzes Kleid und Turnschuhe an und die Haare zu einem Knoten gebunden. Sie sah mich an und verdrehte die Augen. »Das mit Harvey, musste das sein?«, fragte sie mürrisch.

»Wieso? Harvey stand da auf einmal, er kam aus den Ferien, und da konnten wir ihn doch nicht stehen lassen, unseren Freund«, antwortete ich und blickte meine Eltern an. Ich zeigte auf das alte Sofa, das etwas abseits an der Wand stand. »Harvey, willst du dich nicht auf das Sofa setzen? Da hast du es bequem«, sagte ich und zwinkerte meinen Eltern zu. »Nein«, rief Carla, »Harvey sitzt bei mir!«

Mein Vater war ein Stück durch die Küche gegangen, er stand nun neben Anna und sah sich ihr Gesicht an. Er kniff dabei die Augen zusammen, und ich sah, wie er leicht mit dem Kopf nickte. Meine Mutter schlich um die andere Seite des Tisches, um Anna besser sehen zu können. Es war wieder eine groteske Szene, die jäh unterbrochen wurde, als der Herd einen lauten, hellen, schneidenden Fiep-Ton machte, der sagen sollte, dass die Nudeln jetzt fünf, sieben oder zehn Minuten gekocht hätten. Anna stellte den Herdwecker immer, weil sie sonst vergessen würde, dass sie überhaupt kochte. Der Ton ließ meine Eltern erschrocken zusammenzucken, ihre Augen waren geweitet, und mein Vater starrte mich an. »Was … was war das? Brennt es etwa? Was war das? So etwas habe ich noch nie gehört. Ist das ein Alarm?« In dem Moment fiepte es zum zweiten Mal, und meine Eltern drängten sich in die Ecke der Küche, meine Mutter sah angstvoll zur Tür, mein Vater nach oben. »Kommt da schon Rauch?« Anna ging sehr knapp an ihnen vorbei, schaltete den Herd ab, goss die gekochten Nudeln in ein Sieb in der Spüle und wurde dabei von den zwei weißhaarigen Greisen angestarrt, die vor Schreck zitterten. Als sich Anna schnell zum Tisch drehte, um die Spaghetti in eine Schale zu schütten, sprang mein Vater erstaunlich flink zur Seite, damit sie nicht zusammenstießen. Ich musste ihnen irgendwie die Angst nehmen, wusste aber nicht, wie. Ich versuchte es: »Also weißt du, ich finde diesen Wecker am Herd immer wahnsinnig laut, ich erschrecke mich jedes Mal, das klingt ja beinahe wie ein Feueralarm.« Anna runzelte die Stirn, »was ist denn mit deinen Ohren los? Der war doch schon immer so, und erschrocken hast du dich noch nie.« Dann lächelte sie spöttisch, »im Alter lässt das Gehör doch eigentlich nach, oder? Ist das bei dir umgekehrt?« Dann sah sie mich von oben bis unten an, »interessante Aussicht, wird auch der Rest mit der Zeit besser?« Vor ein paar Jahren hätten wir daraus jetzt ein Spiel gemacht und wären vielleicht, oder ganz sicher, auf einer Spur hastig ausgezogener Kleider ein paar Zimmer weiter gegangen und auf einem Bett oder in der Dusche oder sonst wo gelandet. Vor ein paar Jahren, als wir noch zu zweit waren und uns Termine für die Arbeit in dem Moment egal waren, weil wir der »Termin« waren. Aber jetzt saßen da Carla und meine toten Eltern und eine angestrengte Anna, die mir jeden Weg zu solchen Ideen verstellten. Carla stand auf und holte noch einen Teller »für Harvey«, und ich zeigte auf das Essen und blickte meine Mutter fragend an.

Ich hätte ihnen gerne auch Teller und Besteck hingestellt und ihnen Spaghetti aufgetan, sodass wir alle hätten essen können. Aber meine Mutter schüttelte unmerklich den Kopf, als ich sie ansah. Sie wollten nichts essen, und ich war ganz froh darüber, weil ich mir vorstellte, wie sich für Anna und Carla zwei Gabeln wie von Geisterhand geführt durch die Luft bewegt hätten und Nudeln in zwei unsichtbaren Mündern verschwunden wären. Der Schreck meiner Eltern hatte sich gelegt, sie standen nun etwas unschlüssig wie Zuschauer um den Tisch herum. Mein Vater beobachtete Anna immer noch sehr genau, und in seinem Blick erkannte ich zum ersten Mal an diesem Tag Zufriedenheit.

Wir aßen und sprachen nicht viel, vor allem Carla nicht, die auf Annas Fragen hin wie immer »mumm«, »weiß nicht« oder »gut« murmelte und auch schon Harvey wieder vergessen hatte, weil ihr anderes durch den Kopf ging. Schwimmbad am Nachmittag oder der Spielplatz mit der Seilbahn, sie hatte zwei Verabredungen und konnte sich nicht entscheiden.

Meine Eltern hatten sich auf das Sofa gesetzt, auf das keiner achtete. Sie saßen da und schauten uns zu, nur mein Vater war unruhig, er stand wieder auf und ging durch die Küche. Er hatte etwas in der Spüle entdeckt, ein großes Messer, mit dem wir Fleisch schnitten und das ich aus unserem Haus mitgenommen hatte. Mein Vater erkannte es sofort, es war dreißig Zentimeter lang und hatte früher einen schwarzen Holzgriff gehabt, der mittlerweile grau und brüchig geworden war. Es war ein großartiges Messer, auch nach über dreißig Jahren zeigte die Klinge keine einzige Kerbe, und man konnte es mit einem alten Wetzstahl immer noch rasiermesserscharf schleifen.

Mein Vater, der Gourmet-Schweikert, verstand, wie gesagt, eigentlich nichts vom Kochen, aber als er damals das Messer mit nach Hause brachte, fühlte er sich verantwortlich. Für das Messer und für alles, was geschnitten werden musste. »Das mach ich mal«, war so ein Satz, an den ich mich erinnerte, wenn er meine Mutter in der Küche zur Seite schob und mit »seinem« Messer Zwiebeln in unbrauchbar dicke Scheiben oder Speck in spielwürfelgroße Stücke schnitt. Er säbelte auch Käse in Stücke, die wir gar nicht wollten, und einmal rutschte er mit seinem Messer an einem Brot ab, sodass sein Finger blutete. Selbstverständlich war das Brot schuld, nicht er oder das Messer. Das Messer also. Es war eine seltsame Szene des Wiedersehens, mein Vater und das Messer. Er lächelte, er wog es in der Hand und hielt es ins Licht. Es war das erste Wiedersehen mit einem Gegenstand aus seiner Welt, etwas, das ihm gehörte und das ihn 22 Jahre überlebt hatte. Er war verzückt, ich sah den Glanz in seinen Augen. Doch ich wurde unruhig, zum Glück spielte er mit dem Messer hinter dem Rücken von Anna und Carla herum, aber ich fürchtete den Moment, in dem sich eine der beiden umdrehen und das Messer eigenartig in der Luft schweben sehen könnte.

»Na, sieh mal an«, sagte mein Vater zu meiner Mutter und hielt das Messer in die Luft.

»Leg es besser wieder hin«, zischte meine Mutter zurück.

»Erkennst du es …?«, fragte mein Vater.

»Ja, aber was soll das Kind denken, wenn hier Messer in der Luft tanzen? Leg es hin, Heinrich, schnell.« Sie war aufgestanden und wollte ihm das Messer aus der Hand nehmen.

Mein Vater verstand, er schaute zu Anna und Carla und legte das Messer in die Spüle, es schepperte leise, und Anna drehte sich erschrocken um. »Was war…?«

»Ach nichts«, antwortete ich, »das Messer lag wohl schief, es ist in die Spüle gefallen.«

Ich fing an, nervös zu werden. Es gefiel mir nicht, dass mein Vater durch unsere Küche spazierte wie durch ein Museum und sich über alles beugte, als läge mein Leben hier in Schaukästen herum. Und nach der Sache mit dem Messer war nun auch meine Mutter neugierig geworden, sie stand auf und suchte mit ihren Blicken das Regal hinter sich ab. Mein Vater war neben der Spüle wieder auf etwas gestoßen, das Silberbesteck meiner Eltern, das sie zu Hause immer in einer Schublade aufbewahrt hatten, die mit blauem Samt ausgelegt war. Es war früher unser Tafelsilber gewesen. Meine Eltern benutzten es damals nur, wenn Gäste kamen, und wir hatten eine Putzfrau, die es alle paar Monate in stinkenden Tinkturen badete und polierte. Anna und ich benutzten es längst wie normales Besteck, es hatte an vielen Stellen eine dunkle Patina angesetzt, und ich weiß nicht, ob wir es je in Silberbäder oder Ähnliches getaucht haben. Es war eben da, und Carla schmierte sich ihre Marmeladenbrote damit. Mein Vater zeigte auf die paar Gabeln und Messer, die da noch vom Frühstück lagen. »Siehst du, ein paar Dinge haben bei unserem Sohn doch überlebt«, sagte er, und ich sah, wie er es sich verkniff, eine der Gabeln in die Hand zu nehmen. »Ganz so schlimm kann es bei uns zu Hause also nicht gewesen sein, oder?« Es war der Stachel der Enttäuschung über das Haus, der immer noch in beiden saß. Und dann kam es wieder. Das schneidende »Fiiiep«, aber diesmal im Stakkato »fiep-fiep-fiep«. Meine Eltern zuckten erneut zusammen, aber nicht mehr so erschrocken wie beim ersten Mal, der Ton war auch leiser, er kam von der Waschmaschine, die in der Abstellkammer stand. Doch in dem Moment tönte noch ein sehr lautes, beinahe klagendes »Fiiiiep« aus der Küche; es war der Toaster, auf dem Carla ein rosa Marshmallow gegrillt hatte, das sie, klebrig geschmolzen, auf ihr Eis oder wohin auch immer legen wollte. Das Marshmallow war aber schon so sehr geschmolzen, dass die rosa Zuckermasse in den Toaster getropft war und dort qualmend verkohlte. Es fiepte also aus mehreren Richtungen, es roch nach verbranntem Zucker, und es qualmte. Für uns ein normaler Zustand, wir kannten das, es piepte und fiepte immer irgendwo bei uns. Wenn das Telefon an die Ladestation wollte, die Waschmaschine oder der Trockner fertig waren, irgendein Wecker nicht ausgestellt, der Kuchen im Ofen gebacken oder die Batterie des Fieberthermometers leer war: »Fiiiep«.

Meine Eltern hatten sich wieder in die Ecke der Küche verzogen und blickten mal zum leicht qualmenden Toaster, mal in den Flur, wo die Waschmaschine immer noch fiepte.

»Junge, was ist hier los?«, fragte mein Vater, der sich schützend vor meine Mutter gestellt hatte. Ich wollte sagen »nichts«, konnte es aber nicht. Ich sah sie an, bewegte meine Hände mehrmals beruhigend nach unten und formte mit den Lippen ein »Alles in Ordnung. Keine Sorge«.

Mein Vater war aber nicht zu beruhigen. »Was ist das für ein Pfeifen? Das ist doch ein Alarm, irgendetwas stimmt hier nicht. Ich habe so einen Krach noch nie gehört.« Er legte beide Hände auf die Ohren, als ob sie schmerzen würden.

Nein, so was hatten sie beide noch nie gehört. Als meine Eltern noch lebten, waren auch die Warntöne, wenn es sie denn gab, analog. Wir hatten ein Telefon mit einer richtigen mechanischen Klingel gehabt, und wenn der Wäschetrockner bei uns im Keller fertig war, schnarrte er einmal, was wir oft überhörten. Und wenn ich eines der ganz seltenen Male im Gourmetparadies war und einer der Angestellten vergessen hatte, die Tür zur Kühlkammer zu schließen, klingelte es nach ein paar Minuten so laut wie in der Schule zur Pause. Wenn der Kuchen meiner Mutter im Backofen fertig war, machte der Ofen einmal mechanisch »Ping«, das war's. Wenn ich dagegen alle Fiiieps, Biep-bieps und sonstigen digitalen Sirenen in unserer Wohnung zusammenzählte, kam ich auf ein ziemliches Alarm-Orchester, angeführt vom digitalen Rauchmelder, dessen Batterie alle paar Wochen streikte, was er mit einem endlosen »piepiepiep« verkündete.

Mittlerweile war Anna aufgestanden und hatte die Waschmaschine abgestellt. Sie wedelte mit einem Küchentuch den restlichen Zuckerqualm aus der Küche. Es wurde wieder ruhig bei uns, und Carla dachte murrend darüber nach, mit wem sie am Nachmittag etwas machen sollte. Ich unterbrach das Gemurmel und erzählte es Harvey. »Also, Harvey, Lucas ist der Freund aus der Schule, der ins Schwimmbad möchte, und Ella ist das

Mädchen, das nebenan wohnt und lieber auf den Spielplatz will. Und wohin willst du?«

Ich erzählte das theatralisch und laut, gestikulierte wild und stand manchmal halb vom Stuhl auf, damit meine Eltern mitbekamen, worum es ging. Anna schüttelte den Kopf und tippte sich mit einem Finger an die Stirn. »Nun lass Harvey bitte mal da raus … Und … was ist eigentlich mit dir los? Du bist so albern heute. Hast du was genommen? Und warum blickst du immer …«, sie zeigte auf die Wand, an der die Couch stand, »… da hin? Ist da was?«

»Ja«, wollte ich sagen, »meine Eltern«, doch ich erstickte den Satz mit einem Schlucken.

Ich merkte, wie mir die Situation zu entgleiten drohte. Meine Eltern spazierten mittlerweile durch die Küche wie zwei Kunden in einem Antiquitätenladen. Meine Mutter hatte im Regal eine Schachtel entdeckt, die sie sich einmal in Florenz gekauft hatte, eine Holzschachtel, die mit rotem marmoriertem Papier ausgelegt war und in der sie früher Schlüssel und Stifte aufbewahrt hatte. Ich wollte sie, wie auch das Tablett, schon wegwerfen, aber sie ging in unserem Trödel unter, und wir warfen Münzen, Fahrradventile oder Gummibänder hinein, und sie staubte so vor sich hin. Mein Vater war inzwischen in den Flur gegangen und sah sich die Bilder an der Wand an. Er zeigte auf die Zimmertüren. »Darf ich …?«, fragte er und sah zu mir. Ich schüttelte den Kopf, ich behielt ihn gerne im Blick und wollte nicht, dass sich die Türen wie in einem Geisterhaus öffneten, weil mein Vater das Bad besichtigen wollte. Er zuckte mit den Schultern und ging mit kleinen Schritten im Flur auf und ab. Meine Mutter studierte nun auch das Silberbesteck und suchte mit ihren Augen in den Regalen nach etwas, das sie wiedererkannte. Wenn sie etwas, das weiter hinten lag, entdeckte, schaute sie sich um wie ein Ladendieb, und wenn keiner hinsah, schob sie andere Gegenstände zur Seite, um es besser sehen zu können. So fand sie einen alten Salzstreuer und die kläglichen Reste eines Tee-Services, das uns beim Umzug heruntergefallen war und von dem nur drei Tassen und eine Kanne übrig geblieben waren. Sie wich dabei immer wieder Anna aus, die aufgestanden war und den Tisch abräumte.

Anna hatte ein Gesicht wie zerknülltes Papier, schlecht gelaunt und mit kleinen Falten an den Augen, die tiefer wurden, wenn sie Ärger spürte. Sie mochte es nicht, wenn mit ihrer Arbeit etwas nicht stimmte. »Die Krüger-Produktion hat auch noch nicht gebucht, ich mach mir Sorgen, dass die auch bald gehen«, klagte sie. Ich sah, wie es in Annas Kopf arbeitete, wie sie immer wieder überlegte, was sie tun könnte. »Ich will da aber jetzt nicht anrufen, weißt du, die sollen nicht denken, dass ich betteln müsste.« Sie holte einen Becher Erdbeereis aus dem Gefrierfach, was mein Vater sah und ihn beinahe herbeistürmen ließ. Anna stellte das Eis vor Carla, setzte sich und sah mich an. »Oder soll ich da doch anrufen? So ganz zufällig? Auch blöd, oder?«

»Schwimmbad«, sagte Carla.

»Sie geht doch nicht alleine ins Schwimmbad?«, fragte meine Mutter, die jetzt neben mir stand.

»Schwimmbad und danach Spielplatz«, forderte Carla.

»Carla, das geht nicht. Wer soll dich denn abholen und zum Spielplatz bringen, das weißt du doch«, Anna sagte es wie einen Satz, den sie schon hundert Mal ausgesprochen hat.

»Kann sie schwimmen?« Das war mein Vater, während er den Kühlschrank inspizierte.

»Ich will aber beides.«

»Ist das Schwimmbad denn weit vom Spielplatz entfernt?«, fragte meine Mutter, die sich einen Stapel Geschirrtücher genau ansah. »Ich könnte sie doch begl…«, lange Pause, »… ach so, das geht ja nicht.« Meine Mutter schlug die Hand gegen die Stirn.

»Johannes, kannst du den Kühlschrank noch mal öffnen, ich habe da so seltsame Lampen gesehen. Ich darf ihn ja nicht aufmachen, sonst denken wieder alle, hier sind Gespenster.« Mein Vater sprach jetzt lauter, um die anderen zu übertönen. »So ein grünes und ein rotes Licht. Das habe ich noch nie gesehen.«

»Ich glaube, ich will zu Hause bleiben.« Das war Carla.

»Du kennst doch den Karsten von der Krüger-Produktion, die Frau ist auch Architektin. Kannst du den mal so zufällig anrufen und fragen?« Das war Anna.

Es waren vier Menschen, also zwei lebende und zwei tote, die ihre Fragen wie mit einem Kipplaster auf mir abluden. Die Lebenden wussten nichts von den Toten, und die Toten wollten alles über die Lebenden wissen. Ich saß mitten zwischen ihnen und war der Einzige, der alles wusste. Nicht ganz einfach. Aber je lauter es wurde und je mehr die Fragen an mir zerrten, umso ruhiger fühlte ich mich.

»Sag doch mal was.« Anna zog mich am Arm. »Hallo, aufwachen.«

Ich sagte nichts. Ich blickte alle an, erst Anna, dann Carla und dann meine Eltern. Ich erwog, das ganze Spiel zu beenden und einfach zu gehen. Davon, in mein Büro, zur U-Bahn und zu der Baustelle in dem Theater, wo ich das Café und den Buchladen neu gestaltete. Ich könnte gehen und die Tür einfach auflassen, meine Eltern würden dann schon den Weg hinaus finden. Meinem Vater könnte ich noch erklären, dass es heute Kühlschränke mit kleinen roten und grünen Lampen gibt, die immer eingeschaltet sind und ein Tageslichtspektrum imitieren sollen, damit das Gemüse im Kühlschrank natürlicher nachreifen kann. Ob es wirklich funktioniert, wusste ich nicht. Und dann könnte ich gehen. Und meine Eltern nicht wiedersehen, so wie die vergangenen 22 Jahre. Was sollte das alles? Das wiedererkannte Messer, die Florenz-Schachtel? Sollten diese beiden Alten, die zu ihren Lebzeiten mal meine Eltern gewesen waren, nur die dürftige Nachricht mitnehmen, dass von ihnen ein Messer, Besteck, eine Schachtel und ein paar Handtücher geblieben waren? Ich lehnte mich zurück, ich spürte einen rotierenden Kitzel des Irrsinns in mir, ein Lachanfall bahnte sich in meiner Brust an, ich spürte, wie sich die Muskeln schnell zusammenzogen.

»Ich muss gerade an meine Eltern denken«, sagte ich. »Ach, wenn sie uns so sehen könnten.« Ich war kurz davor, hysterisch loszulachen, so wie früher in der Schule, dieses Lachen, das man nicht mehr stoppen konnte.

»Wie kommst du denn jetzt darauf? Dein Spießervater hier an dem Tisch, das hat mir gerade noch gefehlt. Du hast doch immer gesagt, dass man dem nichts recht machen konnte.« Anna verdrehte die Augen.

Schweigen.

Mein Vater wandte wie versteinert den Blick vom Kühlschrank ab, meine Mutter schaute amüsiert.

»Wem konnte man nicht rechts machen?«, fragte meine Tochter zwischen zwei Löffeln Erdbeereis, das ihr vom Mund tropfte.

»Ach nichts, Carla, wir sprechen von dem Opa, der im Himmel ist«, sagte Anna.

»Heute nicht«, widersprach mein Vater.

»Kommt der Opa zu uns?« Carla hatte Gefallen an dem Thema gefunden.

»Carla, der Opa kann nicht kommen und die Oma auch nicht, die leben doch nicht mehr, das weißt du doch.« Es war schon immer egal gewesen, in welcher Stimmung Anna war. Wenn sie mit ihrem Kind sprach, wurde ihr Ton tief und weich und beschützend, einfach Mutter.

»Ja, ich weiß, aber vielleicht haben die ja auch mal Pause da im Himmel. So wie ich in der Schule, und dann können sie mit auf den Hof. Das wäre doch schön, oder?«

Meine Eltern starrten Carla an. »Ach, wenn du wüsstest …«, flüsterte meine Mutter.

Carla löffelte den Becher aus. »Ich glaub, das geht aber nicht. Wenn man tot ist, kommen die Würmer. Und dann wird man Erde. Hat Lucas gesagt. Sein Opa ist auch tot.«

Mein Vater stand immer noch am Kühlschrank, das Wort »Spießervater« hatte ihn getroffen wie eine Ohrfeige, sein Gesicht war so ausdruckslos, wie ich es von früher kannte. Die Mundwinkel heruntergezogen und die Kiefer angespannt. Ihn so zu sehen erinnerte mich an die trüben Jahre meines Sohn-Daseins, so hatte er immer geblickt, wenn er spürte, dass er mir gerade auf die Nerven ging. Aber als Carla das mit den Würmern sagte, lachte er leise und nickte. Er amüsierte sich, und das kannte ich von früher nicht. Er hob einen Finger in die Luft, als ob er sich in der Schule melden wollte.

»Genau, Carla! Und die Maden und die Spinnen auch, und irgendwann graben sie einen einfach um.« Er dachte nach und suchte etwas in seiner Erinnerung. »Ja, wir sind die Menschen auf den Wiesen, bald sind wir die Menschen unter den Wiesen!« Er schnippte mit den Fingern, was zum Glück niemand hörte, und sah mich an. »Das kann ich noch, ist ein Gedicht von … weiß ich nicht mehr.« Ich war froh, dass Carla es nicht hörte, aber es beruhigte mich auch, dass mein Vater eine Art von Humor wiedergefunden hatte.

»Johannes?« Mein Vater zeigte auf einen Aschenbecher, den er in einem Regal neben dem Kühlschrank entdeckt hatte. Es war ein beigefarbener Blechaschenbecher mit einem Drehmechanismus. Wenn man den Knopf kräftig nach unten drückte, verschwand die Asche auf einem rotierenden Teller im Inneren des Bechers. Ich rauchte, aber nie in der Wohnung. Anna rauchte seit Jahren nicht mehr und eigentlich auch alle unsere Freunde nicht. Aber das war es nicht, was ihn interessierte. Es war das Emblem, dieser kleine rote Hummer, der mit einer seiner Scheren das »GP« von »Gourmetparadies« umklammerte.

»Was ist daraus geworden? Aus der Firma. Es gibt sie doch noch, und dir gehört auch noch etwas davon, oder?«

»Nein«, sagte ich und Anna und Carla starrten mich an. »Wie? Nein?«, fragte Anna. »Du kannst da nicht anrufen? Bei dieser Frau vom Krüger?«

»Nein, das meine ich nicht«, sagte ich.

»Was dann?«

»Ach, nichts.«

11

Es war schon sehr viele Jahre her, aber ich erinnere mich seltsamerweise am deutlichsten an die Gesundheitsschuhe, die Hilsberg und die zwei anderen Männer an diesem Tag trugen. Es waren hässliche, dicksohlige Schuhe in schlammigen Farben, die nicht zu ihren Anzügen passten. Wir saßen in einem Zimmer neben dem Kühlhaus des Gourmetparadieses, es waren die Räume der Geschäftsleitung, und Hilsberg hatte längst das Büro meines Vaters bezogen. Es gab dünnen Kaffee und Kekse, die in einer Blechdose auf dem Tisch standen.

Es war ein Tag im März, der Himmel war grau, und ich war am Morgen angereist. Wir müssten das mal alles besprechen, hatte mir Hilsberg, der mit Vornamen Erwin hieß, den aber niemand so nannte, am Telefon gesagt und gleichzeitig einen dicken Brief mit der Post geschickt. Die Gesellschafter des Gourmetparadieses waren mehrheitlich für die Übernahme meines Anteils, las ich da auf vielen Seiten. »Du musst das verstehen, Johannes, die Gesellschafter der Firma sollten nur Personen sein, die dort auch arbeiten oder anderweitig geschäftlich mit ihr verbunden sind.« Mich wunderte es damals überhaupt nicht, dass Hilsberg und die anderen mich aus der Firma heraushaben wollten. Ich hatte mit ihnen nichts zu tun, ich hatte nichts mit Tiefkühlware zu tun, und ich hatte die Firma nach dem Tod meiner Eltern intensiv ignoriert. Mir gehörten seit Jahren 25 Prozent, von denen ich nicht genau wusste, was sie eigentlich wert waren. Geld hatte ich bis dahin überhaupt nicht bekommen, ich war stiller Gesellschafter.

Hilsberg trug immer noch seinen Schnauzbart, der grau geworden war. Er hatte sich in den Jahren einen ziemlichen Bauch angegessen und war, wie ich hörte, geschieden. Ich fragte ihn nicht danach, weil ich die Frau kaum kannte und auch schon wieder vergessen hatte. Hilsberg trug einen malvenfarbenen Anzug mit breitem Revers und eine Krawatte mit Tierfiguren darauf. Er gehörte noch zu denen, die sich die Jackettärmel halb nach oben schoben, und ich sah an seinem linken Arm eine sehr große glänzende Uhr, eine Rolex, von der ich nicht sagen konnte, ob sie echt war. Ich versuchte zu erkennen, ob der Sekundenzeiger tickte oder glitt: Wenn er tickte, war es eine Fälschung, aber ich konnte es nicht sehen. Wenn Hilsberg etwas lesen wollte, setzte er eine eckige Brille auf, die breite Kunststoffbügel mit hellgrünen Mustern hatte. Es war, als ob in diesem Gebäude die Zeit stehen geblieben wäre.

Die anderen Männer am Tisch hatte ich noch nie gesehen, sie waren Vertreter der Supermarktkette, die beteiligt war, und sie trugen ähnliche Anzüge und ähnliche Krawatten. Hilsberg und einer der Männer kannten sich gut, ich merkte es an der öligen und augenzwinkernden Art ihrer Unterhaltung und an den Scherzen, über die sie lachten, bevor die Pointe heraus war. Der dritte schwieg. Ich spürte sofort, dass sie einen lange überlegten Plan hatten.

Hilsberg fing an: »Lieber Johannes, du weißt, dass wir hier nur sitzen, weil es deinen Vater gab. Es ist sein Lebenswerk, dem auch ich persönlich viel zu verdanken habe, und das werde ich auch in all unseren Gesprächen immer würdigen.« Und so weiter. Wir saßen an einem Viereck aus zusammengestellten Tischen, in der Mitte war eine freie quadratische Fläche, und ich blickte meistens unter den Tisch gegenüber und beobachtete die Füße und Schuhe, weil das Spiel der Füße viel über das oben Gesagte erzählte. Hilsberg saß breitbeinig, die Füße weit nach außen gestellt. Die anderen Männer hatten verknotete Beine, und einer von ihnen zuckte die ganze Zeit mit einem Knie. Und alle hatten diese leicht gebogenen Gesundheitsschuhe mit Noppensohlen an, was ich nicht verstand. Dabei sah ich auch, dass es noch derselbe Teppichboden war, den mein Vater hatte verlegen lassen, ein kiesgrauer Büroteppich, der nun an sehr vielen Stellen abgenutzt war und Flecken und ein paar Brandlöcher von heruntergefallenen Zigaretten aufwies. Der Konferenzstuhl, auf dem ich saß, hatte Holzlehnen für die Arme, die so locker waren, dass ich sie anheben und sehen konnte, dass sie notdürftig angeklebt waren. Ich kam mir vor wie auf dem Zuschauersitz eines verarmten Theaters.

Hilsbergs Monolog dauerte ungefähr eine Viertelstunde, er benutzte Wörter wie Neuorientierung, zukunftsweisend und Neuaufstellung. Er erzählte nichts von Hummern, Weinbergschnecken oder was sonst in den Kühlhäusern lagerte, die ich, was mir dann erst auffiel, überhaupt nicht summen hörte. Das Summen war früher das Geräusch gewesen, das ich mit der Firma verband. Immer, wenn ich durch die Tür kam, legte es sich wie ein feiner Schleier über einen, es trug einen, und mein Vater konnte an kleinen Summunterschieden hören, ob die Temperatur der Kühlmaschinen stimmte oder nicht. Aber an diesem Tag – nichts. Kein Summen. Ich drehte mich um. Ich schaute aus dem Fenster. Ich sah auch keinen der Gourmetparadies-Lieferwagen vor dem Gebäude stehen. Und keine Styropor-Kartons, in denen die Ware geliefert wurde und die immer vor dem Kühlhaustor standen.

Hilsberg sprach weiter und kaute dabei einen Keks, er sprach mit vollem Mund, was ich nicht mochte. Auch die anderen kauten Kekse. »Wir haben die Firmaaa also von einem Guuutachter bewerkkken lassen, lieber Johannes …, und daraufffs lässt sich … der Antttteil errechnen …, der deinem Va…, äh …, nein, wwwwder dir also zusteht …« Hilsberg schob jedem am Tisch einen Stapel Blätter zu, lose Blätter, nicht geheftet. Die anderen beiden schienen sie zu kennen, sie lächelten und legten sie zur Seite. Ich fing an zu lesen, es war eine Art Bilanz der Firma, Aktiva, Passiva, der ganze Kram. Ausgedruckt mit einer fast leeren Tintenpatrone, manche Buchstaben waren kaum noch zu erkennen.

»Wieso summt es nicht?«, fragte ich.

»Was? Was soll summen?« Hilsberg kaute seinen 23. Keks, in seinem Bart hatten sich Krümel gesammelt.

»Das Kühlhaus. Es muss doch summen. Und wo sind die Lieferwagen?«, fragte ich knapp und legte die Papiere zur Seite.

»Ach, das meinst du«, Hilsberg lachte, »das hat mit der Umstrukturierung zu tun. Wir bauen um, wir modernisieren und vergrößern uns.«

»Herr Schweikert, wollen Sie eine Pause machen? Dann können Sie den Übernahmevorschlag in Ruhe lesen, und wenn Sie einverstanden sind, würde Herr Notar Stahl nachher kommen, zum Unterzeichnen, meine ich«, sagte einer der anderen beiden und lächelte unbeholfen.

»Ja, Johannes, wäre gut, wenn wir das zügig hinbekommen, muss ja weitergehen hier«, ergänzte Hilsberg.

Er unterschätzte mich. Ich war Architekt und hatte schon in genug Baufinanzierungsrunden, Projekt- und Planungsgesprächen gesessen und schon etliche Investoren von Zwischenfinanzierungen oder Brückengeldern reden hören, die alles sagen wollten, nur nicht, dass sie pleite waren. Das Vokabular ist immer dasselbe. Und so hörte ich sofort heraus, dass Hilsberg und diese beiden Pappfiguren die Firma an die Wand gefahren hatten. Und mit der Firma auch die 25 Prozent meines Vaters. Ich wusste nur noch nicht, ob sie wirklich pleite waren oder nur so taten. Die Lager, also die Regale mit den Hummern, Krebsen, den Südseefischen, Weinbergschnecken, japanischen Algen und Gourmet-Fertiggerichten aus Paris, die Lager waren leer. Das Kühlhaus war abgeschaltet. Das sah ich in der Bilanz, Lagerbestand: null. Gleichzeitig waren die Kredite bei den Banken hoch, die Verbindlichkeiten also. Das konnte natürlich auch ein Trick sein. Viele Baufirmen, die lästige Mitgesellschafter loswerden wollen, machen das so. Die Lager nicht mehr auffüllen und hohe Kredite aufnehmen, das sieht in der Bilanz dann ärmlich aus. Und der Gesellschafter kann für kleines Geld herausgekauft werden, weil der Anteil ja keinen großen Wert hat. Kaum ist er draußen, werden die Lager wieder gefüllt, bezahlt von neuen Krediten der jetzt neuen Firma, und wenn alles gut geht, steht der Laden nach ein paar Monaten wieder gesund da. Es konnte aber auch sein, dass Hilsberg und die anderen fast pleite waren und mich heraushaben wollten, um das Unternehmen zu verkaufen.

Ich saß da und hatte keine Ahnung. Ich blätterte die Papiere durch und sah am Ende eine Zahl, die mein Anteil sein sollte. Sie war klein. Sie war sehr klein, eigentlich war sie fast symbolisch. Ich schaute mich um und konnte durch die Glastür das frühere Büro meines Vaters sehen. Und für einen Moment sah ich ihn darin. Mit zwei Telefonen und einer dicken Kaufmanns-Kladde vor sich, in die er mit einem grünen Stift alles hineinschrieb, was an Bestellungen hereinkam oder hinausging. Und die Tasse neben ihm, in der immer Kaffee war, oft kalt. Und der Aschenbecher, den er nach ein oder zwei Zigaretten immer schon leerte. Und die zwei gerahmten Bilder auf seinem Schreibtisch, eines von meiner Mutter und eines von mir. Die Tür stand immer offen, und oft kamen Fahrer herein und sagten: »Chef, die Wachteln aus Mailand sind da«, oder: »Herr Schweikert, die Kühlung in der Vier scheppert.« Mein Vater stand dann immer auf und ging hinaus, die gefrorenen Wachteln begutachten oder die Kühlpumpe kontrollieren. Was mein Vater nicht mit eigenen Augen gesehen oder mit seinen Händen angefasst hatte, gab es für ihn nicht. Ich habe lange gebraucht, das zu verstehen und es genauso zu machen. Es gibt auf meinen Baustellen nichts, was ich nicht selbst angefasst habe. Die Firma hatte damals eine sehr lange Garderobe mit vielen Haken, an denen dicke Jacken, Mützen und Handschuhe hingen, die jeder anzog, der ins Kühlhaus ging. Ich verdrehte den Kopf, um sie zu sehen, die Haken waren alle noch da, aber es hingen nur zwei Jacken daran.

»Hilsberg?« Ich sah ihn fest an. »Seid ihr pleite?«

Er wischte sich die Krümel aus dem Bart. »Nein, Johannes, so … also … so kann man das nicht nennen. Es sind … sagen wir mal, neue Herausforderungen heute. Der Tiefkühlmarkt hat sich verändert, heute …«

Der dritte der Männer, der bisher geschwiegen hatte, unterbrach ihn. »Herr Schweikert, es ist ganz einfach. Um die Insolvenz abzuwenden, die uns droht, weil hier in der Vergangenheit nicht auf jede Marktveränderung adäquat reagiert wurde«, dabei sah er Hilsberg an, »muss sich das Gourmetparadies neu organisieren und in einem Firmenverbund mit anderen Dienstleistern aufgehen. Dazu muss …«, er sah sich um, »der Laden ganz einfach aufgelöst und in der neuen Gruppe anders aufgestellt werden. Und deshalb, ganz einfach, müssen Sie raus.« Er lächelte mich an, und sein Knie unter dem Tisch hörte auf zu zittern.

»Keine andere Chance?«, fragte ich.

»Keine andere«, sagte der Mann.

»Ist das hier …«, ich zeigte auf die Zahl, die mein Anteil sein sollte, »verhandelbar? Oder neu bewertbar?«

Der Mann sah sich noch mal um. »Wenn Sie etwas finden, was den Wert dieser Firma gegenüber dem Wert im Gutachten erhöht, nur zu!«

Ich stand auf. Auch wenn ich mich in den vergangenen Jahren nicht und eigentlich noch nie für das Gourmetparadies interessiert hatte, tat mir jetzt weh, was ich hörte. Ich ging aus dem Zimmer durch die Büroräume, wo drei oder vier Menschen an Schreibtischen saßen und mich flüchtig grüßten. Es tat mir stellvertretend für Heinrich Schweikert und seine Frau weh, die ungefähr sechs Kilometer entfernt in zwei Urnen unter der Erde waren. Es tat mir weh, auch wenn alles nicht mehr ganz ihm gehörte. Für mich gehörte es ihm. An seinem letzten Lebensmorgen war er noch hier gewesen. Jetzt war das alles ein staubiges Skelett einer einst kleinen, blühenden Firma, die die Menschen in der Stadt mit Flusskrebsen und Loup de Mer glücklich gemacht hatte. Glücklich, weil sie ein wenig weite Welt auf ihren Tellern hatten und sich nicht mehr so tief in der Provinz fühlten, in der sie eigentlich lebten. Natürlich ist ein Hummer auf dem Teller kein Glück, im Gegenteil. Hummer schmeckt wie aromatisiertes Eiweiß, und das faserige Fleisch wird im Mund immer mehr, wenn man es kaut. Aber er bot ihnen die Möglichkeit, sich einmal zu fühlen wie in Saint-Tropez am Hafen.

Ich ging in Hilsbergs Büro und setzte mich auf seinen Stuhl. Ich wollte noch einmal die Aussicht meines Vaters haben. Wollte sehen, was er jeden Morgen gesehen haben muss.

Und dann ging ich. Ich sagte den drei Männern noch, dass ich mich in den nächsten Tagen entscheiden werde, obwohl ich wusste, dass ich keine Wahl hatte. Ich wollte nur nicht hier, an diesen schäbigen Tischen und auf Teppichen mit Brandlöchern, unterschreiben.

Aber das war es noch nicht an diesem Tag. Ich fuhr nicht nach Hause, sondern ins Zentrum der Stadt und setzte mich in ein Café, das ich noch kannte. Ich wollte im Rest des Lebenswerkes meiner Eltern aufräumen. Viel war nicht mehr da. Das zerfallene Haus hatte ich verkauft, die Firma war fast pleite. Ich rief Prassler von der Bank an. Er verwaltete immer noch ein Wertpapier-Depot meines Vaters und rief mich einmal im Jahr an, um zu fragen, ob er etwas damit machen sollte. Bis vor einem halben Jahr hatte er sogar öfter angerufen, aber dann lange nicht mehr. Unter seiner Nummer meldete sich ein Herr Ullrich. »Ach, Herrn Prassler wollen Sie, da geb ich Sie mal weiter«, sagte er. »Prassler? Moment, da stell ich Sie durch«, sagte eine Dame. Und dann: »Herr Prassler arbeitet hier nicht mehr.«

»Ja, und wo ist er jetzt?«

»Dazu können wir nichts sagen«, sagte ein Mann.

Ich nannte meinen Namen und fragte, wer denn über mein Depot Bescheid wisse.

»Das haben wir gleich«, sagte der Mann, und ich hörte, wie er auf seinem Computer herumtippte. »Schweikert, da habe ich Sie. Hhmm. Ich kann Ihnen aber telefonisch keine Auskunft geben, dazu müsste ich Sie persönlich kennen. Sie bekommen doch die Depotaufstellung mit der Post, oder?«

Ja, bekam ich. Ich las sie aber nie durch. Ich dachte, wenn niemand am Depot etwas machte, würde es sich nicht verändern. Höchstens vergrößern, weil der Aktienmarkt in den vergangenen Jahren sehr zugelegt hatte.

»Hören Sie«, sagte ich und nannte meinen Namen, mein Geburtsdatum, meine Adresse, die Geburtsdaten meiner Eltern, ich nannte ihm alles, was nur ich und kein Fremder wissen konnte. »Können Sie mir wenigstens den aktuellen Stand des Depots mitteilen?«

»Hhmm, ich glaube schon. Also der aktuelle Stand ist …«

Er nannte eine krumme Summe, ungefähr ein Viertel der Summe, mit der ich gerechnet hatte. Ein Viertel.

»Das muss ein Irrtum sein«, sagte ich.

»Nein, das steht hier ziemlich eindeutig.«

»Wo ist Herr Prassler, der hat das doch die ganzen Jahre betreut?«

»Dazu kann ich Ihnen nichts sagen, am besten, Sie wenden sich an die Rechtsabteilung. Oder Sie schauen sich Ihre Depotaufstellungen noch mal an.«

Hans Prassler, einst stellvertretender Leiter der Wertpapierabteilung der Bank, lebte nun in der Schweiz. Sein Umzug war so etwas wie eine von der Bank gedeckte Flucht gewesen, denn Hans Prassler hatte in den vergangenen Jahren mit und ohne Vollmachten riskante Aktien-Optionsgeschäfte mit den Depots seiner Kunden gemacht und dabei sehr viel verloren. Die Verluste der Kunden gingen in die Millionen. Prassler selbst hatte dabei dennoch ein privates Vermögen aus Provisionen und Boni angehäuft und es auf Konten in der Schweiz gebracht. Vor den Gerichten liefen mehrere Verfahren gegen Prassler und die Bank, die meisten davon aussichtslos, weil Prassler sich viele Vollmachten für solche Geschäfte hatte unterschreiben lassen, die keiner verstand. Ich auch nicht, ich wusste noch nicht einmal, dass es Vollmachten waren. Es waren Formulare gewesen, und Prassler hatte mir am Telefon gesagt: »Unterschreiben Sie ruhig, dann kann ich weiter betreuen.« Es war das Erbe meiner Eltern, ich wollte, dass es betreut wurde.

Der Prassler. Er war jünger als mein Vater und hatte nach hinten gegelte Haare und immer diese Hemden aus blauem Stoff mit weißem Kragen und dazu eine Krawatte mit einer Goldnadel am Kragen an. Außerdem trug er immer eine Urlaubsbräune zur Schau, egal zu welcher Jahreszeit. Er war oft bei uns. Der Prassler, der Prassler, der mache das schon, sagte mein Vater. Der kenne sich aus auf dem Börsenparkett, der Prassler könne an einem Tag zehntausend Mark machen, der rieche den Kurs, sagten die anderen.

Als ich wieder in meiner Stadt war, holte ich die Briefe der Bank aus einem Karton im Keller heraus. Ich hatte viele gar nicht geöffnet. Ich sah sie durch und rief einen Freund an, der bei einer Bank arbeitete. Ich bat ihn vorbeizukommen und die Unterlagen einmal durchzusehen. Sein Urteil war nüchtern. »Provinzbankler. Wollte mal die dicken Nummern machen und hat reihenweise Optionsscheine gekauft und dann verpennt auszusteigen, oder er hat verloren. Eigentlich hätte er dich bei jedem einzelnen dieser Geschäfte anrufen und fragen müssen, die sind alle hoch riskant. Lotto spielen ist aussichtsreicher.« Der Freund saß bei uns in der Küche und blätterte die Bankbriefe und ein paar alte Ordner mit Bankunterlagen durch. Ich holte eine Flasche Grappa aus dem Schrank. Ich überlegte, sie auszutrinken, jetzt sofort.

Der Freund las weiter und zeigte mir eine ältere Depotaufstellung. »Bis hierhin hat dieser Mann das ganz gut verwaltet, keine großen Käufe, keine großen Gewinne, aber auch keine Verluste. Und dann hier …«, er zeigte auf ein Datum und den Kauf eines Optionspapiers für sehr viel Geld, »geht es los. Was war an diesem Datum?« Eigentlich nichts Besonderes. Es war drei Wochen nach dem Unfall meiner Eltern gewesen.

Ich trank an diesem Abend die halbe Flasche Grappa aus. Anna und Carla waren bei Annas Eltern in Bayern, ich hörte laute Musik, rauchte in der Wohnung und aschte in den GP-Aschenbecher, den mein Vater jetzt im Regal entdeckt hatte.

Es war gar nicht so sehr der Verlust des Geldes, der mich verstörte. Es war etwas anderes, was ich zu fassen versuchte. Die von mir bisher unentdeckte Autorität meiner Eltern. Hilsberg wäre vorsichtiger und fleißig geblieben, wäre mein Vater nicht gestorben. Und auch Prassler hätte nie einen Cent meines lebenden Vaters einem Risiko ausgesetzt. Aber als er nicht mehr da war, verschwand auch die Kraft seiner Anwesenheit und ließ bei anderen die Dämme der Dummheit und des Unvermögens brechen, die sich so lange aufgestaut hatten. Innerhalb von nur zwei Tagen hatte sich die Firma meines Vaters aufgelöst, und sein Erspartes war in den Händen eines öligen und flüchtigen Bankberaters verpufft. Oder zumindest fast. Ich fegte die Reste auf wie den Boden eines leergeräumten Hauses.

12

Carla hatte sich einen Badeanzug angezogen und wollte darin auf den Spielplatz. Anna sagte ihr, dass das nicht ginge. Carla erwiderte, dass sie es sich auf dem Spielplatz vielleicht anders überlegen würde, und dann hätte sie doch im Schwimmbad gleich ihren Badeanzug an. Anna fand einen Kompromiss: Carla zog sich eine Bikinihose an und ein Sommerkleid drüber, und das Bikinioberteil sollte sie mitnehmen. Für alle Fälle. Carla war einverstanden und sagte, das habe sie sich auch so überlegt. Anna stand in der Tür, sie wollte Carla zum Spielplatz bringen, wo ihre Freundin mit ihrer Mutter wartete. Carla packte eine Tasche, die für drei Wochen Spielplatz gereicht hätte. So war sie. Meine Mutter hatte sich wieder auf die Couch gesetzt und beobachtete Anna sehr genau. Sie prüfte sie, das spürte ich. Mein Vater hatte sich in eine Ecke gestellt und sah Carla zu. Sehr konzentriert.

»Musst du nicht zurück ins Büro?«, fragte Anna von der Türschwelle aus.

»Doch, aber ich habe noch Zeit, es sind ein paar Termine abgesagt worden.«

»Das ist jetzt aber kein schlechtes Zeichen, oder? Mir läuft ein Kunde weg, und bei dir werden Verabredungen abgesagt. Ist irgendetwas los?«

Wie soll ich sagen? Wenn Anna keine Sorgen hatte, suchte sie sich welche.

Als Anna und Carla gegangen waren, ich hörte ihre Schritte noch im Treppenhaus, nahm mein Vater den GP-Aschenbecher aus dem Regal und setzte sich an den Küchentisch. Er drückte ein paarmal auf den Knauf und sah der rotierenden Scheibe zu.

»Und, was ist damit? Auch nichts mehr?«, fragte er, ohne aufzublicken.

Ich setzte mich ihm gegenüber an den Tisch und suchte nach einer Einleitung, nach dem richtigen Ton, den richtigen Worten, was weiß ich. Ich suchte nach irgendeiner Verpackung, um ihm das alles zu erzählen. Ich habe in den Jahren oft überlegt, ob es auch meine Schuld war. Ob ich nach ihrem Unfall mehr Verantwortung hätte übernehmen sollen. »Sohn, wir leben nicht mehr, schütze das, was wir haben«, oder so ähnlich. Manchmal, an ihrem Grabstein, habe ich mir eingebildet, diesen Satz zu hören. Doch was sollte es, was sollte ich machen? Ich lehnte mich zurück, holte tief Luft und erzählte es. Alles. Die ganze Geschichte. Ich fing an dem Morgen an, an dem ich das Gourmetparadies oder was davon übrig war, betrat, ich berichtete von den Gesundheitsschuhen, den Keksen, den zwei Jacken an der Garderobe und dem fehlenden Summen der Kühlmaschinen. Als ich das erwähnte, schaute mein Vater kurz auf, nickte und lächelte. Dann erzählte ich von Prassler, der Schweiz und den Optionsgeschäften, mit denen Prassler kurz nach dem Unfall angefangen hatte. Am Ende nannte ich ihnen auch die Summen, die übrig geblieben waren.

Ich versuchte, es möglichst neutral und sachlich zu schildern, ich bewertete nichts und niemanden. Meine Mutter sah mich dabei die ganze Zeit an, mein Vater nicht, er drückte weiter auf dem Aschenbecher herum.

Dann war es still.

Schließlich, nach langen Minuten, seufzte mein Vater. »Gut, dass ich das nicht erlebt habe.«

Stille.

»Du hättest es nie erlebt, weil es nie passiert wäre, wenn du noch da gewesen wärest«, sagte ich. »Du hast es beschützt.«

Mein Vater nickte. »Das sind viele ›wärest‹, oder?« Und dann verzog sich sein Mund ganz langsam zu einem Lächeln. Er schüttelte langsam den Kopf, und aus dem Lächeln wurde ein leises Lachen. Mein Vater war nie ein Brüll-Lacher gewesen oder einer, der sich wegwerfen konnte vor Lachen. Sein Lachen war immer kurz gewesen. »Eigentlich kann uns das alles ziemlich egal sein, wir sind ja tot. Oder?« Er schaute meine Mutter an.

Sie schmunzelte und kam zu uns an den Tisch. »Ich hab den Hilsberg immer für einen Dummkopf gehalten …«

»Ich auch«, sagte mein Vater jetzt beinahe fröhlich, »ich wusste auch, wenn der das mal allein machen sollte, geht die Firma bankrott.«

Leises Gelächter meiner Eltern. »Ach, herrliche Geschichte«, sagte meine Mutter.

»Na ja«, meinte mein Vater, »leicht gesagt, wir haben es ja nicht erlebt. Da musste unser Sohn durch.« Er zeigte auf mich und grinste. »War es schlimm?«

Das verwirrte mich völlig. Ich hatte ihnen eben erklärt, dass beinahe alles, was sie sich in vierzig Jahren ihres Lebens aufgebaut hatten, verloren war. Ich war sicher gewesen, sie würden bei ihrer Klapprigkeit nun völlig in sich zusammenfallen, ich hatte mit Wut, Verzweiflung, Tränen oder Bitterkeit gerechnet, ja, ich hatte Angst vor den Minuten nach meinem Bericht gehabt. Und jetzt das. Sie amüsierten sich. Sie lachten.

»Und sag mal, der Prassler, lebt der noch in der Schweiz?« Mein Vater tippte mir mit dem Finger auf den Arm.

»Weiß ich nicht, ich glaube, ja. Ich habe nie wieder von ihm gehört.«

»Junge, ruf mal die Auskunft an, so was gibt es doch noch, oder? Und frag nach der Nummer von Hans Prassler. Den ruf ich dann an: ›Hallo, hier ist Heinrich Schweikert, wollte mal nach meinem Depot fragen ...‹« Mein Vater hielt sich eine Hand ans Ohr und sprach mit tiefer Geisterbahnstimme. »Du, der fällt vom Berg oder so, meinst du nicht?«

Wieder Gelächter.

»Und gibt es den Hilsberg noch?«, wollte meine Mutter wissen. Sie stand wieder am Küchenregal und spielte mit dem Silberbesteck.

Mein Vater stand auf. »Ah, endlich kann ich mal diese Lampen im Kühlschrank in Augenschein nehmen.« Er öffnete die Tür und bückte sich. »Also, was macht der Hilsberg? Den ruf ich auch an!«

»Du kannst doch nicht ... der ist Rentner, glaube ich.«

»Hast du eine Nummer?«

»Ja, aber da rufen wir nicht an.«

»Doch, doch, den Spaß machen wir uns, immerhin hat der dreißig Jahre meiner Arbeit kaputt gemacht. Mein Gott, der war damals schon so dumm. Einmal hat er nach Weihnachten 300 gefrorene polnische Gänse bestellt. ›Issn Schnäbbchen, Chef‹, hat er gesagt. Logisch war das ein Schnäppchen, wer will nach Weihnachten noch eine Gans? ›Chef, für näcchsses Jahr‹, hat er gesagt, der konnte ja auch kein Deutsch, der Hilsberg. Weißt du noch ...?« Mein Vater fasste meine Mutter am Arm.

Sie nickte. »Aber auch nichts anderes. Einmal brachte

er seine Frau mit und sagte, sie möge so gern Fromarsch …« Meine Mutter lachte kratzig, und ihre weißen Haare fielen ihr ins Gesicht. »Ich hab immer nur ›arsch‹ verstanden und wusste nicht, was er meinte. Bis mich die Frau fragte, ob es auch noch Käse geben würde, sie hätte gehört, das schließe den Magen …« Wieder lachten beide, jetzt lauter. Ich schaute ihnen zu, es war ein eigenartig glücklicher Anblick, und sie beachteten mich gar nicht mehr. Mein Vater befühlte mit seinen knochigen Fingern die Lampen im Kühlschrank, und meine Mutter nahm vorsichtig alles aus den Regalen, was sie interessierte und erkannte. Viel war es nicht. Tassen, eine Zitruspresse, ein Teesieb. Sie waren sehr eins in diesem Moment.

»Und einmal …«, mein Vater klopfte meiner Mutter auf die Schulter, »hab ich dir das erzählt? Da war ich mit Hilsberg …«, er blickte mich an, »bei so einem Essen, weißt du noch, im Ratskeller am Rathaus. War wichtig, wir wollten einen Liefervertrag mit einem Franzosen, der angereist war, und der Kellner in dem Lokal fragte: ›Für alle Chateaubriand?‹ Und Hilsberg sah in die Runde und meinte: ›Nee, so'n Wein vertrag ich nicht, ich nehm ein Bier …‹ Los, ruf ihn an …!«

Ich suchte mein Telefon in der Hosentasche, ich wusste, dass ich Hilsbergs Nummer immer noch gespeichert hatte, falls es denn noch die aktuelle Nummer war. Doch dann fiel mir etwas ein.

»Der kann euch doch gar nicht hören«, sagte ich. »Ihr sagt doch, dass nur ich euch höre. Und ich ruf den nicht an und sage: ›Rate mal, wer neben mir steht‹, oder so was.«

Beide hielten inne. »Stimmt«, sagte meine Mutter, »das habe ich vergessen.«

»Ach, so ein Mist, den Spaß hätte ich gerne gehabt.« Mein Vater setzte sich.

Auf dem Display des Telefons sah ich die Uhrzeit, wir hatten jetzt noch drei Stunden, bis meine Eltern wieder … na ja … zurückmussten, wie sie sagten. Mir war sehr warm. Ich ging zum Kühlschrank, holte ein paar Eiswürfel aus dem Gefrierfach und tat sie in ein Glas.

»Wollt ihr gar nichts trinken?« Meine Eltern schüttelten den Kopf.

»Wozu?«, fragte mein Vater, »wir brauchen nichts, wir sind tot.« Jetzt verstand ich, warum sie auch nichts essen wollten. Ich hantierte mit der Espressomaschine, schüttete Kaffee in das Sieb und schaltete sie ein. Mein Vater stand dicht neben mir und sah interessiert zu. Dann goss ich den heißen Espresso in das Glas mit den Eiswürfeln und rührte mit einem Löffel um.

»Was … was machst du da?«

»Einen Espresso auf Eis.«

»Kalter Kaffee? Trinkt man das jetzt?«

Nicht schon wieder, dachte ich.

»Vater, es sind zwanzig Jahre vergangen, seit du auf der Welt warst. Es hat sich viel verändert. Überleg mal, was sich in den letzten zwanzig Jahren deines Lebens verändert hatte. Wir haben jetzt Telefone ohne Schnüre, flache Fernseher und fast keine Langspielplatten mehr. Wir trinken eiskalten Kaffee und essen manchmal rohen Fisch auf Reis, Sushi, das kommt aus Japan. In den Kühlschränken ist kein FCKW mehr, weil es verboten ist. Es gibt kaum noch Stadtpläne, weil wir Straßenkarten im Telefon oder in kleinen Navigationsapparaten im Auto haben. Meine Tochter kann mit einer Computer-Maus so gut umgehen wie du früher mit deinen Kühlschränken. Ich kann euch das nicht alles erklären und will es auch nicht, weil ihr es nicht verstehen würdet. Und wenn ich es mir richtig überlege, sind es auch keine Veränderungen, sondern Entwicklungen. Telefone ohne Schnüre, mit denen man bis nach China telefonieren kann, na und? Als ihr noch gelebt habt, sind die Menschen bis zum Mond geflogen. Und weiter sind sie bis heute auch nicht gekommen. Wozu auch? Wir haben immer noch dieselben Krankheiten, die wir nicht besiegt haben. In Afrika hungern noch immer Menschen. So viel sich verändert hat, so viel ist auch geblieben. Wir sind immer noch glücklich und unglücklich. Es gibt immer noch schnell und langsam und weit und nah. Wenn jemand geboren wird, freut man sich, und wenn jemand stirbt, trauert man. So viel ist also nicht anders.«

»Du isst rohen Fisch?«, fragte meine Mutter.

»Ja, Japaner machen das seit tausend Jahren.«

»Du bist aber kein Japaner«, sagte mein Vater. So kannte ich ihn. Ich musste lachen.

Meine Mutter ging vorsichtig ein Stück durch die Wohnung. »Darf ich?«, fragte sie.

Ich nickte. Sie verschwand im Flur, und ich hörte, wie sie langsam ein paar Türen öffnete. Ich ging ihr nach. Mein Vater hatte mein Telefon vom Tisch genommen und drückte staunend auf dem Display herum. Meine Mutter hatte Carlas Zimmer betreten, sehr vorsichtig, sie passte auf, nichts zu berühren. »Du kannst ruhig alles anfassen«, sagte ich, »jetzt ist ja keiner da, der sich erschrecken könnte.« Sie nickte. Carla hatte einen kleinen Schreibtisch, auf dem zwischen einem Haufen Buntstiften ein gerahmtes Foto von Anna und mir stand. Meine Mutter nahm es in die Hand.

»Wie ist sie?«, fragte sie.

»Mama, was soll ich sagen? Sie ist meine Frau und die

Mutter unserer Tochter. Sie ist, ja, die Frau meines Lebens.«

Meine Mutter strich über das Foto. »Ist sie stark? Ich meine, wäre sie dieselbe Frau auch ohne dich?«

Die Frage überraschte mich. Ich wollte »Ja« sagen, dachte dann aber einen Moment nach, nein, natürlich wäre sie eine andere Frau ohne mich. Ich wäre ja auch ein anderer Mann.

»Du warst immer zu gutmütig, Johannes. Früher jedenfalls. Du hast dich zwar gegen deinen Vater durchgesetzt, aber ich erinnere mich an deine Freundinnen, diese Mädchen. Sie waren alle schwächer als du. Du warst immer stolz, ihnen zu helfen, ihnen ihren Weg zu zeigen und alles zu wissen, was sie nicht wussten. Du dachtest dann, sie würden dich bewundern oder zu dir aufschauen. Aber so waren sie nicht. Sie waren schwach und haben dich mit ihrer Schwäche gelähmt. Ich kann mich noch an eine erinnern. Andrea hieß sie, glaube ich. Weißt du noch? Sie saß oft in deinem Zimmer und hat geweint, und du hast Tee gekocht und mir gesagt, man müsse ihr helfen, sie suche nach dem Sinn des Lebens oder so was. Dabei war sie einfach nur dumm und wusste nicht, was sie mit sich anfangen sollte.«

»An die kannst du dich erinnern?« Ich staunte und erinnerte mich an Andrea, groß und blond und sehr schön. Aber sie war wirklich anstrengend und zweifelte den ganzen Tag, egal woran. Ich war siebzehn oder achtzehn, und Andrea hatte einen großartigen Busen, und wenn ich ehrlich bin, hatte mich der Rest gar nicht so interessiert.

»Ja, weil sie dumm war. Als ich in ihrem Alter war, konnte sich keines von uns Mädchen so viel Blödheit leisten. Was soll das, nach dem Sinn des Lebens zu fragen? Man lebt, das ist der Sinn. Und wer damit nichts anfangen kann, ist selber schuld. Und ich kann mich auch an die anderen Mädchen erinnern. So viele waren es ja nicht, bis du ausgezogen bist«, sagte sie. »Verstehst du, ich habe mir nie Sorgen gemacht, du warst noch jung, es waren eben junge Mädchen. Aber sie hatten etwas gemeinsam, sie wollten etwas von deinen Stärken, die du ja hattest und mit denen du dich von deinem Vater losgerissen hast.«

»Ich wollte nur einen anderen Weg gehen. Meinen«, entgegnete ich.

»Ich weiß. Und deshalb habe ich mich nie um dich gesorgt. Ich, oder dein Vater und ich, wir wussten zwar nicht, was für ein Weg das sein würde, aber ich wusste immer, dass du ankommen würdest. Da warst du wie dein Vater, als ich ihn kennenlernte. Und du hast das ausgestrahlt. Auch wenn du dich dabei uns gegenüber oft unmöglich benommen und uns beleidigt hast, habe ich immer gedacht, es ist seine Kraft, die er da zeigt. Aber die meisten Mädchen, die damals zu uns nach Hause kamen, und auch die, die ich später manchmal bei dir getroffen habe, hatten diese Kraft nicht. Doch glaube mir, sie hatten auch nicht die Kraft, die ich selbst haben musste, als ich jung war. Oder meine Freundinnen. Wir wollten immer Männer, die uns mit viel Arbeit und Mühe eroberten, denn dann taugten sie etwas zum Leben. Wir wollten Männer, die uns gesucht haben. Deine Mädchen waren alle so, als hätten sie dich gesucht. Ich habe nie eines gesehen, das du gesucht hattest, oder?«

Ich konnte nicht widersprechen, weil ich darüber noch nie nachgedacht hatte.

»Anna ist nicht so«, sagte ich.

»Und warum fragt sie dich, wie sie ihr Problem lösen soll? Anstatt es einfach selbst zu tun?« Meine Mutter lächelte.

»Mutter, Anna hat zwei Jobs. Ihre Agentur, und sie erzieht Carla.«

»Ein Kind zu erziehen ist keine Arbeit. Sicher, es ist anstrengend, aber wenn eine Mutter sagt, das sei Arbeit, ist sie keine Mutter.«

Ich wusste, dass diese Unterhaltung nie wieder aus meinem Kopf verschwinden würde. Mein Vater stand in der Tür, er hatte mein Telefon in der Hand und zeigte darauf. »Wirklich zu dumm, dass mich keiner hören kann. Ich würde zu gern ein paar Anrufe machen.«

Ich setzte mich auf Carlas Bett. Meine Mutter stand vor dem Kleiderschrank und betastete ein paar von Carlas Sachen. »Eines verstehe ich nicht«, sagte ich. »Tut euch das gar nicht weh? Ich meine, eure Firma ist pleitegegangen, das Ersparte ist fast weg, und das Haus wäre beinahe zusammengefallen. Das war alles euer Werk, und nun ist es weg.«

Mein Vater sah nach draußen. »Wir sind doch auch weg«, sagte er. Und dann, nach einer Weile: »Weißt du, es würde wehtun, ja, es würde mich rasend machen, wenn ich noch da wäre. Und es würde vielleicht auch schmerzen, wenn du die Firma nach mir übernommen und es nicht geschafft hättest. Du hättest es auch nicht gekonnt, weil du es nie gewollt hast. Das hat geschmerzt, als wir noch lebten, oder?« Er schaute meine Mutter an. Sie sagte nichts. Mein Vater setzte sich neben mich auf das kleine Bett. Er seufzte.

»Irgendetwas Gutes muss der Tod ja haben. Und das hat er. Es ist das Endgültigste, was dir als Lebender passieren kann, das Ende von allem. Und weißt du, als wir da, wo wir sind, wieder zu uns kamen und uns angeschaut haben und es akzeptieren mussten, zerfielen in uns der Zorn und die Wut. Nicht nur die Wut auf diesen Lkw-Fahrer und den Unfall, sondern auch jede andere Wut. Alles, was einen sorgte, jeder Ärger und Zorn sind auf einmal verschwunden. Komisches Gefühl erst mal, das kann ich dir sagen. All die Knicke und Kanten, die Risse und Gräben, die man in seinem Leben erfahren oder selbst geschaffen hat, sind auf einmal egal. Es ist wirklich ein großer Frieden. Ich kann mich über keine einzige Mark, die nun weg ist, ärgern. Auch nicht über das zerfallene Haus oder so was, ich könnte es versuchen, aber hier …«, er fasste sich an die Stelle, wo das Herz sitzt, »… und hier …«, er tippte sich an den Kopf, »passiert nichts, es regt sich nichts.« Mein Vater schaute mich lachend an und war mir plötzlich etwas unheimlich.

»Vielleicht ist mir deshalb da, wo wir jetzt sind, auch etwas langweilig«, fuhr er fort.

»Ich glaube, ich mag dich lieber, wenn du dich aufregst, wenn du tobst oder die Türen knallst. So wie früher. Da warst du doch in deinem Element. Manchmal glaubte ich, du warst nur auf der Welt, um dich aufzuregen«, antwortete ich mehr zu mir selbst als zu ihm.

»Ich war kein Tyrann«, entgegnete mein Vater und stieß mich in die Seite.

»Doch«, sagte meine Mutter vor sich hin.

»Nein, ich habe mich bloß gewehrt, ich musste mich verteidigen.«

»Gegen wen denn?« Meine Mutter blickte hoch. »Wir waren eine Familie.«

Mein Vater schwieg und lief im Kinderzimmer auf und ab.

»Ich … ich habe mich früher oft gefragt: Wie schaffe ich das bloß? Als die Konservendosen und die Tütensuppen und Brühwürfel nicht mehr liefen, dachte ich, wir gehen pleite. Von Tiefkühlsachen verstand ich nichts, ich hatte bis dahin noch nie einen Kredit aufgenommen, war noch nie wegen Schulden wach gelegen. Und dann stand da dieses Kühlhaus, und ich hatte Schulden bei der Bank. Und dann war da Hilsberg, ich mochte ihn vom ersten Tag an nicht, weil er etwas konnte, was ich nicht konnte. Er konnte täuschen, so tun als ob. Das war bei Hilsberg gar keine Absicht, er war so, er war moderner als ich. Aber er war auch dümmer und wollte es bleiben. Und das hat funktioniert. Es hat auch deshalb funktioniert, weil ich jeden Abend den kleinen Jungen angesehen habe, der bei uns wohnte. Und der, als er klein war, in seiner dicken Jacke mit mir im Kühlhaus war. Und von dem ich dachte, vielleicht langweilt ihn diese Frostwelt genauso wie mich, aber vielleicht macht er etwas anderes, Besseres daraus. Und ich dachte, später, wenn ich mal nicht mehr lebe, bleibt noch etwas anderes von mir als nur ein Grabstein. Eine Fortsetzung irgendwie. Ja, der kleine Junge war der einzige haltbare Punkt in all der Verwirrung. Hat doch Goethe einmal gesagt, oder?«

»Goethe?« Ich starrte meinen Vater an. »Seit wann kennst du Goethe?«

»Seit wann kennst du deinen Vater?«, gab er zurück. »Die Gesamtausgabe in drei Bänden, Buchclub, weißt du noch? Stand bei uns im Regal. Aber egal. Ich oder wir haben das alles irgendwie geschafft. Aber dann wurde aus dem kleinen Jungen ein großer Junge. Mein Sohn. Und den langweilte nicht das Kühlhaus, wie es mich langweilte, sondern den langweilte sein Vater. Und mit einem solchen Gegner hatte ich nicht gerechnet. Von da an musste ich mich wehren.«

Ich hatte meinen Vater noch nie so sprechen gehört.

»Wa… warum sagst du mir das erst jetzt? Warum nicht, als du noch gelebt hast?«

»Weil du mir nicht zugehört hättest. Als du fortgingst, gab ich dich schon verloren. Heißt doch so. Ist auch von Goethe, glaube ich. Als Toter hat man nur die Erinnerung, und da wühlt man dann nach jedem Satz, den man gelesen hat. Tote sind klüger, als du denkst. Dein Marx hat so was nicht geschrieben, oder?«

13

Ich weiß nicht genau, ob ich einmal jemandem von diesem Tag erzählen werde. Anna oder meiner Tochter Carla. Oder Annas Eltern. Oder meinen Freunden. Ich wüsste nicht, wie ich es erzählen könnte, denn am Ende müsste ich sagen: »Der wichtigste Tag mit meinen Eltern war der, als sie schon tot waren.« Ich kann noch nicht einmal sagen, ob es ein schöner Tag war. Es war vielmehr ein Tag – und das konnte ich schon sagen, bevor er zu Ende war – der mich völlig zerlegte. Ich hatte mir in den vergangenen 22 Jahren die Geschichte meiner Eltern und meiner Kindheit aus dem, was ich wusste, zurechtgelegt und sie zu meiner etwas notdürftigen Biografie gemacht. Es gab darin ein paar Löcher und weiße Flecken und auch ein paar unbeantwortete Fragen, aber was soll's, ich konnte nichts daran ändern und wollte es auch nicht. Ich hatte die Erinnerung weggestellt wie ein Buch in ein Regal. Aber jetzt, mit diesen beiden Greisen hier in meiner Wohnung und in meinem Leben, schien das plötzlich nicht mehr möglich. Das Problem war, dass ich mich nach 22 Jahren zum ersten Mal wieder durchschaut fühlte. Denn sie waren die Einzigen, die mich durchschauen konnten. Meine Mutter hatte mit zwei Fragen nach Anna und unserer Ehe den Stöpsel herausgezogen wie aus einer Luftmatratze, und mein Vater hatte mit wenigen Worten mein ganzes früheres Dagegensein, meine ganze verdammte Anstrengung, ich selbst zu werden, so lächerlich gemacht, wie es das vielleicht auch war. Es war, als ob sie aus der mühsam und sauber gebauten Mauer, die ich um mich errichtet hatte, langsam immer mehr Steine herauszogen und die Mauer immer wackeliger wurde.

Wir gingen wieder in die Küche, weil ich meinen Eltern etwas zeigen wollte. Ich wollte mich ausspielen, wollte ein paar Asse und Trümpfe auf den Tisch legen. Ich zeigte ihnen Bilder. Bilder von Häusern, Geschäften, Passagen, Schwimmbädern und Rathäusern, die ich früher entworfen hatte und die gebaut worden waren. Ich hatte vor ein paar Jahren große Fotomappen mit Bildern meiner Arbeiten erstellt, in die ich selbst manchmal schaute. Ich hatte sie für mich gemacht, sie standen bei uns im Regal, und ich zeigte sie eigentlich nie jemandem. Nun legte ich sie vor meinen Eltern auf den Küchentisch und blätterte sie auf. Als sie noch lebten, hatten sie nie gesehen, auf was ich hinarbeitete. Sie kannten ein paar Entwürfe und Zeichnungen und auch ein, zwei Modelle aus Pappe und Glas, die ich im Studium bauen musste und einmal mit nach Hause brachte, was mein Vater mit »Arbeitest du jetzt an einer Modelleisenbahn?« kommentierte. Dann hatten sie nie erfahren, ob und wie mein Weg weiterging. Für Nichtarchitekten waren die Fotos langweilig, Bauten eben auf großen Fotos in knarrenden Ledermappen. Doch ich spürte, wie meine Eltern sie anders ansahen. Niemand sprach ein Wort. Sie blätterten langsam durch die Seiten, mein Vater blickte lange auf manche Häuser, meine Mutter blätterte oft zurück. Mein Vater tippte auf ein Foto und schaute mich fragend an.

»Ein Schwimmbad«, sagte ich, »von mir ist der Eingang.«

»Und wieso nur der Eingang?«, da war er wieder, mein Vater.

»Weil es eine Architektengruppe war und ich den Eingang entworfen habe. Er hat einen Preis bekommen.«

Genauer gesagt, einen kleinen, süddeutschen Architekturpreis und ich daraufhin eine Gehaltserhöhung.

»Aha«, sagte mein Vater, »haben die anderen Häuser hier auch Preise bekommen?« Er blätterte weiter. »Und sind auch mal ganze Häuser von dir dabei?«

Mein Vater. Ich verdrehte die Augen. Auch wenn er seit Jahren im Jenseits war, seine Art, das Dasein seines Sohnes zu kommentieren, hatte er nicht verlernt. Oder keine andere Art dazugelernt. Als ich im zweiten Semester war, fragte er mich einmal, was ich überhaupt studierte. Und wozu. Und dann fragte er, warum man Häuser bauen solle, die man gar nicht besitzt. Aber ich war jetzt ganz froh darüber, dass er seine Art nicht verloren hatte. Denn alles andere, ein sanfter oder ein »Toll, mein Sohn«-Heinrich-Schweikert hätte meinen Vater für mich noch mehr tot gemacht. Entfernter, fremder, wie auch immer, es wäre jedenfalls nicht mein Vater gewesen. Als ich ihn so ansah, beneidete ich ihn sogar um seine ungerührte Frostigkeit, eine Eigenschaft, die ich nicht hatte.

Alle Väter, von denen ich heute umgeben war, waren, wie ich selbst auch, Kuschelväter. Meine Tochter hatte keine Angst vor mir, wie ich sie oft vor meinem Vater gehabt hatte, aber meine Tochter hatte auch wenig anderes vor mir. Ich war irgendwie ihr Kumpel oder so, und sie störte mich bei der Arbeit, wann sie wollte, sie zerschnitt Zeitungen, während ich sie las, und sie malte mir manchmal ein Bild, das ich dann »ganz toll« finden musste. Sonst wurde sie traurig und wollte einen neuen

Papa, »der etwas von Kunst weiß«, wie sie sagte, oder sie wollte mich »bei eBay versteigern«, wie sie auch mal angekündigt hatte. Wenn ich mit anderen Vätern und ihren Kindern zusammen war und sich alle mit ihren »Ganz toll, das hast du aber super gemacht«-Sätzen überschlugen, nur weil die Kinder fehlerfrei ein Lied gesungen hatten oder über ein Seil gesprungen waren, fragte ich mich, ob diese Kinder-Vergötterung ein Fehler war. Wenn Carla meinem Vater ein Lied vorgesungen hätte, auf das sie stolz war, hätte er gefragt: »Und was kannst du noch?«

Er klappte die Mappen plötzlich zu und stand auf.

»Können wir noch ein wenig spazieren gehen? Hier kenne ich nun alles, ich will noch etwas sehen, bevor wir wieder … losmüssen.« Wir verließen die Wohnung. Meine Mutter blickte sich noch einmal wehmütig um, als hätte sie gern etwas mitgenommen. Oder ein Stück von sich hier zurückgelassen. Als wir auf der Straße standen, schaute mein Vater meine Mutter an. Dann mich. »Sag mal, hast du eigentlich ein Auto?«

»Nein, Heinrich, das kommt überhaupt nicht infrage. Vergiss es, du bist zu alt«, protestierte meine Mutter.

»Ich bin nicht alt, ich bin tot. Wo steht es denn?«, wollte mein Vater wissen und ging ein paar Schritte in verschiedene Richtungen. »Ein Mercedes, sagst du, wo steht er? Welche Farbe?« Er wurde unruhig.

Es war halb fünf am Nachmittag, die Sonnenwärme des Tages hatte sich auf die Straßen und Bäume gelegt. Mein Vater wollte mit dem Auto fahren. Einmal nur, wie er sagte. Nur ein paar Meter, nur die Straße einmal entlang. Doch, doch, das wollte er. Trotz seiner Klapprigkeit wurde er auf einmal sehr lebendig. »Ich bin die Hälfte meines Lebens Auto gefahren, und wir sind in einem Auto gestorben. Nun lass mich doch als Toter meinen Frieden mit diesen verdammten Kisten schließen«, flehte er meine Mutter beinahe an. Sie hielt meinen Arm fest. »Johannes, das musst du ihm verbieten. Das geht nicht. Er ist seit Jahren nicht gefahren, er ist alt, und außerdem … wie sieht das denn für andere aus? Ein Unsichtbarer hinterm Steuer!« Ich sagte nichts, weil an unserem Haus viele Leute vorbeigingen. Ich grüßte ein paar Nachbarn und nahm mein Telefon in die Hand. Ich hatte mir überlegt, ins Telefon zu sprechen, wenn ich meinen Eltern etwas sagen wollte, das würde nicht auffallen. Ich hielt es ans Ohr. »Mutter, ich kann doch fahren, und Vater sitzt neben mir.« Ein Nachbar ging vorbei, grüßte mich, und ich sah, wie er die Stirn runzelte. Hier wussten alle, dass ich schon lange keine Eltern mehr hatte. »Nun sag schon, wo ist es?« Mein Vater zupfte mich am Hemd. »Du stehst davor«, sagte ich ins Telefon und zeigte auf einen blauen Mercedes, A-Klasse, der Baby-Benz, unser Auto.

»Das ist doch kein Merc…« Er ging um das blaue, kugelförmige Auto herum und stockte, als er den Mercedes-Stern sah. »Das ist ja doch einer. Seit wann bauen die denn so was?«, sagte mein Vater zu sich selbst. »Geht's denen so schlecht?«

Ich drückte auf die Entriegelung auf meinem Schlüssel, und die Türen des Autos klackten, mein Vater zuckte zurück. Mit dem Telefon am Ohr sagte ich zu meiner Mutter: »Ich fahre, keine Sorge, steig du auch mit ein.«

»Nein, nein, ich will nie wieder in einem Auto sitzen. Ein Auto ist mein Sarg geworden, nie wieder. Ich bleibe hier und schau mir die Gärten an.«

Mein Vater saß schon auf dem Beifahrersitz und betrachtete das Lenkrad und die Armaturen, berührte alle Hebel und drückte aus Versehen auf die Hupe, sodass sich einige Passanten erschrocken umdrehten. Meine Mutter war ein paar Meter weitergegangen und rief mir zu: »Wirklich nur fünf Minuten, wir müssen dann ja noch da …«, sie zeigte in Richtung des Parks, »… hin.«

14

Ich parkte vorsichtig aus und fuhr langsam die Straße entlang, sie hatte sehr grobes Kopfsteinpflaster, und ich wollte meinen alten Vater nicht durchschütteln. Nach ein paar Sekunden ertönte das durchdringende Anschnall-Piepsen.

»Was ist denn das schon wieder?«, rief mein Beifahrer beinahe verzweifelt. »Ist irgendetwas kaputt?«

»Du musst dich anschnallen, sonst hört es nicht auf.«

»Wieso? Wir sind doch in der Stadt, anschnallen muss man sich nur auf der Autobahn.«

»Früher. Heute muss man sich immer anschnallen oder aber hört immer das Piepen. Ich kann es nicht abstellen.«

»Was ist denn mit euch los? Müsst ihr euch immer überall warnen lassen? Man weiß doch selbst, ob etwas gefährlich ist oder nicht, das muss mir doch nicht so ein Pieper sagen! Und auch noch so laut. Warum lärmen denn heute auch alle Maschinen? Die Menschen machen doch schon genug Krach. Außerdem kann man bei Autos alles abstellen, lass mich mal sehen.« Er beugte sich hinab und suchte neben dem Zündschloss nach irgendetwas.

»Vater, glaub mir, das ist heute so. Wenn man es abstellen könnte, hätte ich es längst gemacht.«

Das Piep-Piep wurde lauter.

»So wie du deinen Kühlschrank längst repariert hättest?«

Ich spürte seine Hände an meinen Knien, er suchte nach Kabeln oder Knöpfen an der Lenksäule.

»Jetzt lass das, wir fahren fünf Minuten, schnall dich einfach an.«

Er kam mit dem Kopf wieder nach oben und schaute auf die Straße. »Fahr mal da an die Seite.«

»Warum? Ist dir nicht gut?«

»Doch, und deshalb will ich jetzt fahren.«

Ich protestierte, sagte ihm, das sei zu gefährlich, und Mutter wolle das auch nicht und wenn uns nun die Polizei erwischen würde, ein Auto ohne sichtbaren Fahrer ... Und dann hielt ich an.

»Wo ist das Problem? Ich bin zwar tot, aber ich habe meinen Führerschein nie abgeben müssen ... Hast du den eigentlich gefunden?«

»Ja, und ich habe ihn auch noch.«

»Wie? Du hast meinen Führerschein noch? Warum?«

»Weiß nicht, als Erinnerung. An dich. Ich habe auch noch deinen Ausweis, eure Eheringe und eines deiner Feuerzeuge. Und alle deine Armbanduhren. Und deine Schallplatten, fünf Kartons im Keller.«

»Was willst du denn mit denen?«

»Ich habe angefangen, sie zu hören. Und dann habe ich sie auf meinen Computer überspielt.«

»Auf deinen Computer?«

»Das erklär ich dir jetzt nicht, sagen wir so, Benny Goodman, Lionel Hampton, Oscar Peterson, Count Basie, das sind jetzt alles Daten.«

»Daten?«

»Vater, egal. Ich höre sie gerne.«

»Und warum jetzt?«

»Weiß ich nicht, ich bin älter, sie beruhigen mich, ich kann zu Oscar Peterson gut nachdenken.«

»Nachdenken? Ich konnte nicht stillsitzen, wenn ich ihn hörte. Hast du mal Fats Waller gehört? Ich hatte von dem auch eine Platte. Allein wie er mit der linken Hand spielte, mein Gott, seine linke Hand war ein ganzes Orchester. Ich wollte es dir früher immer vorspielen, aber du hattest ja deine … wie hießen die noch? … Rollstones oder so?«

»Rolling Stones. Die gibt es immer noch.«

»Siehst du, Fats Waller und Oscar Peterson waren meine … Rolling Stones. Hörte ja sonst keiner bei uns, der Schröder nicht, der Prassler nicht und Hilsberg, der konnte nur das Radio einschalten und sang … deutsche Schlager mit. Wenn ich meine Platten hörte, konnte ich mich wegdenken. Nach New Orleans oder nach New York in das Blue-Note-Lokal, da hätte ich noch mal hingewollt. Hausnummer 131 in der dritten Straße, glaube ich, ich habe mir die Adresse immer gemerkt.«

Ich hatte das Auto unter einem der alten Kastanienbäume am Straßenrand geparkt. Mein Vater sagte nichts, er schaute aus dem Fenster. Dann sagte er leise: »Das hast du alles behalten.«

Ich stieg aus, ging um den Wagen herum und öffnete die Beifahrertür. »Rutsch rüber, du willst doch fahren.«

Mein Vater starrte mich mit großen Augen an. »Ich darf doch nicht.«

»Doch, doch, mal sehen, ob du es noch kannst. Wir können hier einmal um den Block fahren, Mutter wird uns nicht sehen.«

Mein Vater fuhr. Angeschnallt. Seine Augen waren weit aufgerissen, und die Hand am Schaltknüppel zitterte. Aber er lachte, er lachte mit einem Glück in den Augen, das ich noch nie gesehen hatte. Er fuhr entsetzlich, am Anfang würgte er den Wagen ein paarmal ab. »Was sind denn das für Kupplungen heute«, rief er. Dann bremste er so hart und abrupt, dass der Motor wieder ausging. »Die Bremsen sind viel zu hart eingestellt, das musst du richten lassen«, ordnete er an. Dann, als wir fuhren, ließ er das Auto wie einen Hasen hoppeln. Er verwechselte erst den Scheibenwischerhebel mit dem Blinker, dann schaltete er vom ersten in den vierten Gang und so weiter. Aber wir fuhren irgendwie und sehr langsam.

»Mir fehlt die Übung«, sagte er, »noch ein paar Kilometer und es geht schon wieder.« Wenn wir wieder mal stehen blieben, schauten einige Fußgänger in den Wagen, weil sie keinen Fahrer sahen und schüttelten den Kopf. Ich achtete sehr genau darauf, ob jemand nach seinem Telefon griff und vielleicht die Polizei anrief. Eigentlich aber machte ich mir keine Sorgen, mein Vater fuhr sehr langsam und reckte immerzu den Kopf, um zu sehen, ob jemand die Straße überqueren wollte. Als einmal zwei Jungen mit einem Fußball am Rand standen, hielt mein Vater schon zehn Meter vorher an und wartete. Doch ich hörte seinen keuchenden Atem, er klang sehr angestrengt.

Nachdem wir zwei Kreuzungen und eine lange, ruhige Straße geschafft hatten, steuerte er den Wagen auf einen Parkplatz neben einer Ampel und schaltete den Motor ab.

Wir sprachen eine Weile beide kein Wort. Das Einzige, was zu hören war, war ein hell-hohles »Tack-Tack-Tack«. Es war unüberhörbar, und mein Vater runzelte die Stirn. »Was ist das schon wieder? Irgendwas an deinem Auto? Aber …,« er sah hinaus zur Ampel, »… es kommt von da.«

Ich kannte das Geräusch. Es war das Signal der Ampel für die Blinden, dass Grün war. Fast alle Ampeln in der Stadt gaben dieses »Tack« von sich.

Ich seufzte. Wieder etwas, das ich erklären musste.

»Vater, das ist für Blinde. Wenn die hier an der Ampel stehen, sehen sie ja nicht, wann Grün ist, aber nun können sie es hören.«

»Gibt es heut so viel mehr Blinde?«, fragte er erstaunt.

»Nein, aber die, die es gibt, sollen trotzdem nicht überfahren werden.«

»Als ich noch lebte, gab es auch Blinde. Viele sogar, manche waren ja im Krieg erblindet. Die hatten einen weißen Stock, und wenn man den am Straßenrand sah, hat man gebremst. Oder als Fußgänger dem Blinden über die Straße geholfen. Wir haben keine Blinden überfahren.« Er dachte nach. »Und warum macht es dieses ›Tack-Tack‹, das alle hören, wenn doch nur ein paar Blinde gemeint sind?«

Ich wusste keine Antwort. Aber ich kannte den Widerspruch aus meinem Beruf und hatte auch schon darüber nachgedacht. In jeder Baubesprechung waren Geräuschvermeidung und Lärmschutz ein großes Thema. Frau Kurges, deren Boutique ich einrichten sollte, bestand auf einer absolut geräuschlosen Kasse und Eingangstüren, die sich zart zusaugen sollten, und im Laden sollte man möglichst nichts vom Verkehr vor der Tür hören. Aber die Klimaanlage sollte – bitte sofort – einen Fiep-Alarm von sich geben, wenn die Temperatur oder Luftfeuchtigkeit sich veränderte. Ich blickte am Haus neben der Ampel hoch, und richtig, die Fenster hatten dreifache Verglasung, damit man innen das Tacken der Ampel nicht hörte. Manches in unserer Warn- und Alarmgesellschaft nahm seltsame Wege.

»Ich wollte noch etwas sagen.« Mein Vater bekam wieder Luft, atmete ruhiger und zeigte auf das Lenkrad des Wagens.

»Ist schon okay, du hast zwanzig Jahre nicht hinterm Steuer gesessen, und die Autos sind heute auch an…«

»Nein, das meine ich nicht. Ich wollte etwas über die Häuser und über deine Arbeit sagen.«

Dann verstummte er und stieg aus.

»Sie sind, deine Häuser meine ich, glaube ich, ganz schön. Und du scheinst in deinem Beruf ja auch nicht zu versagen. Aber du vergisst immer eines … du hattest alles, was ich nicht hatte.«

Es überraschte mich, was er da sagte. Es klang nach etwas lange Überlegtem, lange Gefühltem, was er schon Jahre mit sich herumtrug. Und ich verstand es nicht. Ich stieg auch aus, mein Vater lehnte im Schatten an einem Baum.

»Was denn?«, fragte ich. »Ich war ein Junge. Ich konnte gar nicht anders, als mit euch zu leben. In eurem Haus, mit euren Fernsehprogrammen und unseren Ferien an der Nordsee. Und mit deinen Tütensuppen, Konserven und später mit dem Gefrorenen. Das hatte ich. Ich beschwere mich ja gar nicht, aber sag nicht, dass ich alles hatte.«

»Freiheit«, sagte er, »du hattest die Freiheit, dir das Leben anzuschauen, es auszuprobieren und dir zu überlegen, was du wolltest. Und nicht nur zu überlegen, du konntest versuchen, deine Überlegungen zu leben, daraus etwas zu machen. Du konntest Berufe ausprobieren, Leidenschaften entdecken oder wieder vergessen oder sogar ein ganz anderes Leben ausprobieren. Und vier oder fünf Frauen, oder damals Mädchen, kennenzulernen, zu flirten, dich interessant zu machen oder auch nicht, mit ihnen bis zum Sonnenaufgang auszugehen und, na ja, du weißt schon, mit ihnen … na ja, zusammen sein, ohne dass du sie heiraten musstest. Und ohne dass sie schwanger wurden. Das alles hatte ich nicht …« Er zögerte. »Oder … fast nicht.«

Ich stutzte einen Moment und brauchte ein paar Sekunden, um das Befremdliche in dem Satz zu verstehen.

»Wie meinst du das, fast nicht?«

»Ach nichts, ich hätte ja auch einfach gehen können, oder? So wie der Holzer, dieser Polster-Verkäufer, eigentlich konnte der nur Polster und Teppiche, hat sich dann aber Möbelhaus genannt. Der ist einfach gegangen, hat seine Frau verlassen, sich scheiden lassen und erzählte jedem, wie frei er war. Sein Sohn, der wollte Musiker werden, die Mutter konnte aber die Musikschule nicht mehr bezahlen, weil Holzer nur das zahlte, was er musste. So ging das auch!«, sagte mein Vater und war fast außer Atem. Ich wollte etwas sagen, aber er wischte die Worte mit seiner knochigen Hand aus der Luft.

»Ich habe dich beneidet damals. So wie wir alle unsere Söhne und Töchter beneidet haben. Wenn wir über unsere Kinder sprachen und ich erzählte, dass du nicht meinem Weg folgst, dass du mich ignorierst und ausbrichst, dann waren sie empört, die Freunde. ›Wie kann der denn, das ist doch dein Lebenswerk, wofür hast du dich denn so krummgemacht?‹, haben sie gesagt. Aber sie haben es alle mit dem leisen Neid gesagt, dass du und ihr, deine Freunde, die Freiheit nutzt, die wir euch geschaffen hatten. Glaub mir, ich, dein Vater, wäre oft lieber mein eigener Sohn gewesen.«

Das war ein Satz, der mich umhaute.

»Moment mal, du wärst gerne ich gewesen?«

Er zögerte. Und dachte nach. »Wärst du denn gerne ich gewesen? Der Gourmet-Schweikert?«

»Nein.« Ich überlegte, ob ihn das jetzt verletzte.

»Siehst du. Kinder können einem wehtun, wenn sie

von ihren Vätern weglaufen. Du wirst das auch noch erleben, wenn die kleine Carla groß wird und eine andere Welt als eure hat. Wenn sie eure Küche oder was das sein soll und deine Häuser vielleicht langweilig findet. Wenn sie dich vielleicht langweilig findet. Langweilig. Weißt du, dass langweilig am meisten wehtut? Mir jedenfalls.«

Eine Gruppe von vier Mädchen war vorbeigegangen. Sie blieben ein paar Meter weiter stehen und drehten sich nach mir um. Sie waren vielleicht vierzehn oder fünfzehn, alle in Tops und kurzen Jeans und Flipflops. »Hallo«, rief ich ihnen zu. Sie kicherten, und eines von ihnen kam ein Stück näher. »Machen Sie das immer so?«, fragte es. »Ich meine … so mit einem Baum … reden?«

»Er redet mit seinem Vater«, brummte mein Vater, »endlich mal.«

Mir war eine Ausrede eingefallen. »Ich bin Schauspieler, weißt du«, sagte ich zu dem Mädchen, »und ich muss eine Rolle üben, in der ich mit einem alten, störrischen Mann spreche. Da dachte ich, dass ich es mit einem Baum übe.«

»Wow? Echt? Sind Sie … berühmt, ich mein, kennt man Sie aus dem Fernsehen?«, fragte das Mädchen.

»Nein, ich spiele am Theater.«

»Ach so«, sagte es, als ob ich gerade von der Kreisliga erzählt hätte. »Na, dann noch gutes Gelingen mit Ihrem Baum.« Eines der anderen Mädchen fotografierte mich mit ihrem Telefon und lächelte mich an. »Cool, Mann redet mit Baum, kann ich das posten?« Die Frage war überflüssig, sie würde es sowieso tun, ich kannte das schon von meinen Baustellen, wenn die Bauherren jeden neuen Zustand fotografierten und auf Instagram oder Facebook veröffentlichten. Ich wusste, dass in zehn Minuten wahrscheinlich 300 oder mehr Teenager ein »Mann redet mit

Baum« auf ihrem Telefon haben würden. Ich überlegte, ob ich ihr verraten sollte, dass meine Rolle in Wahrheit »Sohn redet mit unsichtbarem Vater, der vor einem Baum sitzt« hieß, aber ich war sicher, das würde die Mädchen überfordern. Ich sah das eine Mädchen schon auf ihrem Telefon herumtippen und mein Bild davonfliegen.

»Wie heißen Sie denn?«, fragte das Mädchen mit dem Telefon, ohne von der Tastatur aufzublicken. »Ich meine, vielleicht werden Sie ja mal berühmt, dann hab ich ein frühes Starfoto.«

»Johnny Depp«, antwortete ich.

Sie schielte kurz. »Hahaha, dann eben nicht«, sagte sie und lächelte, und die Mädchen gingen weiter. Ich mochte das Geräusch des »Flip-flap-flip-flap«, das sich entfernte.

Mein Vater war unter dem Baum in die Knie gegangen und hatte sich auf einen Teil der Baumwurzel gesetzt und zugehört.

»Was hat sie gesagt? Ob sie dich auf den Posten stellen kann? Und warum hat sie das Telefon auf dich gehalten?«

Ich seufzte. »Vater, vergiss es einfach, diese Telefone haben heute auch einen eingebauten Fotoapparat, und sie hat ein Erinnerungsbild gemacht, aber wirklich, denk nicht darüber nach.«

»Wieso ein Erinnerungsbild? Sie kennt dich doch gar nicht. Wir haben früher nie Bilder von wildfremden Menschen gemacht, die Filme waren doch teuer, und warum macht sich einer Abzüge von Menschen, die er nicht kennt?« Er schüttelte den Kopf, und ich sah, wie ihn all das überforderte, all das, was er sah. Sein Kopf war voll mit Fragen, die nicht einfach zu beantworten waren. Ich kam mir vor wie Robinson, der seinem zugelaufenen Freitag das Schießpulver erklären wollte. Nur war dieser Geist kein Freitag, sondern mein Vater. Und es war wie schon am Vormittag mit den kaputten Jeans, ich suchte nach einer Erklärung, warum Mädchen einfach so Bilder von Fremden machten, aber ich fand keine. Ich hätte sagen können: »Nur so. Weil es Spaß macht und weil es Telefone können, es nichts kostet und weil man das Bild auch gleich wieder löschen kann. Oder eben auch nicht, wenn es dann im Netz ist. Und die kaputten Jeans sind auch einfach nur so, es gibt keinen Grund und keinen Sinn.« Mein Vater hätte es nicht verstanden. Ich dachte kurz darüber nach, ob der Fortschritt der vergangenen zwanzig Jahre mehr Sinnloses als Nützliches mit sich gebracht hatte. Und über die Freiheit, die mein Vater meinte, einfach etwas zu machen und nicht darüber nachzudenken.

Er schwieg und beobachtete mit blinzelnden Augen etwas auf der anderen Straßenseite. Dann nickte er und winkte mit einer Hand. »Auch zwei Verstorbene, ich hatte sie vorhin schon aus der Ferne gesehen.«

»Kennst du sie?«

»Nein, aber wir Toten erkennen uns. Sie haben aber dort, wo sie hinwollten, niemanden angetroffen und spazieren jetzt etwas verloren umher, die Armen.«

Ich wurde unruhig. Ich begann, mir Sorgen um meine Mutter zu machen, die wir nun schon länger als geplant alleine gelassen hatten. »Vater, wir sollten zurück, Mutter wartet.«

Er tat so, als hörte er es nicht.

»Johannes, ich habe mir, als ich noch lebte, viele Gedanken gemacht, warum du Häuser bauen wolltest. Häuser sind Nester, sie sind Heimat, und wenn der eigene Sohn andere Häuser bauen will, dann will er eine andere Heimat, oder?«

Mein Gott, was sollte denn heute noch alles kommen?

»Doch, doch. Und irgendwie habe ich dich auch verstanden, ich mochte unser Haus auch nie. Diese blöden kleinen Zimmer und diese Bartheke im Keller, weißt du noch? Grauenhaft, ich hab da nie ein Bier getrunken. Ich mochte auch die Gegend nicht, in der es stand. Aber wir wollten ein Haus, und viele andere bauten dort auch, und die Bank riet mir zu, und in diesem verdammten Tennisverein war der Schröder, der doch Häuser baute. Es war wie ein Sog, und ich hatte zu viel mit der Firma zu tun, ich hatte überhaupt keine Zeit, darüber nachzudenken, kein Haus zu bauen.« Er machte eine Pause und strich sich die langen Haare nach hinten. »Ich hatte ja noch nicht einmal Zeit, darüber nachzudenken, nicht der Gefrier-Schweikert zu werden …«

»Aber Vater, du warst doch glücklich mit deiner Firma.«

»Nein«, sagte er trocken, »ich war nicht unglücklich. Und das ist etwas anderes.«

»Und warum hast du es uns so schwer gemacht? Uns beiden, meine ich. Warum hast du alles, was ich vorhatte, ignoriert? Du hast mir gar nicht zugehört. Weißt du noch, als du nach meinem zweiten Semester Architektur zu mir sagtest, wie man denn Häuser für andere bauen könne, man müsse sie doch besitzen?«

Mein Vater blinzelte in das Sonnenlicht.

»Habe ich das gesagt? Wirklich?« Er dachte nach. »Weißt du, warum? Weil es ja auch stimmt, oder? Aber darum ging es damals nicht. Du bist in eine Welt verschwunden, in der ich dir nicht helfen konnte, weil du es nicht wolltest. Alle Väter wollen ihren Kindern helfen, weil das Leben kompliziert ist. Ich habe nicht missbilligt, dass du Häuser bauen wolltest, es hat mich nur geärgert, dass du mich nie gefragt hast.«

»Du hättest Nein gesagt.«

»Na und? Sind Väter dazu da, immer Ja zu sagen? Als Vater ist man wie eine Ampel am Weg seiner Kinder. Und die kann nicht immer Grün sein, manchmal ist Gelb besser und manchmal Rot. Und Rot heißt ja nur warten. Nur weil Söhne etwas wollen, heißt das ja nicht, dass es richtig ist, oder?«

»Aber auch nicht, dass es falsch ist.«

»Bist du Architekt geworden oder nicht?« Er schaute mich fragend an. »Hab ich dich gelassen oder nicht? Ich habe es dir nur schwergemacht, damit du dich wirklich hineinarbeiten musstest. Mir hättest du nichts beweisen müssen, du warst mein Sohn. Aber ich wollte, dass du daran glaubst. Weißt du, ich wollte sogar, dass du deine Häuser mit der Wut baust, es mir zeigen zu wollen. Und so sehen sie ja auch aus, ganz solide irgendwie …« Er atmete laut und ging ein paar Meter auf die Straße. Er wandte sein Gesicht so ab, dass ich es nicht sehen konnte. Dann kam er wieder zurück. »So, mehr wollte ich nicht sagen.« Er stellte sich gerade hin und ging um das Auto herum zur Beifahrertür. »Danke, dass ich fahren durfte. Ich bin wirklich ein wenig klapprig heute, aber ich wollte meinen Frieden damit …«, er zeigte auf den Wagen, »… machen.«

Ich ging zur Fahrertür und zog eine zerdrückte Schachtel Zigaretten aus meiner Hosentasche. Ich wollte jetzt unbedingt rauchen. Die Zigaretten waren platt und krumm, aber noch ganz. Mein Vater sah mir zu.

»Kann ich auch eine haben?«, fragte er und lächelte listig. Er streckte die Hand mit zwei gespreizten Fingern aus.

»Du hast doch aufgehört, als ich … zwanzig war? Und mir immer gesagt, Rauchen sei Teufelszeug. Ich weiß noch, wie du in mein Auto, das ich mir damals gekauft hatte, gestiegen bist und die ganze Fahrt gehustet hast, weil es angeblich so nach Rauch gestunken hat.«

Mein Vater nickte. »Hat es ja auch, und Rauchen ist Teufelszeug. Ich hab damals aufgehört, weil Doktor Krämer, du erinnerst dich, gesagt hat, wenn ich weiter rauchen würde, wäre sehr bald Schluss. Die Herzklappen, sagte er. Aber …«, mein Vater kam zu mir, nahm mir die Packung aus der Hand und zog eine der krummen Zigaretten heraus, »… wenn der jetzt auch gelogen hat wie all die anderen meiner Freunde, rauchen wir mal eine, oder?« Er grinste mich an und tat so, als ob er ein Feuerzeug in der Hand hielte. Ich musste lachen und gab ihm meines.

»Außerdem bin ich schon tot, da kann ich ruhig mal eine rauchen«, fügte er hinzu, blies den Rauch nachdenklich aus seinem Mund in die Luft und sah ihm forschend nach.

»Aber sag mir eines, die Antwort auf meine Frage heute Morgen. Lebst du so, wie du leben wolltest, als wir uns zum letzten Mal sahen?«

»Nein«, sagte ich, »ich habe gelernt, dass es kein glückliches Leben gibt. Das glauben nur Frauen. Es gibt Glück im Leben, und ja, von solchen Momenten hatte ich viele. Aber es ist kein Zustand, sondern immer wieder Arbeit und Zufall, einen solchen Moment zu finden. Das alles zusammen, das Glück, das Unglück und die Arbeit daran, ist, glaube ich, das Leben, oder?«

Mein Vater nickte. »Als ich noch lebte, haben immer ein paar dieser Leute um mich herum erzählt, sie seien die Glücklichsten der Welt und würden in ihrem Leben alles noch mal genauso machen, wie sie es gemacht haben. Ich habe ihnen nie geglaubt. Niemand will sein Leben noch einmal genauso haben, wie es war. Würdest du alles noch einmal genauso machen?« Er stieß mich am Arm an.

»Nein, ganz sicher nicht.«

»Und was würdest du anders machen?«

Ich überlegte. »Ich weiß noch nicht einmal, ob ich noch mal Architekt werden würde. Ich liebe meine Arbeit, wirklich. Aber ich liebe sie eigentlich nur, weil ich sie kann, ich habe sie gelernt. Aber ob es wirklich das ist, was ich bin … das weiß ich jeden Tag weniger. Aber wer weiß das schon? Das Leben ist doch …«, ich überlegte, ob ich das jetzt sagen sollte, »… lang. Und trotzdem soll man im ersten Viertel schon wissen, was man mit dem ganzen Rest machen will, eigentlich bescheuert, oder? Aber man kommt dann schwer wieder heraus.«

»Siehst du«, antwortete mein Vater. »Und würdest du deine Frau noch einmal heiraten?«

Ich überlegte, was er meinte. Als er noch lebte, konnte mein Vater solche Fragen wie einen Hinterhalt stellen. Wenn ich mal eine Klassenarbeit mit der Note Zwei mit nach Hause brachte, sah er sich die Arbeit an, überlegte, erzählte irgendetwas aus seinem Büro und fragte dann: »Was sind das eigentlich für Schüler in deiner Klasse, die eine Eins geschrieben haben?« In der Frage nach meiner Frau lauerte auch ein Hinterhalt, vermutete ich. Oder anders, die Frage allein war schon ein Hinterhalt. Ich hatte das Gefühl, er mochte Anna nicht.

»Das ist …«

»… eine gemeine Frage, ich weiß. Du musst sie mir auch nicht beantworten, weil man sie nicht beantworten kann. Jeder, der sofort ›Ja!‹ sagen würde, ohne nachzudenken, lügt. Nur wer zögert, ist ein Mann.« Mein Vater steckte sich die Zigarette verwegen in den Mundwinkel und klatschte in die Hände.

Es war eine hinterhältige Frage, und ich kannte sie, weil ich sie mir oft selbst gestellt hatte.

»Würdest du Mutter noch mal heiraten?«

Er sagte nichts und runzelte die Stirn. »Mhhhm. Musstest du das jetzt fragen?«

Ja, ich musste. Meine Eltern hatten mir nie von ihrer Hochzeit erzählt, ich wusste noch nicht einmal, ob es ein großes Fest war, ob getanzt wurde und wohin ihre Hochzeitsreise gegangen war. Ich wusste nichts, lange nicht einmal, wann sie geheiratet hatten. Ich hatte in den Kartons im Keller ein Foto von ihnen gefunden, meine Eltern noch jung, meine Mutter in einem weißen Kleid, und auf der Rückseite stand »Hochzeit«. Mehr nicht. Kein Jahr, kein Monat, kein Ort.

Mein Vater schnaufte und wischte sich mit dem Ärmel seines Hemdes den Mund und die Augen ab.

»Wenn man wie ich am Ende des Weges ist, denkt man nicht darüber nach, den Partner auszutauschen. Wir sind tot, und da, wo wir sind, gibt es keine Hochzeiten oder Scheidungen oder so was. Wenn aber alles noch mal wie damals wäre, ich jünger und nicht tot wäre und noch mal in der Stadt und zu der Zeit leben würde, weiß ich nicht, ob ich Mutter noch mal wählen würde. Ich weiß aber auch nicht, ob sie mich noch mal auswählen würde. Wir hatten damals keine Zeit, uns auszuprobieren, ganz einfach. Und …«, er zögerte, »versteh das jetzt nicht falsch, und es ist nichts gegen deine Mutter, aber die Auswahl war damals nicht groß.« Er machte eine Pause. »Ich habe es dir schon mal gesagt, vorhin, ich habe nicht nur dich, sondern ich habe dich um die Zeit beneidet, in der du aufgewachsen bist. Einmal, weißt du noch, die Fete, die du gemacht hast?«

Ich erinnerte mich, die Fete, so nannte man das damals, würde ich nie vergessen. Ich war fünfzehn oder sechzehn, und wir waren in dieses neue Haus gezogen, das ich vom ersten Tag an hasste. Aber es war größer als die Wohnung, in der wir vorher gewohnt hatten. Es war so groß, dass ich mehr als fünf Freunde einladen konnte. Meine Mutter war mit ein paar Freundinnen zum Wandern verreist und mein Vater auf einer Geschäftsreise in München, zusammen mit Hilsberg, sie sollten beide erst in zwei Tagen wiederkommen. Meine Freunde hatten unser neues Haus noch nie gesehen, und ich erzählte in der Schule, dass wir eine kleine Fete machen könnten. Kleine Fete, so etwas durfte man damals in der Schule nicht erzählen, weil Häuser ohne Eltern die unfassbar größten Freiheiten boten und natürlich jeder meiner Freunde es in der Stadt erzählte und jeder einen kannte, der einen kannte, der auch kommen wollte.

Es kamen alle. Mit Fahrrädern, Mofas, mit dem Bus oder zu Fuß. In das noch nach frischer Farbe riechende Haus mit den neuen Polstermöbeln und dem neuen beigefarbenen Teppich und einer zellengroßen Sauna im Keller fielen ab acht Uhr zwanzig oder mehr meiner Freunde und etliche andere ein, die ich nicht kannte. Vor der Tür standen fünf Kisten Bier, in der Küche ein Zwanzig-Liter-Eimer Kartoffelsalat und auf dem Herd ein riesiger Topf mit Wasser und bestimmt fünfzig Würstchen. Die Würstchen blieben kalt, weil niemand darauf kam, den Herd anzustellen. Im Kühlschrank lagen vier Flaschen Wodka, und einer meiner Freunde hatte die teure Stereoanlage meines Vaters besetzt und versuchte, mit der Nadel des damals sehr teuren Dual-Plattenspielers genau das Gitarrensolo auf *Stairway to Heaven* von Led Zeppelin zu treffen. Dabei drehte er sich Zigaretten aus holländischem Tabak, und immer, wenn er sich eine anzündete, fiel ein glühendes Stück Tabak heraus und hinterließ einen kleinen braunen Brandfleck auf dem neuen Teppich oder auf einer der Jazz-Vinylplatten meines Vaters, die er mit den Worten »was'n das für'n Scheiß?« auf dem Boden ausgebreitet hatte.

Wir alle trugen Jeans und die damals modernen grünen, blauen oder weißen Indienhemden, manche hatten Ketten um den Hals, und irgendjemand hatte in der Küche Räucherstäbchen angezündet, deren süß-schwere und muffige Qualmfäden durch das ganze Haus zogen. Wir alle rauchten Zigaretten und tranken aus den Bierflaschen, die herumstanden. Ich hatte nichts unter Kontrolle, weil es sinnlos war, ich hatte nur das Schlafzimmer meiner Eltern abgeschlossen, den Keller und die Sauna jedoch nicht. Irgendwann hatte jemand die Sauna eingeschaltet, und ein paar Jungs und Mädchen saßen darin bei 35 Grad, die Tür geöffnet, rauchend und Bier trinkend, durch das ganze Haus dröhnten Led Zeppelin oder die Rolling Stones. In meinem Zimmer lagen Freunde zu viert auf meinem Bett, knutschten, die Mädchen zogen sich aus, aber nur oben, und lagen mit ihren jungen, nackten Busen einfach da, während Jungs, die ich nicht kannte, sich die Hosen auszogen und ihre halbsteifen Pimmel sinnlos in der rauchigen Luft schwenkten. Denn was genau man nun damit machen sollte, wussten sie noch nicht.

Ich stakste wie ein Storch durch diese Orgie, auf dem Flur tanzten sie, oder vielmehr, Jungs und Mädchen schüttelten die langen Haare in der Luft herum, Zigaretten im Mund, braunschwarze Glut fiel auf den Boden, die schnell in den Bierpfützen auf dem neuen Teppich erlosch. Die Toiletten, wir hatten drei, waren von denen besetzt, die den Wodka und die kalten Würstchen und den Kartoffelsalat erbrachen und dabei noch ihre Zigaretten in der Hand hielten. Irgendjemand, den ich nicht kannte, saß am Telefon und sprach mit einem Cousin oder sonst wem in Chicago, Ferngespräch, der Gebührenzähler muss gerattert haben. Und dann, es war Mitternacht, stand mein Vater in der Tür.

Jemand sagte zu mir: »Ey, ich glaub, dein Alter ist da.« Ich war augenblicklich nüchtern, so nüchtern, wie man sich auf dem Weg zur Hinrichtung fühlen muss. Ich wurde ganz ruhig und erwartete die Explosion, die nun kommen würde. Mein Vater, ausgerechnet mein Vater. Ich habe niemals erfahren, warum er in dieser Nacht nach Hause kam und warum er einen Tag früher von seiner Geschäftsreise zurückgekommen war. Er hatte den Nachmittagszug aus München genommen, sagte er und stand nun in der Tür seines neuen Hauses, das in diesem Moment nicht sein Haus war. Er hatte einen Hut auf und einen Mantel an und in der Hand seinen Koffer. Die meisten meiner Freunde erkannten sofort das Problem, die meisten von denen, die ich nicht kannte, nicht. Die eine Hälfte der Party wurde also sofort leise, die andere nicht. Die Musik blieb laut, und ein paar Gestalten standen vor meinem Vater und schüttelten weiter die Köpfe mit den langen Haaren. Auf zwei Toiletten wurde sich weiter übergeben, und einer meiner Freunde ging zu dem, der mit seinem Cousin in Chicago telefonierte, und drückte die Gabel des Telefons herunter. Ich sah meinen Vater an und versuchte, die Reihenfolge zu erahnen, von dem, was nun kommen würde. Alle rausschmeißen? Mich rausschmeißen? Würde er brüllen und wenn ja, wäre es nur ein kurzes »Raus«-Gebrüll oder eine lange Brüll-Rede?

Er sagte nichts. Er schaute mich an. Dann die anderen, von denen die meisten inzwischen stumm dastanden. Er stellte seinen Koffer ab und zog seinen Mantel aus, den Hut behielt er auf. Dann sagte er: »Guten Abend. Gibt es noch etwas zu essen? Und vielleicht ein Bier?« Gut, dachte ich, dann kommt die Explosion gleich. Mein Vater ging in die Küche, setzte sich an den Tisch und wischte die dünne Asche der Räucherstäbchen beiseite. Eine meiner Freundinnen, sie hieß Angela und kannte meinen Vater, setzte sich zu ihm. »Herr Schweikert, möchten Sie eine Wurst?«

»Ja, sehr gerne«, sagte er, und Angela stellte einen Teller mit einer Wurst vor ihn. Jemand anders brachte eine Flasche Bier, setzte sich ebenfalls dazu und sagte zu meinem Vater: »Na, Herr Schweikert, harten Tag gehabt? Schön, wenn man dann nach Hause kommt, oder?« Es war bizarr, mein Vater saß in einem akkuraten grauen Anzug und einer blauen Krawatte und mit seinem Hut auf dem Kopf am Küchentisch, kaute eine Wurst und sah meinen Freunden und meinen Freundinnen in ihren Indienhemden zu, die halb durchsichtig waren und unter denen sie keinen BH trugen. Alle hatten lange Haare und sahen wie ungemachte Betten aus, nur mein Vater hatte unter seinem Hut kurze Haare und eine scharf rasierte, glatte Gesichtshaut, die ein wenig glänzte. Er sprach mit ihnen, ich konnte nicht verstehen, worüber, aber manche lachten, und er fragte nach einem zweiten Bier und jemand solle doch bitte aus dem Eisfach des Kühlschranks die Flasche Doornkaat holen, er würde gerne einen Schnaps trinken. Ich lief herum und versuchte, die Feier aufzulösen. Ich sagte den Halbnackten in meinem Zimmer, sie sollten sich anziehen. Ich verscheuchte die Dösenden aus der Sauna und schaltete sie ab, und ich sammelte die Schallplatten meines Vaters ein, die auf dem Boden lagen, versteckte die zwei Platten, die Brandwunden hatten, und stellte Lou Reed leiser, der dröhnend laut *Walk on the Wild Side* durch das Haus sang. Irgendwann kam Angela aus der Küche zu mir, sie hatte den Hut meines Vaters auf dem Kopf und sagte. »Heinrich hat, glaube ich, Spaß hier. Er lacht und trinkt und dreht sich Zigaretten selbst.« Ich verstand die Welt nicht mehr. Heinrich? Wir alle siezten die Eltern unserer Freunde. Ich lief also weiter durchs Haus, und irgendwann gegen drei Uhr morgens konnte ich die Letzten vertreiben, auch den Jungen mit den Locken, der ohne Hose nackt vor dem Plattenspieler saß und immer wieder *Stairwy to Heaven* spielte. Er ging schleppend in die Dunkelheit vor der Tür und war irgendwann verschwunden.

Das neue Haus sah furchtbar aus, es roch überall nach Räucherstäbchen und Zigaretten und Erbrochenem, und ich fing an, die Bierflaschen einzusammeln. Es war ganz leise, und irgendwann stand mein Vater in der Küchentür, sah mir zu und hatte ein halb trauriges Gesicht, mit den Augen lächelte er mich an, der Mund sah jedoch aus wie ein umgedrehtes U. Keine Spur von Wut oder so, sondern ein resigniertes kleines Lächeln. »Na dann«, sagte er und ging ins Schlafzimmer, das ich wieder aufgeschlossen hatte.

Ich räumte noch zwei Stunden lang auf, wollte jede Spur dieser Feier beseitigen. Ich robbte auf Knien über den Teppichboden und versuchte mit einem Schwamm die Brandflecken zu beseitigen. Ich putzte die Toiletten und versprühte irgendein Parfum meiner Mutter, um den Gestank zu vertreiben, und ich fahndete mit einem Müllbeutel in der Hand nach allem, was nicht hierher gehörte. Ich fand zwei BHs von, wie ich heute weiß, mittlerer

Größe; eine Jungsunterhose, eine Zehnerpackung Kondome, in der eines fehlte, drei Haarbürsten, Haarnadeln, jede Menge Packungen Zigarettenpapier von Gizeh, eine völlig durchweichte Ausgabe von Hermann Hesses *Siddhartha,* eine Zigaretten-Drehmaschine, ein Taschenmesser, Wachsstreichhölzer, drei Feuerzeuge, ein paar Tabletten, die ich nicht einordnen konnte, einen Schlüsselbund, gekaute und hart gewordene Kaugummi-Klumpen und, ich erschrak, eine Spritze mit Nadel noch in der Verpackung. Als ich den vollen Beutel in den Mülleimer stopfen wollte, sah ich noch mal hinein, es war das Strandgut meiner Generation, und es war armselig, wie ich fand. Es wurde schon hell, als ich das Haus einigermaßen wiederhergestellt hatte. Meine Mutter sollte am Abend wiederkommen, und ich beschloss, die Schule zu schwänzen und später die Schrammen, die noch zu sehen waren, irgendwie zu beseitigen. Als ich noch angezogen auf meinem Bett lag und der Schlaf über mich kam, hörte ich meinen Vater aufstehen. Ich hörte ihn im Bad und in der Küche, und ich hörte, wie er ungeschickt mit den Kaffeetassen schepperte. Es muss halb sieben gewesen sein, um sieben fingen sie im Gourmetparadies an zu arbeiten.

Wir haben nie wieder über diese Nacht gesprochen, auch später nicht, wenn mich Angela oder andere Freunde besuchten. Sie sagten auch nicht mehr »Heinrich« zu ihm, weil er nicht so aussah, als ob man ihn Heinrich nennen konnte. Es war seltsam, in dieser Nacht dachte ich, meinem Vater näher zu sein als je zuvor, ich war sogar ein paar Sekunden stolz auf diesen gelassenen Mann, der sich Zigaretten drehte und Bier trank. Aber dann konnte er wieder so unnahbar sein, so als ob es das alles nicht gegeben hätte. Es war, als ob er es einfach abschütteln konnte. Oder wollte.

»Ich kann mich an die Party erinnern«, sagte ich, »aber ich kann mich auch erinnern, dass du dich nicht erinnern wolltest. Wir haben nie wieder darüber gesprochen.«

Er lächelte kurz, wurde dann aber sehr ernst im Gesicht.

»Das war eine Frechheit von dir. Es war unser neues Haus, und du hast es wie eine Fußmatte freigegeben. Du hast Affen eingeladen, und sie haben sich benommen wie Affen. Es war unser neues Haus, und du hast es beleidigt, du hast Mutter und mich beleidigt, du hast es hinter unserem Rücken gemacht, du hast uns belogen.«

»Aber es hat dir in dieser Nacht gefallen, oder? Du hättest auch alle rausschmeißen können.«

»Ja und? Deine Lüge hätte ich damit nicht rückgängig gemacht. Jetzt fang nicht an, das zu verteidigen. Es war Mist, es war unredlich, und das weißt du.«

Es war seltsam, er lächelte und war wütend, ich hörte, wie er versuchte, laut zu werden, aber seine Stimme hatte nicht mehr die Kraft von früher, es strengte ihn zu sehr an.

»Aber was hat das damit zu tun, dass du mich um meine Zeit beneidet hast?«, fragte ich.

»Ich war sehr zornig in dieser Nacht. Und ich habe mich gefragt, ob ich in deinem Alter meine Eltern auch so hintergangen hatte. Und weißt du, es fiel mir nichts ein, weil ich mit sechzehn oder siebzehn in einer Kaserne war und lernte, mit einem Gewehr zu schießen. Keine Partys, keine Mädchen, nichts davon. Um fünf Uhr aufstehen, auf einer Wiese im Schlamm wühlen, Gewehr reinigen und immer eine Scheißscheißangst, in den Krieg zu müssen. Und dann musste ich in den Krieg. Und dann war ich Gefangener. Und dann kam ich wieder nach Hause und räumte die Trümmer auf. Das war's, das war meine Jugend. Und daran habe ich in dieser Nacht gedacht. Man kann nicht neidisch auf etwas sein, das schon lange vorbei ist. Meine Jugend war lange vorbei, aber als ich dich, deine Freunde, die freundlichen Mädchen und ja, selbst diese Affen um mich herum beobachtete, habe ich mich gefragt, mit welchem Recht du so ein Leben hast und warum ich es nicht hatte.« Er machte eine Pause, wir saßen immer noch am Straßenrand unter einem Baum, und ich dachte wieder an meine Mutter, die auf uns wartete. »Komm«, sagte ich.

»Weißt du, das Gourmetparadies und unser neues Haus interessierten mich damals gar nicht. Ich wollte etwas anderes, ich wollte irgendwie ein bisschen von dieser Jugend, die ich nicht hatte, nachholen. Das beschloss ich in dieser Nacht.«

Ich überlegte, ob ich ihn etwas fragen sollte. Etwas, worüber ich manchmal nachgedacht hatte, als ich noch bei ihnen lebte. Etwas, worüber ich nicht nachdenken wollte, das ich mir noch nicht einmal vorstellen wollte, was ich aber heute völlig alltäglich fand. Ich war umgeben von Ehen oder Beziehungen, die nicht wasserdicht waren. Die ihre feinen und manchmal auch groben Risse und Brüche hatten. Mir fiel einmal auf, dass Treue heute nicht mehr ein Wort war, das wir benutzten. Es war staubig und aus der Zeit. Niemand fragte mehr: »Ist er oder sie dir treu?« So was kam nur noch in alten Fernsehfilmen vor. Weil in Wahrheit niemand mehr treu war oder vielleicht doch, denn eine Affäre, eine wie auch immer gewollte oder einfach passierte Nacht mit einem oder einer anderen war keine Sensation und musste keinen Bruch oder Ausbruch mehr bedeuten. Viele meiner Freunde erlebten ihre Abenteuer auch mehr in ihrer Fantasie und nur gelegentlich in einem wirklichen Bett, aber es gab sie. Die Affären, die Trennungen, die Scheidungen. Sie wurden gehandelt wie nüchterne Transaktionen, einer meiner Freunde ging mit seiner geschiedenen Frau schon am Tag der Scheidung wieder ins Bett. Und danach eben getrennte Wege. Als meine Tochter in die Schule kam, hatten fast noch alle Kinder in ihrer Klasse Eltern, die zusammenlebten. Ein Jahr später erzählte sie schon von drei Kindern, die am Wochenende bei Papa waren und unter der Woche bei Mama. Oder die von einem neuen Papa von der Schule abgeholt wurden. Für Carla war das der normale Lauf der Dinge.

Und ich selbst, na ja, auch bei mir hatte es Abwege gegeben. Auch seit ich mit Anna lebte. Manche waren einen Moment lang gefährlich, weil ich mich in mehr als in den Sex und den Körper vor mir verliebt hatte. Aber dann waren sie nicht gefährlich genug, weil ich mir den Alltag nach dem Abenteuer vorstellte. Und die Mühe, mich zu trennen, es zu erklären oder auch nicht, aus- und umzuziehen, und das alles mit der Ahnung, in ein paar Monaten oder Jahren vor demselben Problem zu stehen. Vielleicht lag es auch daran, dass ich nicht immer glücklich mit Anna war; aber ich war auch nicht so unglücklich, dass ich mich im falschen Leben fühlte. Ich hatte versucht, meine Arbeit zu meiner Lebensliebe zu machen, und es gab Momente, in denen ich mit einer, wie ich fand, aufregenden Restaurantarchitektur mit offener Küche und Gängen zwischen den quadratischen Tischen, die breit wie Laufstege einer Modenschau waren, glücklicher war als in einer Nacht mit Anna. Oder mit Lara, ja, auch das war passiert. Oder mit Julia, der Frau eines Freundes. Es ist die romantische oder vielleicht auch erotische Balance, nach der wir hier alle suchen. Manchmal dachte ich mir, dass es ein Schwarzmarkt war, ein Schwarzmarkt aus Abenteuern und Mikro-Lieben für eine Nacht, der uns da bleiben ließ, wo wir waren.

Wir waren aufgestanden und gingen zum Auto zurück.

»Warst du Mutter eigentlich immer treu?«, fragte ich abrupt vor mich hin, ohne ihn anzusehen.

»Wie meinst du das?«, gab er zurück.

»So, wie ich es sage. Gab es mal eine andere Frau?«

Wir sahen uns bemüht nicht an. Mein Vater schwieg.

»Warum soll ich über etwas sprechen, über das ich als Lebender auch nie gesprochen habe?«

Ich erschrak und hatte das Gefühl, auf einen Vulkan gestoßen zu sein.

»Weil du tot bist«, antwortete ich leise und kühl.

Er dachte nach. »Ich habe Mutter nie betrogen …«

»Aber?« Ich weiß nicht, warum ich nachsetzte, ich verfluchte mich dafür.

»Betrügen heißt ja, jemanden um etwas zu betrügen, ihm etwas zu nehmen, zu stehlen. Ich habe deiner Mutter nie etwas genommen …«

»Hast du sie belogen? Wegen einer anderen Frau?«

»Nein. Also, belogen habe ich sie nicht.«

Mein Vater sprach leise und fahrig, seine Sätze kamen schnell, als ob er sehr schnell das Thema beenden wollte.

»Vater, was denn nun? Belogen nicht, aber eine andere Frau gab es?«

»Nein, eigentlich nicht.«

Ich weiß nicht, warum, aber ich musste lachen. Und dann verstummte ich wieder. Ich merkte genau, dass er kurz vor einem Geständnis war, und fürchtete gleichzeitig, es zu hören.

»Vater, was soll das? Eigentlich, uneigentlich. War da was?«

»Wenn du so willst. Aber warum muss das jetzt auf den Tisch?«

»Muss es ja nicht, aber wenn nicht jetzt, wann dann? Außerdem hast du nun schon zu viel erzählt, du hast dich verraten. Was war das für eine Geschichte?« Ich zerrte an ihm. Und war noch amüsiert, weil ich sicher war, dass er nun von irgendeiner Frau oder einem Mädchen erzählen würde, die er vor etlichen Jahren, vielleicht kurz nach der Hochzeit mit meiner Mutter, mal geküsst hatte. Oder mit der er einen Likör getrunken hatte. Mehr Sünde hätte ich ihm nicht zugetraut. Dann traf es mich wie ein Faustschlag. Oder eine Ohrfeige aus dem Gestern.

»Juliane Berg, erinnerst du dich?« Er blieb stehen und sah mich an, er war jetzt entschlossen, etwas zu gestehen, es war fast eine stolze Entschlossenheit. Mein Vater drückte das Kreuz durch und schien mir auf einmal größer. Mir fehlten die Worte. Rumms. Auf einmal durchschnitt etwas alles zwischen uns. Wie? Juliane Berg? Die? Ich überlegte einen Moment, und meine Erinnerung kramte alles, was mir zu Juliane Berg einfiel, zusammen. Ihre eigenartige Helmfrisur, die Ketten, die sie immer um den Hals trug, ihr blassfeines, ungeschminktes Gesicht und ihre aufdringlich freundliche Art zu sprechen, wie sie bei jedem Hauptwort die Augen aufriss. Und sie hörte Schlagermusik, also nicht so nebenbei, wie in jedem Büro ein Radio lief, sondern sozusagen hauptberuflich. Sie kannte alle Platten von Udo Jürgens, Jürgen Marcus, Roland Kaiser und wie sie alle hießen, und sie ging auch zu deren Konzerten. Ich erinnerte mich, dass sie immer wusste, wann welcher Sänger in der

Stadt war. Und dann flammte etwas in meiner Erinnerung auf, über das ich damals schon eine Sekunde lang nachgedacht hatte: Juliane Berg war seltsam am Telefon gewesen.

»Mit der?«

»Wieso sagst du das so? Warum nicht mit der? Sie war … nett, sie … tat mir gut, ja.« Er lächelte jetzt sogar.

»Was tat dir gut?«

»Na sie. Sie um mich zu haben, mit ihr zu reden, zu lachen, was denn sonst?«

»Wie lange?«, fragte ich.

»Nicht lange, zwei, nein, fast drei Jahre. Aber nicht die ganze Zeit, wir haben uns getroffen und dann auch wieder wochenlang nicht. Ich sah sie ja sowieso jeden Tag.«

»Nicht lange? Zwei oder drei Jahre? Was ist denn bei dir lange?«

»Die Ehe mit deiner Mutter«, sagte er leise.

Ich versuchte mich an die Zeit zu erinnern. In meinem Kopf drehte ich die Uhr zurück, aber sie blieb nirgendwo stehen, weil ich mich damals nicht dafür interessiert hatte, was mein Vater machte, wenn er nicht zu Hause war. Ich war froh, wenn er nicht zu Hause war. Mir fiel nur die Udo-Jürgens-Kassette in seinem Auto wieder ein. Um die Zeit muss es gewesen sein.

»Und was habt ihr gemacht, wenn ihr euch getroffen habt?«

»Wir sind in eine Tanzstunde gegangen, wir sind essen gegangen, manchmal hat sie gekocht, und wir sind ins Kino gegangen. Und … ich, ich habe ihr einen Teil der Wohnung bezahlt.«

»Das hat sie zurückgezahlt, nach deinem Tod. Sie ist ausgezogen und hat die Kaution an mich gezahlt.«

Er schwieg eine Weile. »Nein, nicht die Kaution, ich

habe einen Teil der Miete bezahlt, sie hätte sich die Wohnung sonst nicht leisten können, und ich wollte, dass sie in der Nähe wohnt. 200 Mark im Monat.«

»Ach so«, sagte ich und dachte an die Liste und die Einträge. Ich sagte aber nichts.

»Ich … ich hab das gut gemacht, es hat niemand etwas gemerkt. Sie war ja meine Angestellte, und da war es nicht ungewöhnlich, wenn wir essen gingen. Und ins Kino und in die Tanzstunde sind wir immer ans andere Ende der Stadt gefahren, ich habe sehr darauf geachtet, dass uns niemand sieht. Ich wollte nicht, dass Mutter oder du irgendetwas mitbekommen. Ich wollte niemanden verletzen, wirklich.«

»Wenn du niemanden verletzen wolltest, dann weißt du ja, dass es verletzend war, oder?«

»Sagen wir mal so, ich hatte ein schlechtes Gewissen, ja. Aber Juliane Berg tat mir gut, ich fühlte mich besser. Ich war …, nimm es so, ich fühlte mich begehrt. Jemand mochte mich, der nicht zu meiner Familie gehörte. Du kannst dir nicht vorstellen, was das heißt, wenn man so lange verheiratet ist. Sie gab mir das Gefühl, nicht nur Ehemann oder Vater zu sein, sondern auch noch ein Mann. Und weil es mir guttat, weil ich das Leben wieder und anders mochte, ging es auch euch und vor allem deiner Mutter besser. Das hat mein schlechtes Gewissen aufgewogen, verstehst du?«

»Und bei ihr zu Hause, was habt ihr da gemacht?«

»Wie? Gemacht? Schallplatten gehört, getanzt.«

»Und was noch?«

Pause.

»Hör mal, Sohn, das geht dich nichts an. Du kannst einen Toten nicht alles fragen.«

»Fragen schon … Du musst ja nicht antworten.

Aber …« Ich wunderte mich immer mehr über mich und verfluchte mich. Ich hielt ein Messer in der Hand und sollte es besser weglegen. Warum machte ich das? Warum ließ ich die Beute nicht los, meinen Vater, also meinen toten Vater – wobei ich das »tot« immer mehr vergaß. Ich hatte ihn in die Ecke getrieben, und er konnte nicht heraus. Ich sollte ihn laufen lassen, aber »… keine Antwort ist auch eine Antwort«, sagte ich. Es war ein Satz genau zwischen die Augen.

Er blieb stehen und sah mich wehrlos an.

»Ja!«

»Was, ja?«

»Ja, das. Und nun ist Schluss damit. Und außerdem …« Er suchte nach Worten und ging schneller voran, seine Arme und Hände pflügten in der Luft herum. Ich hatte eine Grenze überschritten, ich hatte ein Gebiet betreten, über das wir, als meine Eltern noch lebten, nie gesprochen hatten. Sex. Körperlichkeit mit all ihren Irrungen und Wirrungen.

Meine Eltern hatten mich nie aufgeklärt, so nannte man das damals. Und damit war nur gemeint, dass einem Jungen wie mir jemand erklärte, wie Kinder gemacht werden und dass man »das« vermeiden sollte, wenn man erst fünfzehn oder sechzehn ist. Darüber sprachen wir zu Hause nicht, auch wenn ich manchmal das Gefühl hatte, dass meine Eltern nach einer Möglichkeit suchten, es mir zu erklären. Wir sprachen nicht über Sex, und ich glaube, auch die Eltern meiner Freunde redeten nicht darüber. Ich klärte mich irgendwie selbst auf, die *Bravo* half dabei, und in der Schule lasen viele meiner Freunde dann ein kleines, schmales rotes Schülerbuch mit einem Sex-Lexikon. Wir hatten nur ein Exemplar, das einer meiner Freunde seiner großen Schwester geklaut hatte und das wir in den Stunden und in den Pausen weiterreichten. In einer Englisch-Stunde landete es bei mir, und ich las unter dem Tisch das Kapitel »Geschlechtsverkehr«, das ungefähr folgenden Text hatte: »... wenn ein Junge mit einem Mädchen schläft, führt er seinen erigierten Penis in ihre Scheide ein.« Vor allem irritierten mich die Worte »mit einem Mädchen schläft«, denn ich stellte es mir höllisch unbequem vor, meinen Penis in eine Scheide einzuführen und dann einzuschlafen. Wie sollte das gehen? Und die ganze Nacht? Ich verbrachte eine Woche in der quälenden Gewissheit, wohl nie mit einem Mädchen Sex zu haben.

Ich konnte niemanden fragen, weil ich niemanden kannte, der das schon mal gemacht hatte. Bis auf meine Eltern, aber wie sollte ich sie danach fragen, wenn wir über das ganze Thema einfach nie sprachen?

Es war nicht so, dass meine Eltern zu katholisch oder zu prüde waren. Natürlich hatte ich meine Eltern oft nackt gesehen, Badezimmerleben eben, aber mit ihrer Nacktheit etwas zu verbinden kam mir nicht in den Sinn. Aber noch weniger wäre ich auf die Idee gekommen, dass mein Vater oder meine Mutter ein sexuelles Verhältnis mit irgendjemand anderem haben könnten. Sie hatten ja schon miteinander keines, wie ich spürte. Wie sollte es da mit Fremden anders sein? Dass es genau mit Fremden anders sein könnte, war ein Gedanke, den ich heute verstehe, der mir damals aber nie in den Sinn gekommen wäre.

Mein Vater hatte also mit Juliane Berg ge..., ich verbot mir, den Satz zu Ende zu denken. Und ich verbot mir, mir meinen Vater und Juliane Berg, von der ich auch kein deutliches Bild mehr vor Augen hatte, im Bett vorzustellen. Und auch wenn es über dreißig Jahre her war und es mein toter Vater war, der mir das gestand, bekam meine ganze Erinnerung an unser Leben in dem Haus und im Gourmetparadies auf einmal eine andere Färbung. Ich sah ihn an, wie er langsam vor mir lief, erschöpft von seinen Geständnissen und vielleicht auch befreit, aber seine Befreiung war meine Belastung. Ich musste mir meinen Vater, der ein paar Jahre ein Doppelleben geführt hatte, neu zusammenbauen. Auch wenn er das anders sehen mochte, aber er hatte uns, mich und meine Mutter, belogen. Ich schaute auf die Uhr, wir waren schon dreißig Minuten unterwegs, meine Mutter würde sicher irgendwo stehen und befürchten, die Autofahrt sei schiefgegangen. Mal wieder.

»Vater, wir müssen zurück …«, rief ich ihm zu und holte ihn ein. Er hielt kurz inne und betrachtete ein Bündel kleiner schwarzer Plastikbeutel, die jemand an den Baum geheftet hatte. Es waren Beutel, um die Hinterlassenschaften von Hunden einzusammeln, die hier die Gegend besonders nachts vollschissen. Auch das hatte es zu Lebzeiten meiner Eltern nicht gegeben, aber ich gab es auf, es ihm zu erklären. Er fragte auch nicht. Es war sein Geständnis, was ihn immer noch beschäftigte, ich sah es, in seinem Gesicht arbeitete es.

Und dann lachte er. »Hast du noch eine …«, er spreizte zwei Finger, »… Zigarette? Man will ja immer rauchen, wenn es anstrengend ist, oder?«

Ich zog die zerknickte Packung aus meiner Hosentasche, es waren noch zwei zerbrochene Zigaretten darin, die ich ihm zeigte. »Leider nicht.«

»Dann kaufen wir welche«, sagte er, »es gibt doch Automaten, oder? Hier muss doch irgendwo einer sein.« Ich merkte, wie er unbedingt das Thema wechseln oder vielleicht auch nur eine Denkpause von Juliane Berg haben wollte.

»Nee, Automaten gibt es kaum noch, und wenn, dann muss man eine Geldkarte haben oder so«, erklärte ich. Ich hatte noch nie Zigaretten an den neuen Automaten gekauft.

»Ja, aber ein Geschäft wird es hier wohl geben, oder? Ich will unbedingt noch mal ein Geschäft sehen. Ich bezahl …«, mein Vater griff nach hinten zu seiner Gesäßtasche, wo er früher immer sein Portemonnaie gehabt hatte, »… ach so. Ich habe ja gar nichts mit.« Gespielt traurig ließ er beide Arme hängen. »Kannst du mir was leihen?«

Das einzige Geschäft in der Nähe war ein kleiner Supermarkt mit sehr viel Gemüse, der von einem Türken betrieben wurde. Ich kannte ihn gut, er verkaufte auch Bier, Wein, Milch, Zeitungen und Zigaretten, und ich konnte mit dem Besitzer unendlich lange über Fußball diskutieren.

»Da vorne«, sagte ich, zeigte auf die Auslagen mit Tomaten, Paprika, Bananen und Orangen und ging voran. Mein Vater folgte mir, und je näher wir kamen, desto deutlicher hörte ich ihn buchstabieren. »S-a-r-i-k-a-j-a … nee, Johannes, ich meinte ein Tabakgeschäft, so eines, wo man früher auch seine Lottoscheine abgeben konnte.«

»Vater, frag nicht, heute kann man bei türkischen Gemüsehändlern auch Zigaretten kaufen.«

Vor der Tür des Geschäftes saßen zwei Handwerker und tranken Kaffee, und drei Kinder pulten das Papier von ihrem Eis, das sie sich gekauft hatten. Ich sagte leise zu meinem Vater, der dicht hinter mir ging: »Warte draußen.«

»Nein, ich komme mit.« Er hatte mich schon fast überholt und ging an den Obst- und Gemüse-Auslagen vorbei. Für ein paar Sekunden sah ich ihn nicht mehr, weil mich Sarik, der Besitzer, wie immer etwas mürrisch lächelnd begrüßte. Sarik hatte das Geschäft vor fast zehn Jahren hier eröffnet, er kannte mittlerweile jeden seiner Kunden und wusste immer, wer gerade wo ein- oder ausgezogen war. Wer also hier eine Wohnung suchte, müsste eigentlich nur Sarik fragen und keine teuren Makler beauftragen, aber auf die Idee kam niemand bis auf die Makler selbst, die hier manchmal sehr lange einen Kaffee tranken und so ganz nebenbei Sarik befragten. Aber Sarik war diskret und ließ die Makler am ausgestreckten Arm verhungern. Er stand wie immer hinter seiner Kasse und zählte die Anschreibzettel. Hier ließ jeder gerne anschreiben, was Sarik eigentlich nicht mochte. »Warum geht einer einkaufen und hat kein Geld dabei?«, fragte er mich einmal. Die Zigaretten gab es gleich am Eingang bei der Kasse, aber ich musste dennoch in das Geschäft hineingehen, das nur zwei schmale Gänge hatte, um meinen Vater dort zu suchen. Ich hörte ihn vor sich hin murmeln. Und dann passierte etwas, was ich den ganzen Tag befürchtet hatte. Zum Glück war nur eine alte Frau aus der Nachbarschaft im Laden, die, wie wir wussten, kaum noch sehen konnte und wie fast jeden Tag bedächtig die Schrift auf allen Käsepackungen zu entziffern versuchte. Käse kaufte sie nie, den vertrage sie nicht, wie sie mir mal erzählt hatte. Sie sah nicht nach links, denn dann hätte sie zwei Konservendosen aus dem Regal in die Luft schweben sehen, die etwas zitternd wieder zurückschwebten und durch zwei Gläser mit eingemachter Wurst ersetzt wurden. Mein Vater. Er lachte vor sich hin.

»Junge, sieh mal, die Flensburger Mühlenleberwurst von Krönke gibt es immer noch. Und die hier, die Krönke-Sülze im Glas auch. Mensch, mit der habe ich angefangen. Waren alle verrückt damals nach Krönke-Wurst.« Er drehte die Gläser in seiner Hand, und für einen Moment schien er durch die Wurst alles um sich herum zu vergessen. »Dass die noch lebt«, murmelte er vor sich, »weißt du, einen Herrn Krönke gab es überhaupt nicht, und aus Flensburg kam sie auch nicht, sondern aus einer Fabrik bei uns am Stadtrand, die im Krieg eigentlich Konserven für die Wehrmacht herstellte. Das war ihnen aber nach dem Krieg unangenehm, vor allem wegen uns Sol…, also wegen denen, die aus dem Krieg heimkehrten. Die sollten nicht schon wieder diese Dosenwurst essen …« Seine Stimme verlor sich in Gedanken, und er betrachtete die Wurstgläser und ihren hellbraunen, mit dunkleren Stücken durchsetzten Inhalt dicht vor seinen Augen. Ich hatte solche Gläser noch nie gekauft und kannte auch niemanden, der sie kaufte. Dann wieder mein Vater: »Ich habe schon damals nicht verstanden, warum sie es Mühlenwurst nannten. Mühlen machen doch Mehl und keine Wurst. Stallwurst wäre richtig gewesen, aber wer kauft schon etwas, was Stallwurst heißt?« Erstaunlich behände trat er einen Schritt zur Seite, als die alte Frau an ihm vorbeiging und, als wäre es ganz normal, die beiden Gläser Wurst, die in der Luft schwebten, betrachtete. Auf einmal geriet ich in Panik, dass die alte Frau vielleicht in Ohnmacht fallen könnte. Ich stellte mich schnell meinem Vater gegenüber und umfasste auch die Wurstgläser, damit es für die alte Dame so aussah, als ob ich sie in der Hand hielte. Mein Vater runzelte die Stirn. »Ich lasse die schon nicht fallen«, brummte er leise. Dann sah er die Frau an und fragte: »Ist doch so, oder?«

Die Dame, die ihn eigentlich nicht hören konnte, nickte seltsamerweise und betrachtete die Gläser in meiner Hand. »Das ist doch die Krönke-Wurst, oder? Die erkenne ich schon an der Farbe. Die war aber früher besser, heute vertrag ich sie nicht mehr«, sagte sie mit ihrer hellen, etwas quietschenden Stimme. Mein Vater, mit beiden Gläsern in den Händen, freute sich über diese Unterhaltung, wenn man es denn so nennen konnte. »Ja, die wurde irgendwann zu fett. Ich hatte sie auch nicht mehr im Sortiment.« Die alte Frau sah die Gläser an und dann meinen Vater, jedenfalls blickte sie in die Richtung seines Gesichtes. Dann nickte sie wieder und ging lächelnd weiter. Kann man die Toten schon hören, wenn man selbst auch bald …? Ich verbot mir weiterzudenken.

»Stell sie wieder ins Regal«, flüsterte ich meinem Vater zu, »wir müssen gehen.«

»Ach, ich würde gerne noch bleiben«, antwortete er, und seine Augen wanderten an den Gläsern und Dosen entlang. »Gibt es auch noch Erbswurst?«

»Nein, ganz sicher nicht.« Ich wollte mich beeilen und zog ihn weiter.

»Frag doch mal. Wenn es Krönke noch gibt, wird es auch noch Erbswurst geben.«

Ich zog meinen Vater am Ärmel seines Mantels sanft zur Kasse, nickte Sarik kurz zu und deutete auf eine Packung Zigaretten, die er auf den Tresen legte, während er »Alles?« fragte. Ich nickte und suchte in meiner Tasche nach einem Geldschein, als ich an der Hüfte eine Berührung spürte. Auf einmal stand neben den Zigaretten ein Glas Flensburger Mühlenwurst. Sarik schaute mich fragend an: »Die auch noch? Kaufst du doch sonst nie.« Ich überlegte, was ich sagen sollte, als wieder etwas meine Hüfte streifte: Krönke-Sülze. Und danach eine Flasche

Suppenwürze von Maggi. Ich tat so, als ob mir mein Geldschein heruntergefallen wäre, bückte mich und flüsterte: »Vater, lass das.« Er stand neben mir und hatte die Arme hinter dem Rücken versteckt.

»Ich dachte, ich kaufe mal Sachen ein, die länger leben dürfen als ich. Ich habe eben die Suppenwürze beneidet, weißt du. Und deshalb solltest du sie kaufen. Und frag endlich mal nach der Erbswurst.«

Ich wollte »Nein« sagen, aber mein Vater zupfte von hinten an meinem Hemd. »Los, frag schon.«

Ich räusperte mich und versuchte völlig normal zu klingen. »Sarik, hast du eigentlich auch Erbswurst?«

Sarik lachte. »Was ist denn mit dir los? Hast du Oma und Opa zu Besuch? Nee, Erbswurst habe ich nicht, die müsste ich bestellen. Die will ja eigentlich kaum einer mehr.«

»Aber es gibt sie noch?«

»Ja, ja, kommt ja vielleicht auch wieder in Mode, jetzt bei den ganzen Veganern. Nimmst so ein Stück gepresste Erbse in Wasser, und schon ist die Suppe fertig.« Ich wusste noch, dass Erbswurst keineswegs vegetarisch war, aber darüber wollte ich jetzt nicht diskutieren. Sarik erzählte einfach weiter: »Du kennst doch die beiden, die im Haus neben dir wohnen, weißt schon, die Frau, die Hebamme ist, und der Mann ist Lehrer. Die sind jetzt Veganer, die werden bestimmt mal nach Erbswurst fragen.«

Ich hörte hinter mir meinen Vater stöhnen. »Hoffentlich nicht. Erbswurst schmeckt scheußlich. Nach Trümmern. Manche Dinge sollte es nicht mehr geben, wenn man sie nicht mehr braucht.«

Am Rascheln seines Mantels hörte ich, wie er zu der Truhe schlich, in der sich Tiefgekühltes stapelte. Sarik hatte eine kleine Truhe mit Eis, Pizza und Gemüse. Ich zeigte auf die Wurstgläser und Zigaretten. »Ich zahl das mal.« Und dann zuckte mein Vater wieder zusammen.

Sarik hatte die Zigaretten, die Wurstgläser und die Suppenwürze vor seinen Kassenscanner gehalten, und es machte jedes Mal »biep, biep«, und bei jedem »Biep« zuckte mein Vater zusammen. Er hielt sich die Hände auf die Ohren und verdrehte die Augen. »Biepbiepbiep! Gibt es irgendwas in deinem Leben, was nicht biept?!«

Ich zahlte, und Sarik gab mir eine Tüte für die Wurstgläser, von denen ich nicht wusste, was ich damit anfangen sollte. Sarik sah mich komisch an, als ich meinen Vater herbeiwinkte. »Komm, wir gehen.«

»Jawoll«, sagte er, »bieeep, ich komme.«

Er war erschöpft, und wir gingen langsam zurück zum Auto, ich mit der Tüte in der Hand. Mein Vater blieb am Auto stehen, es war, als ob er etwas neu geordnet hatte, was er sagen wollte.

»Lass uns rauchen.«

Ich gab ihm eine der neuen Zigaretten und nahm selbst eine. Er spielte mit der Zigarette herum, zündete sie aber nicht an.

»Weißt du, Juliane Berg war für mich ein neuer Anfang in einem alten Leben. Nicht ein wirklicher, ich wollte Mutter und dich, also unsere Familie, nie aufgeben ... Na ja, ich habe schon darüber nachgedacht, aber ich hatte nicht genug gegen Mutter oder dich zu sagen, um das zu rechtfertigen. Aber darum ging es auch nicht. Es war der Rausch des Gefühls, noch einmal von vorne anfangen zu können, verstehst du? Kennst du das nicht? Du bist verheiratet, jahrelang, und alles ist in Ordnung. Und dann siehst du ein Gesicht, und es blickt zurück, es lächelt. Und dann wieder und wieder. Und dann sprichst du mit dem Gesicht, also mit der Frau und sie mit dir. Und du merkst, dass ihr euch füreinander interessiert. Einfach so. Ich bin ja damals nicht losgegangen und habe eine Juliane Berg gesucht. Ich bin auch nicht in den Puff gegangen, den bei uns in der Schminz-Straße, wenn du dich erinnerst. Andere, die ich kannte, sind da hingegangen, ich nicht. Wenn du so willst, habe ich mit dem Neuanfang gespielt, und ich habe auch mit Juliane gespielt …«

»Sie mit dir auch?«, fragte ich kühl.

Er dachte nach. »Weiß ich nicht. Ich war ja ihr einziger Mann, sie hatte keine Ehe, aus der sie fortlief. Und was daraus geworden … ach, lassen wir das.«

»Du hast uns trotzdem belogen«, stellte ich fest und schaute ihn dabei nicht an.

»Nein, ihr, also du hast es doch gar nicht gewusst.«

»Darum geht es nicht«, entgegnete ich, »du hast ein anderes Leben geführt, als wir es von dir dachten. Du wusstest mehr als wir und hast uns dabei zugesehen, wie wir und am meisten Mutter ahnungslos mit dir weiterlebten. Du hast Mutters Unwissenheit zugeschaut und sie dadurch erniedrigt. Das ist der Kern der Lüge, jemand anderem dabei zuzusehen, wie er dumm handelt, weil er von der Lüge nichts weiß.«

Mein Vater hatte sich auf einen Betonpoller gesetzt, die Sonne fing an, milde zu werden. Er sah aus, als ob er erröten würde, tat es aber nicht.

»Hat es wirklich niemand anderes gewusst? Die Berg muss doch andere belogen haben, und bei euch in der Firma …«

»Der Hilsberg«, sagte mein Vater.

»Wie, der Hilsberg wusste die ganze Zeit davon?«

»Nein, nicht die ganze Zeit, erst nach einem Jahr oder so. Er ging in dieselbe Tanzschule, und als ich ihn dort traf, war es offensichtlich. Aber er konnte es nicht verraten.«

»Warum nicht?«

»Weil er schwul war. Oder … ist.«

Mir wurde wieder schwindelig, ich hatte das Gefühl, nicht eine kleine Tür zu einem Geheimnis geöffnet zu haben, sondern ein Tor, ein großes Tor.

»Noch mal: Der Hilsberg ist schwul? Der war doch verheiratet und hatte einen Sohn …«

»Alles Theater«, sagte mein Vater. »Hilsberg war immer schwul, aber Schwule können ja trotzdem Kinder machen, oder? Und seine Ehe war eine Lüge, er hat nur geheiratet, damit niemand merkt, dass er Männer liebt. Er führte ein Doppelleben. Das war damals so.«

»Und du hast das die ganze Zeit gewusst?«

»Ja, ich habe ihn deshalb sogar eingestellt. Also nicht, weil er schwul war, sondern weil ich dachte, er könne etwas. Es war seine Schwester, die mir erzählte, ihr Bruder liebe Männer, und weil das in der Stadt getratscht wurde, fände er keine Anstellung. Es war nur ein Gerücht, niemand hatte ihn je danach gefragt, aber er bekam einfach keine Stelle. Er war verzweifelt, und ich fand ihn, sagen wir, patent. Und ich sah nicht ein, warum einer, der Männer liebte, nicht gut arbeiten sollte. Der war nicht normal, aber er war auch nicht krank. Also hab ich ihn eingestellt. Er wusste, dass ich es wusste, aber wir haben nie darüber gesprochen. Und am Anfang war Hilsberg auch gut, er konnte besser verhandeln als ich, und die Damen mochten ihn, sie fanden ihn gepflegt und charmant.« Mein Vater sah mich an. »Warst du mal schwul?«

»Vater, man ist nicht nur mal so schwul und dann wieder nicht, das ist ja kein Hobby.« Ganz sicher war ich mir bei der Antwort nicht; ich kannte ein paar Männer, die früher mit Männern geschlafen hatten und heute mit Frauen schliefen. Und ich kannte andere, die von sich sagten, sie seien bisexuell, weil das Vorteile habe, sie seien erotisch nie einsam.

»Hilsberg wollte mich nicht verraten, weil er dachte, dann würde ich ihn verraten«, sagte er, »aber er war einfach zu dumm. Kannst du dich an Henning erinnern? Der mal bei uns eine Lehre gemacht hat und dann einfach wieder ging? Hilsberg hat ihn eingestellt, weil er ihn, wie sagt man, zum Freund haben wollte. Aber Henning hat das nicht interessiert, der wollte gar nicht mit Männern. So, und nun ist wirklich Schluss damit. Wenn ich gewusst hätte, dass ich das alles gestehen muss, wäre ich nicht gekommen. Es gibt Geheimnisse, die man mit ins Grab nimmt, und da sollten sie auch bleiben.«

»Und wenn du alles noch einmal anders machen könntest? Keine Tiefkühlkost?« Ich versuchte, das Thema in einer versöhnlichen Stimmung zu beenden.

»Das ist eine Frage, die sich nicht stellt, ich kann nichts mehr anders machen. Es war das, was sich ergab, nicht das, was man sich wünschte. Ich hatte in den Jahren auch nicht den quälenden Gedanken: ›Wäre ich bloß Musiker oder Automechaniker oder sonst was geworden.‹ Je älter ich wurde, kamen immer andere und neue Angebote und Versuchungen in die Welt. Ständig gab es etwas Neues, aber ich war vorsichtig, auf einen dieser Züge aufzuspringen. Vielleicht hätte ich früher an die Supermarktkette verkaufen und noch mal ein neues Geschäft aufmachen sollen. Vielleicht hätte ich auch Hilsberg nie einstellen sollen.«

»Vielleicht hättest du mir mal zuhören sollen …«, sagte ich.

»Unsinn, das hab ich doch. Oder ich habe es versucht. Ich habe ein paarmal in deinen Büchern gelesen, nur um zu verstehen, was du eigentlich denkst. In diesem Buch von Marx habe ich gelesen und in dem Buch von diesem Lenin. Habe ich aber nicht verstanden, das war mir alles nach hinten gedacht. Arbeiter und Bauern, das war doch Vergangenheit. Ich wollte nicht nach hinten denken, bloß nicht, hinten waren der Krieg und der Geschmack holländischer Ackererde, die ich im Mund hatte, als ich mich im Krieg eingegraben hatte. Lassen wir das … das ist Zeitverschwendung.« Er machte wieder eine Pause.

»Aber wenn du mich so fragst, ich würde mich nicht wieder an diesem Tag in mein Auto setzen und auf der Autobahn hierherfahren. Das war, wenn man so will, der größte Fehler meines Lebens.«

»Und Juliane Berg?«, fragte ich.

Er schwieg. Ich hatte beschlossen, ihm nichts von Juliane Bergs Hochzeit mit Klaus Holzer, dem Polster-Holzer, zu erzählen. Und auch nichts davon, dass Juliane Berg das Gourmetparadies nach seinem Tod schnell verlassen hatte, weil man nicht mehr die Geliebte vom Chef sein konnte, wenn der Chef nicht mehr lebte. Und auch nichts davon, dass Juliane Berg wahrscheinlich schon einen Tag später Klaus Holzer ausgesucht und mit ihrer bescheuerten Tanzstunden-Schlager-Udo-Jürgens-ich-koch-uns-was-Kerzenlicht-Romantik, also mit ihrer entsetzlichen dörflichen Mittelmäßigkeit den nächsten älteren Mann aus seiner Lebenshalterung gerissen und eine Ehe zerschossen hatte. Wahrscheinlich trug Juliane Berg etwas, was sie »Negligé« nannte, eines der dämlichsten Kleidungsstücke der Welt. Und wahrscheinlich hatte sie im Sommer die Fenster geöffnet, damit das Negligé ein wenig im Wind flatterte, und aus dem Kühlschrank eine Flasche Söhnlein Brillant Sekt hervorgeholt. Und ich wettete, dass ihr Lieblingslied *Ich war noch niemals in New York* von Udo Jürgens war und sie in ihrem albernen Negligé, unter dem sie natürlich noch ihren pappsteifen BH und einen bis zum Bauchnabel reichenden Slip trug, meinen Vater oder Polster-Holzer an der Krawatte ins kerzenbeleuchtete Zimmer gezerrt und wie eine Taube »Ich war auch noch niemals in New York, aber mit dir will ich da hin« gegurrt hatte. Mein Vater tat mir leid, er hatte seine Familie betrogen, hatte sich in einer Lebenslüge eingerichtet, und wofür? Für eine billige Taube. Eine Schlager-Taube.

15

Ich versuchte mich zu erinnern, ob mir damals an meinem Vater etwas aufgefallen war. Ich suchte in meinem Gedächtnis, aber weil ich von meinem Vater nicht viel wissen wollte und ihn eigentlich immer ausgeblendet hatte, fiel es mir schwer. Ja, meine Mutter erzählte einmal, er habe sich eine Jeanshose gekauft, und fragte mich, ob man die bügeln würde. Ich sagte, nein, bloß nicht.

Und als ich einmal in seinem Auto die Udo-Jürgens-Kassette fand, fiel mir plötzlich auf, dass er nicht wie üblich stampfend, sondern seltsam rhythmisch ging, ja, beinahe tänzelte, was bei seiner mächtigen Figur taumelnd und tapsig aussah. Aber ich dachte mir nichts dabei. Es war eine Zeit der großen Veränderung in der, damals noch, BRD, Veränderungen, die schleichend kamen, anders als ein neues Gesetz oder ein Sonntagsfahrverbot. Es waren Veränderungen des Trivialen, des Alltäglichen, die langsam in unsere Köpfe einsickerten, auch wenn wir es nicht wollten oder gar nicht merkten. Es gab seit wenigen Jahren zwei Kanäle Privatfernsehen, die wir alle mit großen Augen schauten, obwohl sie unglaublich blöd waren und wir uns nur vergewissern wollten, wie blöd sie waren. Aber sie waren neu und verbreiteten eine Albernheit, die wir nicht kannten und von der wir deshalb auch nicht wussten, wie wir sie ablehnen sollten. Es gab Sendungen, in denen mit einer Torte auf Moderatoren geworfen wurde, und es gab eine Art Show, in der Mädchen, die Obstnamen wie Mandarine oder Kiwi hatten, sich auszogen und fast nackt auf einem Tisch tanzten. Das war unfassbar dämlich, aber es waren zum ersten Mal nackte Busen im Fernsehen zu sehen. Einfach so. Es war überhaupt eine Zeit, in der man tat, wonach einem gerade war, man sah im Fernsehen oder auf Video, was man immer sehen wollte, nahm sich, was man sich immer nehmen wollte, und dachte, was man immer denken wollte. Es war der Beginn einer Ich-Zeit, die ich erst Jahre später verstand.

Im öffentlich-rechtlichen Fernsehen lief damals schon eine Serie aus Amerika, in der es um die Familie eines Öl-Tycoons aus Texas ging. Die Serie war ein unendlicher Reigen aus Intrigen, Betrug, Bosheiten und Ehebrüchen, und sie war seltsam populär. Auch meine Eltern sahen sie, obwohl mein Vater immer sagte, sie interessiere ihn nicht. Aber ich wusste, dass er sich über den schmierigen Helden der Serie amüsierte. Wenn man das Radio einschaltete, sang meistens ein Österreicher ein Lied, das *Jeanny* hieß und eine notdürftig getarnte Fantasie über Sex mit einem jungen Mädchen war. Es war also mehr als eine Stimmung und anders als ein verordneter oder herbeidemonstrierter Kulturwandel wie 1968. Es war eine Veränderung, die die Ventile der heimlichen Sehnsüchte öffnete und über das Leben bisher grübeln ließ.

Meine Mutter ging mit ihren Freundinnen ins Kino und sah den damals neuen Film *Jenseits von Afrika,* die Geschichte einer Frau, die sich in Afrika von ihrem Mann trennt und eine neue, dramatisch unglückliche Liebe findet. Meine Mutter erzählte mir davon, nicht nur einmal, sondern mehrmals. Und dann kaufte sie sich die Bücher der Frau, die *Jenseits von Afrika* geschrieben hatte. Und dann ging sie noch mal in den Film. Und noch mal und einmal alleine in die Nachmittagsvorstellung. Ich habe den Film später gesehen, als meine Eltern schon lange nicht mehr lebten, und mir meine Mutter alleine im Kino vorgestellt. In der kleinen Stadt, dem Gourmetparadies entkommen und meinem Vater und vor sich auf einer großen Leinwand das warme goldfarbene Afrika mit einem blauen Himmel. Sie muss davon geträumt haben, dass es in der Mitte des Lebens einen Punkt gibt, an dem der zweite Teil des Ichs beginnt. Was natürlich jede Frau träumen würde, wenn das zweite Ich mit Robert Redford anfängt.

Mich haben die Veränderungen in den Jahren nicht so irritiert, weil ich jung war und nach jeder Mode, jeder Veränderung hungerte. Alles, was passierte, sahen wir als Gewinn und nicht als Infragestellung des Davor, wie es meine Eltern empfunden haben müssen. Ich war froh, nicht mehr schale halbe Liter Bier in Kneipen mit speckigen Holztischen und Gebirgen von Kerzenwachsresten darauf trinken zu müssen, sondern Sekt mit Curaçao in Bars mit Neonlichtern, die »Subito« hießen. Ich hatte eine Freundin, die nicht mehr handgestrickte, olivgrüne, weite Pullover und Latzhosen trug und über ein Diaphragma nachdachte, sondern eine, die sich die Haare toupierte, die Augen mit Kajal umrandete, sich ein Tigerfell in die hautenge Jeansjacke nähen ließ und jemanden kannte, der einen kannte, dessen Freund uns Kokain verkaufte, was wir wie geburtstagsaufgeregte Kinder nachts vor dem Fernseher bei einem Konzert von Prince zum ersten Mal probierten. Dass ich dabei ein, glaube ich, grünes Leinenjackett mit aufgekrempelten Ärmeln trug und Gel in den Haaren hatte, versuchte ich später *Miami Vice* in die Schuhe zu schieben. Aber eben später.

Ich stellte mir meinen Vater noch einmal in der Zeit vor und bekam plötzlich ein Gefühl dafür, wie ihn diese Veränderungen im Inneren aufgewühlt haben müssen. Vieles, was vorher felsenfest war, die Ehe, die Treue, das »Bis der Tod euch scheidet«, gab dem Leben mit einem Mal keine Sicherheit mehr, sondern verunsicherte, weil sich so viele neue Möglichkeiten auftaten. Ich glaube, zehn Jahre zuvor hätte mein Vater einfach weggeschaut, wenn ihn die Blicke einer fremden Frau wie Juliane Berg gestreift hätten. Zehn Jahre später waren solche Blicke eine Versuchung geworden.

Mir war das nicht fremd, ich lebte den ganzen Tag mit solchen Blicken, Signalen und Paarungen, Trennungen und wieder Paarungen. In meinem Leben war nichts mehr felsenfest. Ich beeilte mich, alle Versuchungen mitzunehmen. Ich erinnerte mich an einen Satz, den ich gelesen hatte und der mir nicht aus dem Sinn ging. Dass nämlich die Jugend die Aussicht auf unendliche Möglichkeiten sei und das Alter die Rückschau auf verpasste Gelegenheiten. Wenn das stimmte, dann sah mein Vater seine verpassten Gelegenheiten und versuchte, wenigstens eine davon nachzuholen.

Ich erinnerte mich aber auch, dass mir in jenen Jahren der Wechsel der Geschwindigkeiten auffiel, ich daraus aber keine Schlüsse zog. Das Leben wurde einfach schneller, und mein Vater hatte Mühe, das zu verstehen. Wenn er mich ganz selten einmal fragte, ob dies oder das Mädchen noch meine Freundin war, und ich sagte, nein, das sei schon vorbei, fragte er erstaunt: »Wieso, ihr kanntet euch doch gar nicht lange?« Mein Vater wäre nie auf die Idee gekommen, mit Juliane Berg nur einen Abend und eine, ich konnte es mir immer noch nicht vorstellen, Nacht zu verbringen und sie oder die Nacht dann zu vergessen. Eine schnelle Affäre oder, wie es heute heißt, einen One-Night-Stand, hätte es für ihn nicht gegeben.

Einmal spürte ich die neue Geschwindigkeit, als ich mit meinem Vater in der Stadt war und ihn in einem Eiscafé zu einem Espresso einladen wollte. »Espresso? Eine Tasse Kaffee meinst du, oder? Dann gehen wir ins Café Jacobs, da gibt es auch Kuchen. Hast du Hunger?«

»Nein, Vater, ein Espresso ist ein kleiner, starker Kaffee, den machen nur die Italiener, den können wir da auch im Stehen trinken.«

»Wieso? Hast du es eilig?«

»Nein, aber ich möchte nur einen schnellen Kaffee, ich will mich nicht setzen, auf die Bedienung warten, ein Kännchen bestellen, wieder warten und so weiter.«

Ich führte ihn in eine Eisdiele, die wahrscheinlich »Gondola« hieß, und bestellte zwei Espressi an der Bar. Mein Vater stand in Hut und Mantel verloren herum, sah sich die Eissorten und die Bilder an der Wand an. Dann nippte er an seinem kleinen Espresso und fragte die Bedienung nach Kaffeesahne, und sie stellte ihm ein kleines Glas Milch auf den Tresen. Er schüttete sich Zucker in die kleine Tasse und Milch bis zum oberen Rand. Dann rührte er und nippte noch mal an der Tasse. »Der ist lauwarm«, sagte er. Nachdem ich bezahlt hatte und wir vor der Tür standen, sagte mein Vater: »Das ging mir zu schnell.« Während ich mich an die Szene erinnerte, verblasste sie auch schon wieder, und wir waren an meinem Auto angekommen. In meiner Tasche summte mein Telefon, und ich dachte, es müsste meine Mutter sein, die auf uns wartete, bis mir einfiel, dass sie es nicht sein konnte.

Ich fuhr die zwei Straßen zurück, und wir schwiegen beide. Mein Vater aus Verlegenheit, ich aus Fassungslosigkeit. Neben mir saß ein Fremdgeher, ein Ehebrecher … mein Vater. Wir sahen meine Mutter schon aus der Ferne, sie hatte sich auf eine Bank vor einem Haus gesetzt, neben einer Gruppe aus jungen Müttern mit Kinderwagen. Wir konnten sehen, wie sie allen interessiert zuhörte, den Kopf immer zu der Frau drehte, die gerade sprach. Sie lachte mit und sie nickte, wenn sie wohl einer Meinung mit ihr war. Es war eine Szene wie im wirklichen Leben, eine alte, vergnügte Frau zwischen jungen Frauen. Nur mir und meinem Vater konnte auffallen, dass die jungen Frauen sie gar nicht bemerkten. Ich parkte auf der anderen Straßenseite, und mein Vater beobachtete sie.

»Deine Mutter ist gerne hier«, sagte er leise. »Sie lässt es sich nicht anmerken, aber für sie kam der Tod viel zu früh.«

»Für dich doch auch.«

»Ja, aber ich hatte keine Pläne für das Leben nach der Firma. Ich wusste nicht, was da kommen sollte. Ich war sehr durcheinander, weil ja auch noch Julian… lassen wir das. Deine Mutter hatte Pläne, es war ein Teil ihres Lebens, auf den sie sich freute. Mein Gott, hat sie mich vollgequasselt, den Garten, den sie neu anlegen wollte, noch mal nach Italien fahren und vielleicht sogar nach Amerika, da waren wir nie gewesen. Und sie hatte ihre Freundinnen, mit denen sie wanderte und … na ja, sie hätte das auch alleine gemacht.«

Er suchte etwas in der Verkleidung der Autotür. »Wo, verdammt noch mal, kann man denn …« Ich drückte auf den elektrischen Fensterheber, und die Scheibe auf seiner Seite surrte herunter. »Donnerwetter! Bei einem Kleinwagen?«

»Wie meinst du das, sie hätte das auch alleine gemacht?«

»So wie ich es gesagt habe. Sie glaubte an sich und an dich und deine Häuser, und sie hoffte so sehr, dass es zu dir bald eine Frau Schweikert geben würde, eine Familie mit einem oder zwei Kindern und dass sie Oma werden würde …, sie wollte so gerne Großmutter werden. An mich …«, er zögerte, »… glaubte sie nicht mehr so sehr.«

Er drückte auf den Reglern und Knöpfen seiner Türseite herum, bis sich das Fenster wieder nach oben bewegte. Und dann wieder herunter. Und wieder nach oben. Mein Vater spielte mit dem Fensterheber wie ein Kind. Ich drückte einmal kurz auf die Hupe, und die jungen Mütter und meine Mutter schauten herüber. Ich kannte zwei der jungen Mütter und winkte. Meine Mutter winkte auch und nickte mir zu.

»Als dieser holländische Idiot uns zerquetschte, hat deine Mutter nur noch ›Oh Gott, Johannes‹ gerufen, das weiß ich noch«, sagte mein Vater, ohne mich anzusehen.

Das war nun ein Detail, das mir Tränen in die Augen trieb, einen Moment nur, und ich wischte sie mit dem Ärmel weg.

Meine Mutter war aufgestanden, vorsichtig um die Frauen und die Kinderwagen herumgegangen, und sie kam über die Straße auf uns zu. Mir fiel auf, dass die Taschen ihres zerknitterten Mantels ausgebeult waren und ein paar bunte Blütenblätter herausrieselten, wenn sie sich bewegte. Ich schaute auf die Uhr: Es war Viertel nach fünf, wir hatten noch eine Dreiviertelstunde.

Jemand klopfte auf das Dach des Autos. Es war Nikolas, ein Anwalt und ein Freund von mir. Er lebte auch in dieser Gegend, zusammen mit seiner Frau Julia, die früher mal als Model gearbeitet hatte. Sie hatten einen Sohn, der mit Carla zur Schule ging. Nikolas war ein guter Freund, auch wenn wir uns nicht so oft sahen. Wir verstanden uns, und ich glaube, ihm könnte ich sogar von diesem eigenartigen Tag erzählen. Irgendwann.

»Hey, Hombre, was döst du hier herum? Ist dein Wagen kaputt?«, fragte er und stellte sich neben die Fahrertür. »Die Scheibe da geht immer hoch und runter.« Mein Vater hörte sofort auf, mit dem Fensterheber zu spielen. Nikolas und ich redeten ein paar Sätze: Ja, sehr schönes Wetter, vielleicht noch später am Abend im Park treffen. Nikolas war einer meiner letzten Bekannten, der noch Haschisch rauchte und mit dem ich rauchte, wenn auch nur im Sommer im Park. Wir rauchten nicht mehr diese heizungsrohrgroßen Joints von früher, weil wir nie wieder die glasigen, kleinen Kifferaugen haben wollten. Wir rauchten dünne Gedrehte mit guter Ware und gerade so viel, dass wir die Wolke der Albernheit, die uns dann umgab, noch kontrollieren konnten. Wir waren ganz gut darin, und niemand, auch nicht Anna oder Julia, ahnte etwas von unseren kleinen Kiffereien, auch wenn Anna manchmal im Park sagte: »Es riecht hier eigenartig. Eigenartig nach früher.«

Nikolas ging weiter, wir verabredeten uns zu telefonieren. Mein Vater sah ihm nach.

»Ein Freund von dir?«

Ich nickte. »Ja, ein guter Freund. Er ist Anwalt.«

»Und ihr seid ehrlich zueinander? Ich meine, deine Freunde belügen dich nicht oder plündern dein Bankkonto, so wie meine es taten?«

»Nein.«

»Na ja, du weißt es noch nicht: Stirb erst mal wie ich. Du hast ja gesehen, wie Freunde dann werden können.«

Dafür musste ich nicht sterben, ich brauchte nur einmal die Straße entlangzublicken, in der wir gerade waren. Das echteste und ehrlichste waren noch die Häuser selbst, sie waren vor über hundert Jahren gebaut worden und anscheinend aus richtigen Steinen und reinem Zement, denn sie standen alle noch. Mit den Menschen darin und den Leben, die sie führten, war das eine andere Sache. Drei, vier Häuser nach links, dritter Stock. Ein Ehepaar mit drei Kindern, nette Menschen, ich kannte sie flüchtig und auch die Kinder. Zwei hatten dunkelbraune Haare wie die Eltern, aber das dritte, ein Junge, hatte auffällig rotblonde Locken. Genauso wie der Nachbar des Paares, ein Fitness-Trainer mit eigenem Studio, nicht verheiratet und mit vielen wechselnden Freundinnen. Und in dem Haus daneben wohnte Seßler, den kannten wir hier alle. Vermögensberater nannte er sich und fuhr einen braunen Porsche und seine Frau einen lilafarbenen Mini. Seßler sprach eigentlich immer nur über Geld, wie viel er neulich wieder verdient habe und wie und wo man anlegen solle und so weiter. Seßler trug auch eine Rolex und schimpfte immer über seinen Porsche, weil der keinen Platz für seine große Golftasche und die sperrigen Schläger habe, die er oft mit sich herumschleppte. In Wahrheit spielte Seßler gar nicht Golf, er war auch in keinem Club oder so was. Und seine Frau war nicht seine Frau, sondern seine Cousine, mit der er sich die Wohnung teilte, in der bis auf einen Klapptisch, Klappstühle und Matratzen auf dem Boden überhaupt keine Möbel waren. Seßler lebte von Hartz IV und die Fassade aus Porsche, Mini und Golftasche war von Freunden geliehen.

Und noch ein paar Häuser weiter lebte der verheiratete Fernseh-Redakteur, der eine Affäre mit der Tochter der besten Freundin seiner Frau hatte. Klingt jetzt kompliziert, war es aber nicht. Der Mann wurde nur oft morgens um fünf oder sechs Uhr gesehen, wenn er aus dem Haus, in dem die Tochter, eine Studentin, wohnte, nach Hause schlich. Und dann waren da noch Sprudes, ein Paar ohne Kinder, fünf Häuser weiter. Sprudes hatten eine Galerie für Kunst und Fotografie, wo genau wusste keiner, es war eher eine virtuelle Galerie mit einer Website, aber man konnte sehr teure Bilder und Fotografien bei ihnen kaufen, was auch viele hier machten. Große Bilder von Immendorff, gerahmte Fotos von Helmut Newton oder Andreas Gursky und ganz exklusive Landschaftsbilder von Victor Erdmann, dem neuen Fotografen-Star aus Dänemark, der schon in New York gehandelt wurde. Na ja, es gab überhaupt keinen Victor Erdmann, die Bilder waren von Sprude selbst fotografiert, und sie wurden auch nicht in New York gehandelt, aber wer prüfte das nach? Und wer konnte wissen, dass die Immendorffs, Newtons und Gurskys alles Fälschungen oder Kopien aus irgendwelchen Hinterhof-Laboren waren? Ach, und dann Sprude selbst, ein agiler Glatzkopf in Prada-Anzügen, der seit Jahren sagte, er sei 44, und der in Wahrheit 52 oder noch älter war. So ähnlich wie seine Frau, die nach allen Liftings und Botox-Betankungen wie ein straff gespanntes Bettlaken aussah.

Ich erzählte meinem Vater nichts von diesem Schwindelspiel, er hätte es nicht verstanden, weil es für ihn ganz andere Welten waren. Dabei waren sie gar nicht so weit von seinen Freundschaftswelten entfernt. Als meine Eltern noch lebten, hatte ihnen also ein Freund ein Haus aus billigem Zement gebaut. Und mein Vater hatte ein paar Jahre lang eine Geliebte gehabt. Und sicher ein paar seiner Freunde auch, sie gingen damals in den Puff, wie ich nun auch erfahren hatte. Oder sie versteckten ihre Homosexualität wie Hilsberg, der sogar eine Scheinehe führte. Sehr viel anders war es heute auch nicht, nur dass heute manche als Schwule lebten, die es gar nicht waren. So wie sieben Häuser weiter nach rechts, der schwule Frauenarzt mit eigener Klinik und seinem Lebensgefährten, einem jungen Apotheker, der eben nicht schwul war, aber so tat, weil das Leben mit Segelboot und auf Capri, wo beide ihre Sommer verbrachten, eben angenehm war.

Als ich in den Jahren nach dem Tod meiner Eltern nach und nach entdeckte, in welcher Welt aus Lebenslügen sie gelebt hatten, war ich erst empört, wütend, ja, ich wollte sie alle verklagen. Den Hilsberg, den Prassler – alle. Aber mit der Zeit wurde mir die Sinnlosigkeit klar. Ich konnte nicht ein System aus kleinen Schummeleien und Fälschungen verklagen, das über zwanzig, dreißig Jahre alt war. Ich konnte vor einem Gericht keine Klarheit darüber einklagen, was sich in jener Zeit im Tennisverein oder bei den Abendgesellschaften meiner Eltern an Angebereien oder Träumen vom Dazugehören abgespielt hatte. Nichts davon war je herausgekommen, und so war die Versuchung bei allen groß, in ihren Falschheiten weiterzuleben. Sie hatten ihr eigenes, kleines System längst untereinander akzeptiert, und der Erste von ihnen, der vor Gericht gegangen wäre oder einfach nur Krach geschlagen hätte, wäre ein Verderber ihres Spiels gewesen.

Das alles ging mir einen langen Moment durch den Kopf, sodass ich nicht gesehen hatte, wie meine Mutter meinen Vater aus dem Auto geholt hatte und sie nun beide ein paar Meter weiter unter einem Baum miteinander sprachen. Mein Vater redete leise auf meine Mutter ein, und sie sah ihn mit traurigen Augen an, ich sah, dass sie seufzte. Als sie bemerkte, dass ich sie beobachtete, berührte sie meinen Vater am Arm und deutete auf mich. Mein Vater drehte sich um und kam zu mir, er hatte ein sehr mildes, ruhiges Gesicht.

»Na, worüber hast du nachgedacht, Johannes? Über deine Freunde?«

Ich seufzte auch. »Ja, das habe ich. Das erzähl ich dir mal in Ruhe.«

Er überlegte. »So? Wann denn?« Mein Vater legte seinen knochigen Arm um meine Schulter und drückte mich an sich.

»Gute Frage«, sagte ich.

»Finde ich auch«, stimmte er zu, sah mich an, und auf einmal mussten wir beide laut lachen. Sehr laut lachen, so wie Männer über einen unerhört guten Witz lachen können. Ich musste mehrmals Luft holen, das Lachen befreite mich. Ich hatte mit meinem Vater noch nie so gelacht.

Doch nach einer Weile wurde unser Lachen kleiner und leiser, es verebbte. Wir waren etwas atemlos, und ich hatte noch Tränen in den Augen, mein Vater aber nicht. Und als ich ihn so ansah und wir nichts sagten, stand auf einmal nicht mein Vater vor mir, sondern Heinrich Schweikert, ein Mann, der heute über neunzig Jahre alt wäre und ein verdammt normales Leben hinter sich hätte. Ein Leben mit Lebenslügen aber auch mit der Fähigkeit, sich darin eingerichtet zu haben. Ein Mann, der seine Frau, meine Mutter, betrogen hatte und mich damit auch, aber er hatte recht, wir haben es gar nicht mitbekommen, jedenfalls ich nicht. Der in meiner Erinnerung irgendwie monströse und immer lärmende und ungerechte Vater war für mich zu einem normalen, ja, irgendwie knarzigen Knochen geworden, mit dem ich vor ein paar Minuten so innig und laut zusammen gelacht hatte wie in all den Jahren, als er noch lebte, nicht. Es war sogar in diesem Moment so, dass er und meine Mutter, meine Eltern also, mir gar nicht mehr tot vorkamen. In ihren knittrigen Mänteln und alten Kleidern und mit den weißen Haaren sahen sie zwar wie Greise aus, aber ich stand hier und hatte nach über zwanzig Jahren wieder Eltern. Ich spürte eine Art von Glück, die ich noch nie gespürt hatte. Und es machte mich übermütig, jetzt hier, nach all den Geständnissen und Berichten konnten wir uns doch alles sagen, nichts sollte mehr wehtun.

»Sagst du es ihr?« fragte ich ihn.

»Was?«

»Na, das alles. Hilsberg, Juliane Berg, Tanzstunden, dein zweites Leben. Du musst es Mutter sagen.«

»Nein.«

»Und warum hast du es mir gesagt?«

»Weiß ich auch nicht. Weil du mich verhört hast? Weil du schon wieder so unverschämt warst, wie ich dich als Sohn kenne? Weil man keine Feinde braucht, wenn man dich zum Sohn hat?«

»Ach komm, ist doch jetzt egal«, ich lachte ihn an, »dann sag ich es ihr.«

Er stand vor mir, sagte nichts, nickte mit dem Kopf und drehte sich um und sah zu meiner Mutter, die etwas entfernt von uns stand. Dann wieder zu mir. Er nickte immer noch mit dem Kopf, als ob er andauernd »Ja« in sich hineinsagte.

»Ja. Nur zu. Dann sag es ihr. Wir sind keine glücklichen Toten, aber wir sind auch keine unglücklichen Toten. Wenn du aber willst, dass wir dort, wo wir sind, unglücklich werden, dann erzähl es Mutter. Und dann sag mir, was du, verdammt noch mal, davon hast. Du lebst, wir nicht. Du kannst meinetwegen über mich denken, was du willst. Es wird aber dein Leben nicht verändern und mein Totsein auch nicht. Eine Ehrlichkeit, die nichts, wirklich gar nichts wert ist. Außer dass sie mein Thema für die nächsten – ich weiß nicht, Jahre, Jahrhunderte? – sein wird. Es ist schon anstrengend, sich zu streiten, wenn man noch am Leben ist. Aber hast du eine Ahnung, wie höllisch es ist, sich als Tote zu streiten? Du hast keine Ahnung. Es hört nie auf, verstehst du. Der Streit geht immer weiter, ich könnte mich entschuldigen, aber ich könnte es nicht wiedergutmachen. Das kann man nur im Leben. Deshalb soll man nicht nur die Toten in Frieden lassen, sondern die Toten sollen sich auch gegenseitig in Ruhe lassen.« Er sah wieder zu mir. »Aber das ist jetzt nicht unser Problem. Unser Problem ist größer, und deshalb hältst du besser den Mund, verstanden?« Ich erkannte etwas an ihm wieder, das ich zwanzig Jahre nicht mehr gesehen hatte. Es lag ihm etwas auf der Seele, wenn man das über einen Toten überhaupt sagen kann. Er versuchte, sehr ruhig und sehr sachlich zu sprechen, blickte dabei nach unten, und daran merkte ich, dass etwas los war.

Mir fiel es ein. Sechs Uhr. Es musste bald so weit sein. Ich blickte auf meine Uhr, es waren noch zwanzig Minuten.

»Johannes«, sagte mein Vater, »wir müssen gehen. Du weißt …« Er zeigte mit dem Finger nach oben. »Ich bringe euch, ich komme mit dahin.«

»Du wirst nichts sehen«, sagte er.

»Wie geht das denn? Kommt da ein Bus oder so?« Ich versuchte, noch einmal an das Lachen von vorhin anzuknüpfen.

»Du wirst nichts sehen. Wir werden auch nichts sehen, glaube mir.«

16

Meine Mutter sprach kein Wort. Sie hakte sich bei mir unter, und ihre Hand fing an, meinen Unterarm zu streicheln. Mein Vater ging voran, er wusste den Weg noch, es waren zwei Straßen bis zum Park. Nach etwa der Hälfte des Weges blieb meine Mutter stehen, ließ mich los, sah mich an und streichelte meine Wange. »Mein Johannes«, sagte sie, drehte sich zu einem blühenden Busch um und fing an, Blüten herauszuzupfen. »Geh nur«, sagte sie und zeigte auf meinen Vater. Der hatte sich umgedreht und kam auf mich zu.

»Sohn, hast du noch eine Zigarette?«

»Schmeckt rauchen besser, wenn man tot ist?«

Er dachte nach. »Ja. Es schmeckt großartig, also es schmeckt richtig. Wenn man lebt, kann man ja nicht von schmecken reden, dieser Qualm und Nikotin machen einem ja die Zunge kaputt. Aber als Toter ist die Zunge egal. Ich glaube, Rauchen ist in Wahrheit für Tote erfunden worden. Weißt du, ich muss auch gar nicht mehr husten, wenn ich rauche. Es ist herrlich. Du solltest es lassen. Rauche erst wieder, wenn du auch nicht mehr lebst.«

Er nahm eine Zigarette aus der neuen Packung, und ich zündete sie ihm an.

»Was ist eigentlich, wenn ihr zu spät kommt?«, fragte ich.

Mein Vater sagte nichts, das Lachen in seinem Gesicht

war wieder verschwunden. Er ging langsam weiter. Dann: »Das ist es ja«, flüsterte er leise.

»Was?«

Er schwieg, ging einen Schritt, dann blieb er wieder stehen und drehte sich um. »Joh…« Er brach mitten im Wort ab und ging wieder weiter, blieb wieder stehen, er war seltsam unschlüssig, schüchtern beinahe, dann, ganz leise, flüsterte er: »Wir würden bleiben.«

Darauf fiel mir nichts ein. Mein Kopf fühlte sich dumpf und schwer an, ich verstand nichts.

»Wo? Und … wie?«

»Man hat uns gesagt, dass, wenn wir nicht erscheinen, wir hierbleiben müssten. Als die Geister, die wir jetzt sind. Noch mal sterben geht nicht. Wir würden also ewig diese Gestalten bleiben, die du jetzt vor dir siehst.« Ich merkte, dass er etwas schneller ging. Ich fing an zu begreifen, was er gerade gesagt hatte.

Meine Eltern könnten in meiner Welt bleiben. Sie wären bei mir, wir wären eine, na ja, etwas seltsame Familie. Aber sie wären nur bei mir, wie Schatten. Niemand könnte mit ihnen sprechen. Sie würden nicht älter werden, als sie waren, nicht kränker und nicht mehr … anders.

Es war ein verdammt großer Gedanke, den ich noch nicht ganz fassen konnte. Sie würden nicht sterben, sondern ewig da sein und mir beim Älterwerden und irgendwann beim Sterben zusehen können. Sie wären für den Rest meines Lebens da.

»Wie? Ihr wäret für den Rest meines Lebens da?«

Mein Vater hielt abwehrend die Hände hoch. »Das weiß ich nicht, ich habe das doch auch noch nie gemacht. Aber ich glaube schon, ich kann es nicht anders erklären. Sie haben uns wissen lassen, dass, wenn wir nicht pünktlich da wären, wir bleiben müssten. Sie haben gesagt ›müssen‹, nicht ›dürfen‹.«

Langes Schweigen.

»Wollt ihr das?« fragte ich meinen Vater und spürte wieder den Kloß in meinem Hals.

Er drehte sich um und sah zu meiner Mutter, die gedankenverloren hinter uns herkam.

»Nein, wir wollten das eigentlich nicht. Als wir heute Morgen ankamen, waren wir ganz sicher, heute Abend wieder zu gehen. Wir wussten ja nicht, was uns erwartet. Wir wussten nicht, wie du sein würdest, ob du uns überhaupt noch erkennen würdest und ob wir zumindest in deinen Gedanken überhaupt noch eine Rolle spielen würden.« Er machte eine Pause und betrachtete die Zigarette in seiner Hand. »Aber nun ist es anders, ich glaube, deine Mutter würde gerne bleiben.«

»Und du?«

»Ich nicht«, sagte er knapp. »Das heute war mir anstrengend genug, ich habe als Toter hier nichts verloren.«

»Und Mutter?«

Wir standen an der Straße vor dem Park an einem Zebrastreifen, meine Mutter hatte uns eingeholt und stellte sich zu meinem Vater. Ich wusste nicht, wie pünktlich das Jenseits rufen oder sie einsammeln würde, und tat so, als ob ich mich mit der linken Hand am rechten Ohr kratzen müsste, um unbemerkt auf meine Uhr schauen zu können. Noch acht Minuten. Ich spürte, wie mein Herz wieder schnell zu schlagen anfing, hörte das Stampfen in meinen Ohren. Ich blickte in die Gesichter meiner Eltern, die sich verändert hatten. Die vielen kleinen Falten waren aschgrau geworden und sahen wie in Stein gemeißelt aus. Die Wangen meines Vaters waren noch weiter eingefallen, und er öffnete den Mund, um besser atmen zu können.

Ich ging auf meine Mutter zu und nahm ihre Hände. »Papa sagt, du würdest lieber bleiben …«

Sie hatte Tränen in den Augen und blickte an mir vorbei in die grünen Bäume. Ihre knochigen Hände kneteten meine.

»Johannes«, sie räusperte sich und hustete leise, »ich … ja, ich würde gerne bleiben. Oder nein …«, sie blickte meinen Vater an, »… ich wäre gerne geblieben. Es ist … ist alles so schön hier. Deine Tochter, deine Frau, dein Büro und die Häuser, die du gebaut hast. Und du, Johannes. Dich zu sehen, dich zu hören und dich aus der Nähe zu sehen, das ist … das ist für mich, als ob ich nicht gestorben wäre …«

Ich überlegte, was sie mit »aus der Nähe« meinte.

»Weißt du, man hat uns da, wo wir sind, vor diesem Tag gewarnt. Man hat uns gesagt, dass nicht alle Lebenden mit so einem Besuch umgehen könnten, dass sie sich erschrecken würden und ihre verstorbenen Eltern oder Verwandten und Kinder gar nicht sehen wollten, weil sie längst ohne sie lebten. Wir sind seit über zwanzig Jahren nicht mehr bei dir und hatten wirklich große Angst, vor deiner Tür zu stehen. Haben wir Toten überhaupt ein Recht, noch einmal wiederzukommen? Und in deinem Leben herumzustöbern und Fragen zu stellen? Das haben wir natürlich nicht. Davor hat man uns gewarnt …« Sie machte eine Pause.

»Das hat Johannes doch auch gemacht«, brummte mein Vater. »Er hat mir Löcher in den Bauch gefragt und …« Mein Vater merkte auf einmal, was er riskierte, und verstummte.

»Man hat uns aber nicht vor dem Gegenteil gewarnt.

Vor dem Glück, sich wiederzusehen. Das noch einmal zu erleben, noch einmal Familie sein zu dürfen. Und vor diesen Stunden, einmal wieder das Leben zu riechen. Darauf, Johannes, war ich nicht vorbereitet, es macht mir mehr zu schaffen, als tot zu sein. Ich ... ich ... ich ... ich hasse es heute mehr denn je, gestorben zu sein«, meine Mutter ließ meine Hände los und trat einen Schritt zurück. »Da, wo wir sind, haben wir ja das Hassen vergessen, wie du weißt. Aber das ist da und nicht hier. Da, wo wir sind, ist uns die Vergangenheit egal, aber hier sehe ich die Gegenwart ... und die«, sie strich sich die Haare aus der Stirn, »... ist ganz schön ...«

Sie schluckte. »Weißt du, damals, als wir zu dir fuhren, da wollte ich noch einmal zurück ins Haus und dir ein Buch mitbringen, eines über Häuser, ich hatte vergessen, es ins Auto zu packen. Dein Vater hatte es aber eilig, er sagte, wir müssten losfahren, das Jubiläum von diesem dämlichen ... Dingsda, das fange pünktlich an und das Buch könne man ja auch mit der Post schicken. Stell dir nur vor, ich hätte es wirklich noch gesucht. Oder wäre ich doch bloß noch einmal auf die Toilette gegangen! Irgendetwas, und wir wären drei, vier Minuten später auf dieser Autobahn gewesen und wären diesem schrecklichen Lkw nie begegnet ...«

Ich schaute zu meinem Vater, der meine Mutter wieder an die Hand genommen hatte, er blickte nach links und rechts und wollte über die Straße gehen. Sie hielt ihn fest.

Ich ahnte etwas, ich ahnte eine Schuld, einen Vorwurf, der sich wie eine gläserne Wand zwischen sie geschoben hatte. Den Vorwurf der späteren drei, vier Minuten auf der Autobahn, vielleicht einen Kilometer hinter dem Lkw.

»Nein, Johannes, das ist keine Geschichte über Schuld. Dein Vater und ich haben das schon oft besprochen. Wenn, wenn, wenn sind Dinge, über die Tote ihr … na ja, totes Leben lang sprechen könnten. Da, wo wir sind, erkennen wir die Neuen immer daran, dass sie viele Wenns in ihren Sätzen haben. Wenn ich doch bloß nicht geraucht hätte, wenn ich doch bloß Schwimmen gelernt hätte oder wenn ich doch bloß aufgepasst hätte, wie uns ein Ermordeter einmal sagte. Doch wenn dieses Gedankenkarussell einmal zur Ruhe gekommen ist, dann wirft es niemand wieder an. Es nützt ja nichts. Dein Vater und ich haben in den Jahren unseren Frieden damit gemacht, jedenfalls haben wir es versucht. Aber jetzt, wo ich hier bin und all das Leben um mich herum, da bin ich glücklich, dich und deine Familie zu sehen, aber es tut sehr, sehr weh, nicht mehr dabei zu sein.« Sie versuchte, entschlossen zu blicken und meinen Vater über die Straße zu ziehen. »Komm, Heinrich, es wird Zeit.«

»Wir könnten bleiben«, sagte mein Vater und machte sich sanft von ihr los.

»Mutter, wir hätten noch so viel zu besprechen, das war viel zu wenig Zeit heute«, sagte ich, war mir aber nicht sicher, was ich damit meinte. Ich wollte nur nicht, dass sie fortging.

»Ja? Was haben wir denn zu besprechen? Wie du dein Leben führst? Wie man eure Wohnung einrichten könnte? Ob du die richtige Frau hast? Nein, Johannes, wir sind nicht gekommen, um uns in dein Leben einzumischen. Wenn wir noch leben würden, wäre das sicher anders. Dann hätten wir alle in den vergangenen 22 Jahren voneinander gelernt, vor allem wir von dir. Aber so, als Tote, was sollen wir hier? Wir wären dir eine unendliche Last. Und Carla, ich wäre ihr hier, direkt neben ihr, noch viel ferner als dort oben. Nein, nein, der Tod lässt sich nicht rückgängig machen. Hier würden wir nur als Geister sein und Geister taugen zu nichts.« Sie drehte sich nach mir um. »Du wärest doch nicht der, der du bist, wenn wir nicht gestorben wären, oder? Du hast doch deinen Weg gefunden, weil es uns nicht mehr gab. Und es ist ein guter Weg, auf dem du bist, Johannes.«

Ich war sprachlos.

Sie trat einen Schritt zurück und versuchte, die Falten ihres Mantels glatt zu streichen, es war wie früher, wenn meine Mutter sich im Hausflur fertig machte, um auszugehen. »Weißt du, als wir da, wo wir sind, erfuhren, dass es diese Exkursionen gibt und wir nach all den Jahren teilnehmen könnten, wollte dein Vater das nicht. Nein, nein, was sollen wir da, hat er gesagt, und früher, als wir noch lebten, hätte ich mich gefügt. Aber diesmal nicht, ich wollte unbedingt hier noch einmal her. Also habe ich uns angemeldet, ohne es ihm zu sagen. Die ganzen Formulare und Anträge, das habe ich alles alleine gemacht, ich wollte endlich mal meinen Weg gehen und mir nehmen, was ich wollte. So wie dein Vater und auch du gemacht haben, was ihr wolltet. Und ich wollte auch, dass Heinrich mitkommt, ich wollte, dass er dich sieht, dein Leben und das alles. Denn ich wusste, dass es gut sein würde, ich kenne meinen Sohn, und ich habe damals gesehen, dass du ein Ziel hattest. Ich weiß nicht, du hättest auch Koch oder Schneider werden können oder wie der Prassler in einer Bank arbeiten, das war mir egal, denn ich war sicher, dass du dir dabei etwas gedacht hast. Wir Schweikerts waren … oder sind nicht einfach so auf der Welt, wir hatten … oder wir haben etwas vor. So wie dein Vater und ich nicht ein Leben lang Konserven ausfahren wollten, sondern mehr mit uns vorhatten. Und das hast du auch.« Sie überlegte und sah meinen Vater an. »Ich weiß nicht, ob das deine Frau oder deine Freunde auch so sehen, vielleicht ja, vielleicht sagen sie es dir ja auch. Aber ich wollte es dir als deine Mutter sagen. Du hast noch was vor in der Welt. Mach es, mach es so weiter.« Mein Vater räusperte sich, »na ja, ganz so wie bisher vielleicht ...« Meine Mutter hob den Zeigefinger. »Heinrich, jetzt bist du mal still, du wolltest hier gar nicht her, also lass mich jetzt was sagen.«

»Du redest doch«, brummte mein Vater.

Meine Mutter kam auf mich zu und legte mir ihre Hand auf die Wange, trocken und rau und merkwürdig kalt.

»Und noch etwas, Johannes, ich wünsche mir so sehr, dass deine Tochter so wird wie du. Sie soll auch etwas vorhaben mit der Welt.«

Es war ganz still, ich hörte einen Moment nur mich selbst. Meinen Atem und mein Herz. Und dann das Rascheln des Mantels meines Vaters. »Hannelore«, sagte er, »komm, wir müssen jetzt wirklich.« Er zog sie mit sich fort. Dann überschlugen sich die Ereignisse.

Ich hatte schon vorher ein Lachen und eine Stimme aus dem Park gehört, es waren Carla und Anna. Aus den Straßen um den Park herum wanderten immer mehr Menschen zum Eingang, der ein schmaler Weg durch die Büsche auf eine Wiese war. Es war immer noch sehr warm, und viele hatten große Tüten und Taschen dabei, Männer trugen Grills, Säcke mit Holzkohle oder Bierkästen. Einige grüßten mich, winkten und blickten mich fragend an, weil ich immer noch am Zebrastreifen stand und meinen Eltern nachsah.

Dann lief ich, lief ihnen hinterher und stolperte direkt in Carlas kleine Arme. »Papaaaaa! Wo ist Harvey?«, rief sie. Ich blickte auf die Uhr – noch zwei Minuten. Hinter Carla kam Anna auf mich zu. »Hey, ich wollte dich schon anrufen, wo warst du denn? Hast du bei der Frau von Krüger angerufen? Ich mach mir echt Sorgen, der hat immer noch nicht gebucht. Und eigentlich müsste Carla nach Hause, aber Nikolas und Julia haben angerufen, sie machen eine kleine Party hier, aber Carla muss noch Hausaufgaben machen. Wie machen wir das denn jetzt am besten? Und …«, sie strich mir über den Kopf, »du schwitzt ja schon wieder so, bist du krank?«

Ich sagte nichts und schaute an ihr vorbei. Ich sah die lang gestreckte grüne Wiese des Parks, die mit Hunderten von Menschen, bunten Decken, Kindern, die Ball spielten, und qualmenden Grills übersät war. Es war ein schöner Anblick: wie ein bunter Teppich im warmen Sommerlicht. Zum Lachen der Kinder gesellten sich das Gezwitscher der Vögel, das Gitarrenspiel einiger Kinderhippies, und alles wurde zu der sommerabendlichen Melange eines zu Ende gehenden Tages.

Ich suchte angestrengt nach meinen Eltern und sah nach einer Weile ihre gebückten Gestalten und weißen Haare mitten auf der Wiese. Mein Vater bestaunte den großen, rauchenden Grill einer türkischen Familie. Er bückte sich und schlich um den Grill herum, und in seinem steinernen, alten Gesicht sah ich wieder Neugierde flackern. Meine Mutter zog ihn weiter, ich hörte sie nicht mehr, aber ich sah an ihren Lippen, dass sie mit ihm sprach. Die Taschen ihres Mantels beulten sich nach außen, als ob sie Orangen mitgenommen hätte. Ich sah immer wieder kleine Blüten herausrieseln, die eine dünne Spur hinterließen, an der ein paar Hunde auf der Wiese ratlos schnupperten. Ich ging an Anna vorbei und rief: »Vater! Mutter! Wartet noch!« Dann winkte ich, und viele um mich herum blickten in die Richtung, in die ich rief. Anna hielt mich von hinten am Arm fest.

»Johannes! Was ist denn mit dir los? Was hast du denn? Vater? Mutter? Geht es dir nicht gut? Du warst heute Mittag auch schon so seltsam.« Nikolas kam hinzu und stellte sich neben mich. »Alter, alles klar? Geht's dir gut?«, fragte er und hielt die Innenfläche seiner Hand hoch, in die er zwei schmale Joints geklemmt hatte. »Eine rauchen?« Erst jetzt merkte ich, dass ein paar meiner Freunde um mich herumstanden, sie lachten, tranken Bier. Carla kam zu mir und umklammerte mein linkes Bein. »Ich will mich nur verabschieden«, sagte ich und winkte meinen Eltern, die inzwischen fast am Ende der Wiese angekommen waren.

»Alles okay, Papa. Harvey und ich lieben dich«, sagte Carla mit einer seltsam tiefen und ruhigen, fast erwachsenen Stimme. Ich sah noch die weißen Haare und wie meine Mutter winkte und mein Vater mit einer Hand so tat, als ob er eine Zigarette rauchen und den Rauch in die Luft blasen würde. Mir lief Schweiß in die Augen, es brannte, und ich wischte ihn weg. Ich sah, dass Carla mein Bein fest umklammert hatte, in die Richtung meiner Eltern blickte und zaghaft winkte. Und dann waren Heinrich und Hannelore Schweikert verschwunden. Ich suchte und sah sie nicht mehr. Ich lief los bis an die Stelle, wo sie gestanden hatten, und suchte den Rasen ab. Nichts. Kein Abdruck, nur eine kleine, dünne Spur von Blüten.

17

Am nächsten Morgen rief ich die Friedhofsgärtnerei an. Ich entschuldigte mich, die Rechnung noch nicht bezahlt zu haben, und versprach, es noch heute zu erledigen. Feddermann hieß er, er war der Sohn des Gärtners, der das Grab meiner Eltern damals angelegt und bepflanzt hatte. Er lachte.

»Ach, Herr Schweikert, ich hab schon gedacht, Sie wollten das Grab jetzt selber pflegen. Ich hätte Sie heute sowieso angerufen.«

Ich verstand nicht. »Was meinen Sie?«

»Na ja, wir waren zufällig heute Morgen an dem Grab Ihrer Eltern. Es fiel uns auf, weil es so anders aussah. Die Erde war frisch umgegraben, und an den Blumen waren alle alten Blätter entfernt. Nicht, dass wir das nicht pflegen, aber es war wie mit einer Pinzette bearbeitet. Ich dachte, das wären Sie oder Ihre Frau gewesen …« Er machte eine Pause. »Und dann war da noch etwas. Es sah aus, als ob es geschneit hätte, bunt geschneit. Auf dem ganzen Grab und auf dem Stein lagen überall kleine Blütenblätter, gelbe, rote, blaue, die muss jemand irgendwo gepflückt haben.«

Ich nickte.

Die langen Schlangen der Wartenden vor dem großen Gebäude auf der Hügelkuppe waren verschwunden, vor den hellblauen Türen, die jetzt geschlossen waren, standen nur ein paar einzelne Personen herum und blickten in die Kästen, in denen bald neue Bekanntmachungen hängen sollten. Im Inneren des Gebäudes fegten ein paar Menschen in hellblauen Hemden den Boden. Die freundliche Frau von heute Morgen hatte auf ihrem Tresen einen sehr hohen Stapel Papiere geordnet und gelbe Karteikarten mit den Buchstaben des Abc zwischen die Blätter geschoben. Anders als am Morgen trug sie jetzt ein Namensschild, auf dem »Müller« stand. Hinter dem Tresen neben ihr räumte der Mann, der am Morgen einem Alten »NICHTS MITNEHMEN« ins Ohr gerufen hatte, seinen Tisch auf. Die beiden schauten sich an und nickten kurz. Auch der Mann hatte jetzt ein Namensschild, auf dem »Kretschmer« stand. Die Frau sah den Mann an und tippte auf ihr Schild. »Ist besser mit dem Schild jetzt, oder? Dann muss man nicht immer: Hallo, Sie oder so rufen. Hallo, Herr Kretschmer.« Sie lächelte. Herr Kretschmer hatte sich über sein blaues Hemd eine graue Weste gezogen, die einige kleine Taschen hatte, in die er Kugelschreiber und Bleistifte geschoben hatte. Herr Kretschmer blickte Frau Müller etwas irritiert an. »Ja, ähhh, ja. Hallo, Frau …«, er blickte auf das Schild, »… Müller.«

»Machen Sie das hier schon lange?«, fragte Frau Müller.

Herr Kretschmer blähte die Backen auf. »Ja«, er zählte in Gedanken und bewegte dabei die Lippen. »Seit drei Jahren, seit ich hier bin, eigentlich.«

»Ich erst seit ein paar Monaten, obwohl ich schon ein Jahr hier bin«, sagte Frau Müller.

»Und, überraschend gekommen?«, fragte Herr Kretschmer, ohne aufzublicken.

»Ja und nein«, antwortete Frau Kretschmer, »ich dachte, ich hätte noch etwas länger, aber der Krebs war anderer Meinung als meine Ärzte. Wobei ich nicht weiß, ob die überhaupt eine hatten.«

Kretschmer nickte und lachte. »Ja, kennen Sie den Witz: Was hat fünf Meinungen?«

Frau Müller sah ihn an.

»Na, drei Ärzte.«

Frau Müller lächelte kurz, der Witz warf sie nicht gerade um. »Und Sie?«, fragte sie.

Kretschmer erwiderte einen Moment nichts. »Ich … ich bin freiwillig hier.«

Frau Müller dachte einen Moment nach. »Oh!«, sagte sie dann und: »Entschuldigung.«

»Nein, Sie müssen sich nicht entschuldigen. Wir Freiwilligen sind ja nicht so viele hier. Das Problem ist nur, wenn man es bereut, wissen Sie. Ich bereue es nicht, aber ich kenne ein paar, die kommen damit nicht klar.«

Frau Müller überlegte, ob sie noch etwas sagen sollte. Sie senkte die Stimme.

»Sie bereuen es nicht? War es denn so schlimm? Ich meine, da, wo Sie herkommen?« Frau Müller sah Kretschmer genauer an, er war etwas älter als sie. Er hatte ein fast noch jungenhaftes Gesicht, aber die grauen Haare, die er feucht gescheitelt und sehr ordentlich gekämmt

hatte, verrieten, dass er älter war. Er hatte blaue Augen und trug eine Brille mit einem dünnen schwarzen Rand. In seiner Aufgeräumtheit war er Frau Müller irgendwie sympathisch.

Kretschmer setzte sich. »Das wollen Sie gar nicht wissen, glauben Sie mir. Es ist langweilig.«

Frau Müller schob den Stuhl von ihrem Platz an Kretschmers Tresen, und ihre Stimme wurde wieder lauter, beinahe fröhlich. »Also, Herr Kretschmer, mich interessiert alles. Sie müssen es ja nicht erzählen, wenn Sie nicht wollen, aber langweilig wird es gewiss nicht sein. Wegen Langeweile macht keiner S…« Sie zögerte.

»Selbstmord meinen Sie? Ich habe mich erhängt, ging auch gleich beim ersten Mal gut, wenn Sie so wollen.« Er zog die Bleistifte und Kugelschreiber aus der Weste und legte sie auf den Tisch. Ordentlich, die Enden in einer Linie und die Spitzen nach Höhe in einer Reihe. »Man muss das richtige Seil oder Kabel nehmen und die Fallhöhe großzügig berechnen. Dachbalken ist gut, Türrahmen kann oft schiefgehen, weil der Körper nicht ausreichend Fallgewicht hat, verstehen Sie? Das machen viele falsch und hängen dann und werden langsam erwürgt, qualvoll, sag ich Ihnen, weil man ja noch darüber nachdenkt, es vielleicht doch nicht zu machen, und dann will man aus der Schlinge raus und kann nicht mehr. Nein, wenn man richtig mit Schmackes fällt, bricht einem die Schlinge …«, er schlug sich mit der flachen Hand auf den Hinterkopf, »… sofort das Genick. Nicht mal eine Sekunde, und alle Leitungen sind gekappt.« Kretschmer blickte Frau Müller an.

»Haben … haben Sie das vorher erforscht oder so?« Sie hatte noch nie mit einem toten Selbstmörder gesprochen, fiel ihr ein.

Kretschmer ordnete seine Stifte jetzt in Gruppen von Bleistiften und Kugelschreibern und wischte den Tisch sauber.

»Ja, wenn Sie so wollen. Beruflich.«

»Sie kommen doch aus Deutschland, oder? Wo konnte man da denn so was erforschen? Wir hatten doch keine … Henker?«

»NVA. Grenzschutztruppe«, erwiderte Kretschmer knapp. »In der DDR.«

Frau Müller rutschte nervös auf ihrem Stuhl herum. »Haben Sie da etwa Leute er…«

»Nein, die haben sich selbst erhängt. In den Zellen in Bautzen. Die waren verzweifelt, zehn, fünfzehn Jahre verschärfte Haft und dann wieder raus in die DDR, das war keine schöne Aussicht. Es waren auch nicht so viele, aber eben auch nicht wenige. Und wenn Sie in fünfzehn Jahren Grenzdienst und Bautzen jedes Jahr zwei oder drei von denen abschneiden müssen, lernen Sie, wie es geht.«

Frau Müller beugte sich vor, Kretschmer sah verzweifelt aus.

»Aber dann war die DDR doch vorbei, dann wurde doch alles besser?«

Kretschmer lachte kurz auf. »Für den Rest der Welt vielleicht, für mich nicht.« Kretschmer ordnete die Stifte noch einmal neu, legte einige auf die linke Seite, ein paar auf die rechte Seite. Dann besah er sich jeden Stempel genauer und hauchte die Gummiflächen an.

»Ich war im Grenzdienst, ja? Jahrelang mussten die Ausreisenden und die mit Sondergenehmigung BRD zu mir, wissen Sie. Deshalb kenn ich das …«, er zeigte auf den Tresen und die Gänge, »… hier ganz gut. Ich war immer freundlich und sehr genau, aber wenn mir einer

schräg kam, hab ich auch abgelehnt. Weil die Anträge nicht stimmten, weil Stempel und Genehmigungen fehlten, manche waren auch gefälscht, ich war der Letzte, der ihnen auf den Zahn fühlte, ja? Das war meine Arbeit, konnte ich doch nicht ändern. Na ja, und als alles, also die DDR, vorbei war, waren Leute wie ich nicht sehr beliebt. Nee, wir wurden gehasst. Ich war nie bei der Stasi, ich war bei der NVA, aber den Unterschied machte keiner mehr. Meine Frau verließ mich und nahm unsere beiden Söhne mit in den Westen. Sie hatte da einen Neuen, angeblich ein Wäschereibesitzer oder so was. Die Frauen waren ja nicht mehr zu halten, wenn die Westmänner mit ihren Autos vorfuhren, wissen Sie. Dann saß ich allein in dem Haus, das wir noch in den letzten Jahren DDR bezogen hatten und das mir so eine neue Treuhand-Bank verkauft hatte. Zu Raten, die ich nicht bezahlen konnte, weil ja das Gehalt meiner Frau fehlte. Tja, und dann hatte ich auch keine Arbeit mehr, weil die NVA aufgelöst wurde und sie in der Bundeswehr nichts mit mir anfangen konnten. Arbeitslos. Aus dem Haus sollte ich raus, und Freunde hatte ich auch keine mehr, hasste mich ja jeder, den Grenz-Kretsche haben sie mich genannt und erzählt, ich würde mir sogar die Zähne mit Stacheldraht putzen.« Kretschmer hatte die ganze Zeit auf einen seiner Stempel gestarrt. »Wollen Sie das wirklich alles wissen?« Er sah Frau Müller an.

»Ich glaube, was jetzt noch kommt, kann ich mir vorstellen«, antwortete sie.

»Kennen Sie Kleist? Den Dichter, Heinrich von Kleist? Der hat es auch gemacht, und ich habe mir seinen Brief an seine Schwester durchgelesen, den er ihr zuvor schrieb: ›Die Wahrheit ist, dass mir auf Erden nicht zu helfen war.‹« Kretschmer machte eine Pause und nahm einen

anderen Stempel aus dem Karussell, besah wieder die Unterseite und hauchte sie an.

»Ich habe es morgens um acht Uhr gemacht, auf dem Dachboden von dem Haus, das hatte so ein spitzes Giebeldach, da war genug Fallhöhe. Das waren fast drei Meter, und ich habe ein dünnes, starkes Seil genommen und eine Leiter, die ich ein wenig versetzt aufgestellt habe. Die brauchte ich also nicht mal wegstoßen. Ich wusste ja, dass die Herrschaften von der Bank um neun kommen wollten, um die Schlüssel vom Haus zu holen, und die waren immer pünktlich. Ich wollte nicht länger als eine Stunde hängen, bevor man mich finden sollte.« Kretschmer schob den Stempel wieder zurück in das Karussell. Er blickte Frau Müller an und lächelte.

»Gab es denn keine andere Möglichkeit? Sie hätten doch einfach Zeit vergehen lassen können, da gab es doch viele, die heute wieder eine reine Weste haben«, meinte Frau Müller.

»Sehen Sie, so denken alle! Ich hatte doch keine schmutzige Weste! Ich hab das gemacht, was alle in der DDR gemacht haben, meine Arbeit.« Kretschmer blickte empört, seine Augen funkelten. »Und außerdem, ich bin ganz gerne hier. Ist wirklich viel schöner als dort, wo ich herkomme. Ich habe meine Arbeit, die Menschen, also die, ähhh, die Toten sind alle freundlich. Für mich ist das wie ein neues Leben, auch wenn das jetzt komisch klingt.« Er lachte laut auf. »Und, nee, keine zehn Pferde würden mich auf so eine Exkursion bringen, nicht für eine Minute, ich will da nie wieder hin. Sind Sie nicht gerne hier, Frau Müller?«

Frau Müller sagte nichts. Sie dachte nach. Dann seufzte sie.

»Ich weiß es nicht. Als der Krebs nicht mehr aufzuhalten war und ich im Krankenhaus die Schmerzen nicht

aushalten konnte, weil sie so schnell und so brutal kamen, wusste ich ja nicht, wo ich hinkomme. Ich dachte, wenn das jetzt vorbei ist, ist Schluss, alles schwarz, Ende Gelände, Maschinen aus und den Krebsschrott, also meinen Körper, irgendwo auf einen Friedhof. Als ich dann merkte, dass es doch weitergeht, also dass ich, also wir alle, hier landen, war das ja besser als das schwarze Ende, das ich erwartete. Hier sind Licht und Sonne, grüne Wiesen und richtig Betrieb. Das hätte ich nicht gedacht. Ich weiß nur noch nicht genau, was wir hier eigentlich sollen. Bis auf meine Schichten hier hab ich nichts zu tun und nichts vor. Sie etwa?«

»Na ja«, sagte Kretschmer, »hier ist schon viel zu tun. Haben Sie sich mal das Karteisystem angesehen? Völlig uneffektiv. Dreimalige Vorlage mit zweifachem Rücklauf und vier Bestätigungsstufen, wie soll das gehen? Und dann kein Telefon, ich kann niemanden anrufen, wenn der Antragsteller bei der Dringlichkeit den Ort nicht einträgt, an dem er den Antrag gestellt hat, unglaublich, oder? Und dann dieses Schreibmaterial, das ist von vorgestern. Die Kugelschreibertinte ist auflösbar, stellen Sie sich das mal vor! Die kann jeder mit einem nassen Schwamm wegwischen und etwas Neues eintragen, das geht doch nicht. Denen sind wir bei uns, also bei uns in der NVA, schnell auf die Schliche gekommen. Ich hab das schon gemeldet, aber es hat noch keiner reagiert.«

Frau Müller blickte Kretschmer an. Sie fand das zwar ziemlichen Unsinn, was er da redete, aber sie mochte es, wie er sprach. Und sie mochte es auch, wie er dabei aussah. Gepflegt und zielstrebig. Frau Müller war 48, als der Krebs ihr Leben beendete. Sie kam aus einer Stadt am Rhein und hatte gleich nach der Schule eine Ausbildung in der kommunalen Verwaltung gemacht und war dort von Abteilung zu Abteilung aufgestiegen. Kein großer Aufstieg, aber sie hatte das Beste aus ihrer Arbeit gemacht, fand sie.

Während sie Kretschmer beobachtete, dachte sie darüber nach, wie es wohl gewesen wäre, wenn sie ihm noch im Leben begegnet wäre. Ein aufrechter Mann, von der Frau verlassen, allein in einem Haus und mit Problemen. Vielleicht, dachte Frau Müller, ist es das Pech des Lebens, dass sich zwei Menschen wie sie und Kretschmer nicht begegnet waren. Sie hatte oft darüber nachgedacht, ob man sich hier, wo sie jetzt waren, auch verlieben könnte. Aber sie hatte noch nie davon gehört und nie ein Paar gesehen, das sich hier gefunden hätte. Sie hatte nur gehört, dass man sich nicht scheiden lassen konnte. Es gab viele alte Paare, die sich sehr oft und sehr laut stritten, und immer wieder hörte sie Sätze wie: »Wenn ich könnte, würde ich mich scheiden lassen! Und wenn es ginge, gleich mehrmals. Von dir! Aber wir sind ja tot, da geht das leider nicht.«

Frau Müller lächelte mild.

»Herr Kretschmer, wir sind hier nicht in der DDR, hier will keiner fliehen, hier wollen die Menschen nur einmal kurz zurück in das Leben. Dass Sie da nicht wieder hinwollen, ist Ihre Sache. Aber lassen Sie doch die anderen.«

Kretschmer blickte verlegen auf seine Stifte. »Ich habe noch keinem die Exkursion verweigert.«

Frau Müller klopfte ihm auf die Schulter, als sie ihren Stuhl wieder hinter den Tresen schob. »Das geht auch gar nicht, lieber Kretschmer, ein Nein gibt es hier nicht. Insofern haben Sie recht, hier ist es schöner als im Leben.«

Alle drei großen hellblauen Türen des Gebäudes waren mittlerweile wieder geöffnet, das Licht über dem Hügel war von der untergehenden Sonne gelborange geworden. Das Gebäude sah wie am Morgen aus, nur dass die Menschen nicht in das Gebäude, sondern aus ihm herausströmten. Und sie kamen auch nicht in einer langen Schlange, sondern in kleinen Gruppen, als Paare und sehr viele einzeln. Frau Müller und Herr Kretschmer saßen hinter ihren Tresen und sahen sich die Prozession an. Alle paar Minuten kam jemand vorbei und brachte ihnen Stapel von Blättern, auf denen sie zu prüfen hatten, ob die Stempel rot und an der richtigen Stelle waren und die sie in der Reihenfolge des Alphabetes auf dem Tisch ablegten.

»Maultaschen. Ach, Kretschmer, wenn ich heute Morgen jemanden gekannt hätte, hätte ich gefragt, ob er mir Maultaschen mitbringen könnte«, sagte Frau Müller.

Kretschmer sah nicht auf, sondern legte ein paar Blätter auf einen seitlichen Haufen. »Hier sind die Stempel nicht an der richtigen Stelle«, murmelte er.

»Und Sie? Irgendetwas müssen Sie doch vermissen, oder?«

»Und wenn schon. Man kann nichts mitbringen, das ist absolut unmöglich. Wenn man hier ist, hat man das, was man am Leib trägt. So ist keiner reich und keiner arm. Wenn man tot ist, sind eben alle gleich. So wie in dem Augenblick, in dem man auf die Welt kam, das ist das Prinzip. Leben beginnt und Leben endet. Dazwischen kann jeder König, Bettler, dumm, schlau, schön, hässlich, reich oder arm werden. Aber hier ist es dann wieder wie am Anfang. Nicht so schlecht eigentlich, oder?« Er sah Frau Müller an.

»Trotzdem hätte ich gerne Maultaschen gehabt«, beharrte sie.

»Aber wozu? Wir sind tot, wir essen nicht, wir trinken nicht. Und außerdem war im Leben das Essen überbewertet und gefährlich. Ich habe meine Frau in Restaurants verloren.«

»In Restaurants?« Frau Müller sah ihn fragend an.

»Ja. Der Mann aus dem Westen, mit dem meine Frau dann lebte, hat sie am Anfang immer in Restaurants eingeladen, die alle neu bei uns waren. Machte ja eins nach dem anderen auf, und die Speisekarten wurden immer länger und immer komplizierter. Fünf Gänge, sechs Gänge, meine Frau ging immer öfter mit dem Mann aus, den sie bei der Treuhand kennengelernt hatte, und sie wurde immer dicker. Einmal erzählte sie mir, sie habe Hummer an einer Komposition aus irgendwas gegessen … Ich saß zu Hause und hatte mir Würstchen heiß gemacht, die ich mit Brot und Senf aß, war auch lecker. Aber mit dem Hummer kam ich nicht mit, und eine Woche später waren es Austern oder Wachteln oder Tirami…, wie auch immer das heißt, was weiß ich? Und dann sagte sie, sie müsse vom Champagner immer aufstoßen und der Express-Kaffee sei ihr zu stark, ich verstand bald nichts mehr. Und irgendwann kam meine Frau nach den Restaurantbesuchen nicht mehr nach Hause. Die Kinder waren schon bei ihrer Schwester. Verstehen Sie? Essen ist gefährlich.«

Frau Müller lächelte. »Nein, eigentlich nicht. Ich hätte Sie gerne mal zu Maultaschen zu mir nach Hause eingeladen, die habe ich immer selbst gemacht, die Kräutermischung im Brät war mein Geheimnis, da haben wirklich immer alle nach gefragt, aber ich habe es nie verraten.«

»Aber hier nützen Ihnen Maultaschen nichts.«

»Ich weiß, ich hätte sie nur gerne mal wieder gesehen, man kann ja auch mit den Augen essen.«

Kretschmer sah zu den Menschen, die eintrafen, es

wurden immer mehr. Es entstand ein leichtes Gedränge vor ihren Tresen. Kretschmer konnte nicht anders, als mit seinen Grenztruppen-Augen hinzusehen. Gab es jemanden, der etwas unter seinem Hemd oder seiner Jacke versteckte? Ging jemand ungewohnt langsam, hatte jemand Schweiß, den man hier nicht sehen, aber spüren könnte, auf der Stirn, oder versuchte jemand zu laut und zu lustig zu sein, um von etwas anderem abzulenken? Eine Frau in einem hellen Mantel fiel ihm auf. Sie war alt und ging sehr langsam, und sie hatte die Hände tief in den Taschen ihres Mantels vergraben, als ob sie mit etwas darin spielte. Kretschmer stand auf, um die Frau genauer sehen zu können. Er kniff die Augen zusammen, so wie früher am Grenzdurchgang, wenn er sich ganz auf eine Person konzentrieren wollte.

Nein, die alte Frau versteckte nichts. Ihre Augen zuckten nicht hin und her wie bei denen, die jede ungewöhnliche Regung, jeden verdächtigen Blick in ihrer Umgebung angstvoll suchten, auch wenn sie sich bemühten, gelassen oder abwesend auszusehen. Die Frau war wirklich abwesend, der Mann neben ihr auch. Sie achteten noch nicht einmal auf den Weg, sondern ließen sich einfach zum Ausgang treiben. Und wenn sie etwas in den Taschen versteckt hätte, würde sie nicht damit spielen, sondern im Gegenteil, es nicht berühren, dachte sich Kretschmer. Dennoch war da etwas. Er sah auf den Boden hinter den beiden und entdeckte kleine bunte Schnipsel, es konnten auch Blütenblätter sein, die der Frau aus den Taschen rieselten. Nicht viele und auch nicht regelmäßig. Kretschmer überlegte, ob er die Frau herauswinken sollte, nur zur Kontrolle, es war sein NVA-Reflex. Er wollte gerade den Arm heben und »Hallo, Sie da« rufen, als Frau Müller »Broiler?« sagte.

Er schaute zu Frau Müller.

»Broiler, oder? So nannten die doch bei Ihnen die Grillhähnchen, oder? Kretschmer, jetzt stellen Sie sich doch so einen Broiler, schön braun und knusprig, einmal vor. Hhhm, oder? Und riechen Sie das? Dazu einen grünen Salat mit Zitrone. Und ein Bier. Ich konnte Hähnchen ganz gut, ich hatte einen Backofen mit einer Stange, die sich drehte, und habe das Hähnchen immer mit Curry, Pfeffer, Paprika und Salz eingerieben. Und einen Hauch Estragon, wirklich nur ganz wenig, war auch mein Geheimnis. Ach, wenn ich Sie im Leben kennengelernt hätte, Sie wären meinen Broilern verfallen, glauben Sie mir.«

Kretschmer war irritiert und hatte die alte Frau aus den Augen verloren.

Frau Müller sah sich die Prozession weiter an. Es kamen immer mehr, und alle hatten ihren ganz eigenen Gesichtsausdruck. Manche Gesichter leuchteten, andere waren noch grauer und farbloser geworden als am Morgen. Sie sah zwei Kinder, die lachten und hüpften, und sie hörte ein paar junge Männer, die vor sich hin murmelten.

»Sind die eigentlich alle glücklicher als heute Morgen?«, fragte sie Kretschmer.

»Das weiß ich nicht«, sagte der, »ich wäre glücklich, wieder hier zu sein. Aber wissen Sie, Frau Müller, das erinnert mich immer wieder an meine Arbeit an der Grenze. Da kamen abends auch wieder die zurück, die eine Sondergenehmigung für die BRD hatten, weil Verwandte gestorben waren oder so. Die hatten natürlich alle dicke Tüten dabei, die wir kontrollieren mussten. Die Gesichter sahen dann meistens so aus wie die hier. Glücklich und unglücklich zugleich, manchmal denke ich, die hätten am liebsten lachend geweint oder umgekehrt … Ist ja auch

nicht einfach, man ist ja sonst nie auf so einer Schwelle zwischen Leben und Tod oder, wie bei uns damals, zwischen zwei Systemen.«

Frau Müller legte einen neuen Stapel Blätter auf die Seite und schob Karteikarten dazwischen.

»Könnten … na ja, könnten wir beide auch so eine Exkursion machen?«, fragte sie.

»Ohne mich. Ich hab Ihnen doch gesagt, dass ich da nicht hinwill. Nie wieder.«

»Nee, Kretschmer, nicht zu Ihnen, ich nehm Sie mit zu mir.«

Kretschmer sagte nichts, doch er lächelte kurz leise.

Am nächsten Morgen, sehr früh. In dem großen und tiefen Tal konnte man an diesem Tag ein paar dünne, vom Wind zerrissene Wolken vorbeiziehen sehen. Die Luft war sehr klar, und die Sonne leuchtete hell. Auf dem Hügel über dem Tal war der Weg aus hellbraunen kleinen Kieselsteinen noch menschenleer, und wenn man an den Rand des Weges ging, konnte man sehr weit in das Tal mit seinen grünen Wiesen und Felsen bis zu einer blauweißen Fläche hinunterblicken, die aussah wie ein See mit Wolken. Das große Gebäude war nur aus der Ferne zu sehen, und noch hatte sich keine Schlange vor den Türen gebildet. An der höchsten Stelle des Weges standen fünf Parkbänke, und neben jeder Parkbank war eines jener alten Aussichtsferngläser auf einer Säule mit einer Stufe montiert. Man musste eine Münze in die Ferngläser werfen, dann gaben sie zehn Minuten die Sicht in die Ferne frei. Danach fiel die Münze wieder heraus. Es war niemand auf dem Weg unterwegs. Bis auf die zwei alten Menschen, die auf einer der Parkbänke saßen. Sie saßen da und schwiegen. Der Mann hielt die Hand der Frau in seinem Schoß und massierte sie leicht. Die Frau seufzte.

»Hast du schon geschaut?«, fragte sie und deutete mit dem Kopf auf eines der Ferngläser.

Der Mann schüttelte den Kopf. »Nein, jetzt wissen wir ja, dass man nicht viel sieht.«

»Du hast recht«, sagte sie. »Ich vermisse seine Stimme.«

»Ich auch«, gab der Mann zu.

»Wir hätten es ihm sagen sollen.«

Der Mann schüttelte den Kopf. »Nein, auf keinen Fall.«

»Heinrich, es ist nicht fair, Johannes glaubt, dass wir nichts von ihm mitbekommen.«

»Bekommen wir ja auch nicht, wir schauen ja bloß aus der Ferne zu. Aber von hier oben haben wir nur gesehen, wo er wohnt und wo er tagsüber so hingeht, sonst nichts. Und glaub mir, wenn er das wissen würde, wäre sein Leben ab jetzt anders. Er ist so geworden, weil er auf sich selbst gestellt war. Stell dir nur vor, er hätte bei jeder Entscheidung nach oben geschaut und sich beobachtet gefühlt. Er hätte andere Fehler gemacht als die, die er gemacht hat.«

»Er hat keine Fehler gemacht«, widersprach die Frau.

»Er hat haufenweise Fehler gemacht. Er hat unser Haus verfallen lassen, er hat Hilsberg, diesen Idioten, die Firma kaputt machen lassen und besitzt noch nicht einmal eines der Häuser, die er gebaut hat. Ach, falsch, er hat ja nur Eingänge für Schwimmbäder gebaut. «

»Heinrich, unser Haus war auf Sand gebaut, oder?«

»Nein. Unser Sohn hat das Haus nicht gepflegt«, beharrte der Mann, und seine Mundwinkel verzogen sich zu einem Lächeln, »früher hätte ich das gesagt, oder?«

Dann sagte der Mann lange nichts. »Na ja, es ist ja jetzt auch egal. Ich mochte das Haus nie. Und das Gourmetparadies auch nicht. Aber ich, ich meine, wir haben das aufgebaut. Und er konnte es einfach vergessen. Ich … wäre gerne er gewesen.«

Beide schwiegen und blickten ins Tal. Die Frau suchte mit der Hand nach etwas in der Tasche ihres Mantels.

»Hast du ihm eigentlich alles erzählt?«, fragte die Frau.

»Wie? Alles?«

»Ach komm. Hast du ihm von dieser Juliane Berg erzählt? Und von dem schwulen Hilsberg?«

»Ja, er hat mich richtig verhört.«

»So wie ich dich damals verhört habe, als ich es herausbekommen habe?«

»Nein, nicht so schlimm. Du wolltest mich ja verlassen. Er konnte mich ja nicht verlassen.«

Die Frau lachte.

»Mein Gott, warst du lächerlich damals!«

Der Mann stand auf und ging ein paar Schritte, seine Haare wurden vom Wind zerzaust. »Hör bitte auf! Dein Sohn denkt, dass du es nicht weißt, und den Frieden wollte ich ihm lassen.«

»… hast dir Jeans gekauft und ein rosa Hemd. Ein rosa Hemd! Ich dachte ja erst, du bist krank oder so was. Heinrich Schweikert in Jeans und einem rosa Hemd!«

»Hör bitte auf, wir sind tot!«

Die Frau drehte sich auf der Bank um und sah den Mann lange an.

»Eigentlich hatte ich mir bei dem rosa Hemd nicht viel gedacht, aber dann habe ich das mit der Tanzstunde herausbekommen. Du warst so verändert damals, du …«

»Lass das, wir hatten das alles schon, als wir noch lebten. Wir waren uns doch einig. Es war sozusagen ein … Unfall. Mein Unfall.«

Die Frau sagte lange nichts.

»Es war mein Fehler. Ich wollte, dass wir es Johannes

gemeinsam sagen. Das war meine Bedingung. Ich wollte, dass sein Vater ihm ins Gesicht schaut und sagt: ›Wir haben einen Ehekrach, weil ich eine Freundin habe, die Schlagermusik hört.‹ Das wollte ich wirklich erleben. Der große Heinrich Schweikert, der jede seiner Jazz-Platten auswendig kannte und immer heimlich in seinem Zimmer Klavier auf der Tischplatte spielte. Es war Musik, die ich nicht verstand, die dich aber, ja, geheimnisvoll machte. Und dann warst du auf einmal so geheimnislos, obwohl du ein Geheimnis hattest ... ein so ... billiges.« Die Frau blickte in den Himmel, als suche sie etwas.

»Weißt du, Heinrich Schweikert, du konntest ein entsetzlicher Ehemann sein, ein cholerischer und lauter und launischer Idiot. Aber du warst nie peinlich, mir jedenfalls nicht. Ich habe nie auf dich herabgeblickt und mich nie für dich geschämt, verstehst du? Wir beide waren Kinder unserer Zeit, und die Zeit war eben so. Ich habe nie versucht, etwas daran zurückzudrehen, weil ich wusste, dass es nicht geht. Aber als du auf einmal wieder jung werden wolltest in deinem Hemd und mit dieser Frau, hast du nicht gemerkt, dass du das nicht kannst. Du wurdest mir peinlich, weil du deine und unsere Jahre wegradieren wolltest. Mit dem cholerischen Heinrich hätte ich leben können, ich hab es ja lange geübt. Aber mit dem albernen Heinrich nicht.«

»Ich bin nicht cholerisch und auch nicht mehr albern.«

»Ich weiß. Wir hatten das ja auch überstanden, aber ich wollte eben, dass du es Johannes sagst. Er hatte ein Recht darauf. Er ist unser Sohn.«

Die Frau machte eine Pause und spielte mit einer kleinen Mädchen-Haarspange, die sie aus ihrer Tasche geholt hatte. »Ich wollte sehen, wie Johannes reagiert hätte, wenn du es ihm damals gesagt hättest. Das war mein Fehler.«

»Es war nicht dein Fehler, niemand konnte ahnen, dass an dem Tag ein holländischer Blumenfahrer am Steuer einschlafen würde«, sagte der Mann.

»Na ja, wir leben zwar nicht mehr, aber unsere Ehe hat gehalten«, sagte die Frau und lächelte, »das ist ja bei vielen umgekehrt.«

Beide schwiegen und blickten über das Tal. Es waren immer mehr Menschen gekommen, einige grüßten. Die meisten waren wie der Mann und die Frau sehr alt, aber man sah auch jüngere und ganz hinten auch ein paar Kinder. Der Hügel fing an, sich zu füllen. An den Fernrohren, an denen sich Warteschlangen bildeten, stritten ein alter Mann und eine alte Frau darum, wer zuerst gekommen war. Der alte Mann schob die Frau zur Seite und steckte schnell eine Münze in den Schlitz, die Frau hielt aber das Fernrohr fest. Jemand in der Warteschlange rief: »Können die nicht, verdammt noch mal, ein paar mehr Fernrohre aufstellen? Eine Frechheit ist das.« Viele murmelten: »Ja, genau« und »Ja, ein Skandal«. Ein Chinese nickte eifrig, und zwei Schwarze, die wie Brüder aussahen, hoben die Fäuste. Das Gemurmel aus etlichen Sprachen wurde immer lauter, und auf den Parkbänken wurde es eng, weil sich viele noch auf die letzten Zentimeter zwängten.

Der alte Mann und die Frau waren aufgestanden und gingen langsam den Kiesweg wieder hinunter.

»Weißt du, Heinrich, das war ein schöner Ausflug. Beim nächsten Mal sagen wir ihm aber nicht, dass wir da sind, oder?«, fragte die Frau und klopfte die Tasche ihres Mantels aus, sodass ein paar verwelkte Blüten herausfielen. Der Mann sah in die Ferne. »Hhmm.«

»Oder, Heinrich, wir machen etwas ganz Verrücktes, ganz woandershin. Nach Spanien oder nach Italien, nur

wir beide, wir Toten«, sagte die Frau, »und dann setzen wir uns an den Strand.«

»Nee, den Spanier kenne ich und nach Italien … Wann ist denn das nächste Mal?«

»Das weiß ich nicht, ich hoffe, bald. Ich werd heute auf die Aushänge schauen«, die Augen der Frau glänzten, »komm Heinrich, wo willst du denn noch einmal hin?«

Der Mann überlegte. Lange. Dann stand er auf und ging ein paar Schritte. Auf seinem Gesicht wechselten sich Lächeln und Nachdenken ab. Er spreizte zwei Finger, als ob er eine Zigarette halten würde. Dann setzte er sich wieder. Und seufzte und sah die Frau an.

»Zu meinem Sohn. Er wollte mir noch was erzählen.«